Epitafio

El legado de un soñador cobarde

Epitafio

El legado de un soñador cobarde

Walter Gil Bonilla
Zulma Carvajalino Calderón

Dedicatoria

Con todo mi amor y agradecimiento para:
Mis hijos Sofía y Jotapé.
Mi esposo Moisés.
Mis papás y padrastros Stella y
Miguel, Javier y Olguita.
Mis hermanos Javier "Gordito", Yira
y María Paola; cuñados y sobrinos.
Mis abuelitos, tíos y primos.
Todos los que me inspiran y acompañan
en mi recorrido por la vida.

Zulma E. Carvajalino Calderón.

Este libro se lo dedico:

*Al mejor futbolista de la historia, siempre lleno
de amor y cariño por los demás, quien con su
inteligencia y sagacidad logró devolverme a mi
esencia. Mi profesor de vida, mi amigo, mi confidente,
mi TODO: Lukas Gil D'orsonville. Te dedico esta,
otra locura de tu padre, que lo único que pretende
es demostrarte que los sueños son posibles.*

*A mi inigualable madre Graciela. Con tu amor a
Dios lograste que tu mono se graduara del colegio.
A mi padre, Walter. Por apoyarme en
todas mis malas decisiones (todas).
A mis brillantes sobrinos Andrés,
María José y Andrés Juan.
A mis torpes hermanos Germán y Mauricio, que lo único
que hicieron en la vida fue consentirme y malcriarme. A
sus lindas esposas Diana y Katherine, y sus familias.
A Mariana, "AYI", la mujer que más me ha
consentido en la vida; a su esposo Javier y a sus hijos
Mauricio, Alex y "Poca lucha", sus esposas e hijos.
A Natalie y a David por haber
cuidado el tesoro de mi vida.
A Ana Beatriz y Carlos, sus hijas y esposos.
A la familia Cortés.
A doña Bertha, mi Fan n° 1.
A Leidis Vergara. Mi soporte e
inspiración durante esos años.
A Dios, que trajo a su loco sano y salvo de nuevo
después de recorrer 17 países en un triciclo.*

Agradecimientos:

A mis tías sus esposos y sus familias. A Anita, Lilia, Margarita, Amelia (mi madrina, que solo frijoles me dió). A Rosalba Pinillos, su esposo e hijos. A Lilia "La chiva del roscón", su esposo e hijos. A mi viejo querido Alain Droulhart, por ser mi GPS virtual durante todo el recorrido. A mi compadre del alma, Luis Sevillano. A mis compañeras de viaje Marcela Becerra, Natalia Vergara y Jessia Val por aguantar mis pataletas. A Hugo Gamarra, guía mecánico – espiritual, y todo su combo de ángeles Can Am que nunca me desampararon. A mis comadres Yeyo, Kevin y Charlie, que nunca se van a leer este libro. A Ángela Parra. A Olga y su esposo, Gerardo Pinillos. A mi suegra por traducirme (próximamente) la novela en "Tombuctú". A mi psicóloga de viaje, Nayibe Barreto, quien enloqueció en el intento. A mis hijas, (reconocidas por mí, nunca por sus madres): Adriana Vásquez, Cindy Paola Carrillo y María Alejandra Mojica. A mi hermano Hernán Gil por enseñarme a comer tajadas de plátano con leche durante el camino. A mi Teresa "mi mami Tata" por cuidar de mi soledad mientras mi alma se iba de fiesta. A mis amigos Fernando, Chiqui y sus familias, que sí se van a leer este libro. A Juan de J y su Familia, A. Ricaurte Torres y su Familia. A la crema que le da sabor a mi vida: Adriana, Macri, Luis Fernando, Lucas y Andrés. A la Familia Millán (Costa Rica). A mi amigo de aeropuertos, Andrés Buitrago. A Milton Salcedo. A Toño Castillo. A Felipe Basto y su familia A mi padrino frustrado, Joaquín Ortelli. A Miguel, "Machín" (Perú). A Jesús Edo Yepes y su familia. A Eduardito de Jesús García (Formosa Argentina). A mi socio - compañero espiritual, Osiris (El Salvador). A Ginna Espinal. A mi mecánico, Miguel Ángel Blancas, Dany, Glory, Diego Correa y "mi viejo loco "(Calama Chile). A mi novia eterna María Isabel. A Clara Marcela, tuti, Sandra y la familia Encinales. A Alejandra Iraci. A Paula y Yair Hilal. A Luís Durán por su caricatura. A José Bosch, Jonatán Jordany, María Fretes. A Estefan Muller,

9

Jan Stichweh y Francisco Jaramillo, (IMB Panamá-Colombia). A José Salaverry (Aquasport, Perú). A Rodrigo y Constanza Escobar (Motordoo Chile). A mi espectacular y gran familia Heit (Argentina). Al Bluetooth Juan Manuel Goyanarte (Assen Motos, Argentina). A Sergio Bhort y su hijo (Eximbol, Bolivia). A Cassarini (Brasil.) A Martín Arellaga (Mecauto, Paraguay). A Milton Villagra y su GPS. A mi Arcángel "Gabriel" Andaque y su familia (para que siga pitando). A Alejandro Pellas (Nicaragua). A Nayef Barzón y su Familia (Bolivia) A Francisco Echeverría Terramarine (Costa Rica). A Roberto Becker (Terramarine, Honduras). A Enrique Moll (Representaciones Marinas, Guatemala). A Fernando Del Villar (México). A Pierre Pichete (Canadá). A Betty Avilés y su hija (Cargocol). A Ricardo Vinnet (Chile). A Juan Kraverich y su familia. A mi ángel Muriel. A mi hermano Tian Schettini y a su padre en el Hotel Bocanna (Pedernales). A Jasson Ennis, Jackie Schmith "¿where are you?". A mi hermano Steffan kunchen, Pierre Poliquin, Lamonster Garage, Victoria Díaz. A Daisuke Shimizu (Japón). A Patricia Ramos (Atlanta (CNN)). A Armando Plata Camacho. Al loco de Víctor Mazariegos. A Ernesto Gutiérrez, Bikes and Boats (México). A mi comadre María del mar y a mi compadre Nicolás de los Ríos. A Mónica Ballén.A Juan Carlos "Rambo Sosa". Al embajador BMW Víctor Bernal (México). A Beliza Cornejo y su familia en el Hotel Cleofe (Arequipa). A Sony Action Cam. A mi familia Proaño (Ecuador). A Saveck (Veracruz, México). A Eliza Álvarez. A mi primo Álvaro Gil y su hijo. A Dulce Kvarby (USA).A Yuli Morales. A Juan Vega. Emily Foster e hijos. A Liz Mery Sandoval López P. y su lindo moco. A Cesar Espíritu (Perú). A Eddy Ch. A Ximena Rubio. A Manolo Rodríguez y su socio Carlos. A Ximena de la Torre y su familia. A Verónica Atuesta y familia (Panamá). A Carlos "Caláo" Atuesta y familia. A Carlos Sasso (Panamá). A Carlos Romero y su familia. A Carlos Bravo y familia. Adrián Rodríguez y su familia (Cartagena). A mi amiga Erika Jochanny (Santa Marta). A la Casona del Chuzo. A mi guía espiritual Elauro Joaquim Gracia "Lalo". A mi hermano Carlos Díaz (Europa). A Vascoar 507 Extremo (Argentina). Al Mono tejada y su familia. A JDR de C. A Héctor Manrique. A Jujuy Motos. A Ricardo Chávez. A mi compadre, Luis Fernando Sevillano. A Qué tal hostel (Brasil). A Stephanie Piva de Carvallo. A José Pescador. A Federico Basagoitia. A mi amigota Daniela Mejía.A Diego Martinez y a sus 1.111 amigos. Al Mayor coleccionista de historias del mundo, Fernando Lucio Lozada. A Gilbert y América Venegas. Al hermano loco de remate, A María P Trujillo. A Alvaro Escobar. A Mi hermano Maximiliano

Martínez (Miramar). Al viejo loco Daniel Cicaré y toda su familia. A Eli Azcárate. A Nelson Merchán. A María Fretes. A Kiken y Bill, Jonatan Jordany, Mario Tapia, Jacque Campusano. A mi ángel guardián, Ezequiel Gallegos Hualpa Bigua Pérez. A Café del Sol. A El Pandao. A Katherine González. A Diego Correa. A Gloria Foley y familia. A Sandra Savareza, a su padre e hija. A Álvaro escobar. A Andrés Combariza y su esposa. A Armando Acosta. A Sandra Páez. A mi familia Churchiliana. A Mario Polo Gutiérrez. A Miriam Buitrago y su familia. A Sandra Cruz (El Salvador). A Fernando Rojas. A Julián Rojas. A Sofía Fayoux y familia. A Edgar Pinillos y familia. A Logistics Solutions. A Ileana Guerra (Costa Rica). A Sandra Páez, Ingrid Campo, Segundo Ramón Campo, Astrid Prieto, Rubén Carvajalino. A Iván Ocampo. A los Hermanos Bedregal. Hotel Cielo Azul. Bar Moscú. Hotel el Acantilado. Kashama Spa. Hotel Natabuela, Punta Montañita. Hotel Fernando Plaza. Hotel la Plazuela. Hotel Eucaliptus (Cali). Restaurante Carambolos. Cabañas Isla del Sol. Hotel Reina Isabel. Benjamín Plaza Hotel. Hotel La Plazuela, Hotel Metropolis Plaza. Restaurante Carambolos. Hotel Austral. Residencias Montañita. Eucaliptus Resort. Hotel Huacalera. Speed Motoo 261. Hotel Ecoestar. Hotel Los portales. Hotel Cosmos Express. A todos los hoteles motoposadas y restaurantes de América que me brindaron su hospitalidad.

Bienvenido a esta vida llena de sueños Marcelo Rubiano Triana, y a las cientos de personas que ayudaron a que este proyecto saliera adelante.

Wally Gil Bonilla

Epitafio
El legado de un soñador cobarde

© **Wally Gil Bonilla**
© **Zulma Carvajalino Calderón**

Primera edición octubre de 2018
ISBN 978-958-48-4621-1

Coordinación editorial
Zulma Carvajalino Calderón

Corrección de estilo
Miguel Fernando Niño Roa
Zulma Carvajalino Calderón

Diagramación
Astrid Prieto Castillo

Imagen de cubierta
Santiago Carvajalino

Fotografía
Armando Acosta

Retoque fotográfico
Cristian Católico

Impreso por:

Contenido

Prólogo

Los sueños tienen hélices

Walter Gil, "Wally" para mí, llegó un día de invierno a mi casa en Saladillo, una ciudad ubicada en el centro de la provincia de Buenos Aires, Argentina, montado en su triciclo supersónico, en su moto con nombre de mujer: Esperanza. Curioso, quería conocer al protagonista de las historias que sobre mí, le había contado mi sobrino, Juan Ignacio Cicaré. Y es que la vida junta a los de la misma especie. Wally se lo topó en la calle, a él y a sus amigos mochileros mientras buscaban albergue en Bogotá. A cambio de nada, por solidaridad entre viajeros, les ofreció hospedarlos en su apartamento.

Me fusiló con preguntas. Quería saber cómo un sueño infantil y mi pasión por volar se convirtieron en una empresa familiar que en la actualidad fabrica y exporta helicópteros ultra livianos a los cinco continentes. "Quiero conocer al mago y el lugar en donde ocurre la magia", me dijo.

Le conté algunas hazañas y su costo.

Temprano en mi vida no me perdía el paso de los aviones. Al escucharlos, corría al patio de mi casa a verlos pasar. Me intrigaba el funcionamiento de las máquinas, las desbarataba para saber lo que había en su interior. A los once años, adapté un motor al lavarropa de mi madre y lo puse a funcionar, y a los dieciocho, construí con los barandales de su cama de soltera el fuselaje de mi primer helicóptero artesanal.

Pero no todo fue genial. La vida de mi familia transcurría en mi ausencia. Me lo reprochaban, me lo reprochaba. No obstante, me echaba el peso de esa culpa sobre el lomo, y sin intención de remediarlo, volvía a caer absorto en mis obsesiones. Lo mío no eran las reuniones familiares ni sociales, de las que me relegué por completo, convencido de que cualquier sacrificio era poco cuando de engendrar y parir sueños se trata.

Mi familia percibió pronto que mi obstinación era un rival más fuerte que ellos, que todo, y antes de asumir una derrota o de alejarse, prefirieron rodearme y soñar mi mismo sueño. Siguieron a este loco y se dejaron contagiar por mi locura. Sin todo su amor, fe, apoyo y compañía, nada hubiera sido posible. No voy a mirar en retrospectiva y a pontificar sobre lo que se debe hacer o no en la vida, eso es fácil. Ahora, que soy un octogenario y me siento satisfecho con cada esfuerzo que fructificó y con cada sacrificio que creo justificado, no puedo decirle a nadie que será fácil abrir caminos no trazados, o tenerse fe cuando lo único cierto es la incertidumbre, o mantenerse motivado cuando lluevan las críticas y los tilden de locos. Mejor y más elocuente que cualquier historia que pueda contarles o contarse sobre mí, es montarme en el CICARE CH-14 o en cualquiera de las máquinas que diseñé, y en las que volé más alto que mis dudas y temores. Todos mis modelos fueron al principio una idea que parecía absurda, después, por sí mismas, una evidencia de que pueden ponerse alas a los sueños, o hélices, como lo hice yo.

Pueden tener la certeza de que su satisfacción será directamente proporcional al sacrificio que tengan que hacer por concretar sus sueños.

El sueño de Wally es viajar y motivar a otros a cumplir sus sueños, a montarse es su propia Esperanza, en el vehículo que los conduzca más allá de sus miedos.

Se imaginó la historia que se narra en este libro. La concibió con lo que creyó valioso de la mía, de la propia, y de la de tantos soñadores que conoció en sus viajes. Personificó a Esperanza y unió su vida con la de Ernesto, un soñador cobarde. Todo para alentarnos, para ilusionarnos, para enseñarnos lecciones de perseverancia, convicción, fuerza y fe.

Por último, me pidió que resumiera en una palabra el secreto de mi éxito, de lo que él llama, *la magia,* y le dije:

Wally, es ¡soñar! Y levantarse temprano cada día a trabajar por ese sueño.

Augusto Cicaré

(Saladillo, Argentina, 2018)

I

A pesar del miedo

Al empezar a escribir esta historia, su historia, que ocupará las páginas de un libro, hago un gran esfuerzo por ignorar la vocecita impertinente que me previene del fracaso, pero estoy decidida y la determinación es un arma poderosa, voy a estrenarla. "Quien lo intenta no fracasa", me repito.

Teníamos algunos meses sin vernos, y esta vez lo visitaba atendiendo a un llamado que hizo por la red social que compartimos. "¿Alguien conoce a un escritor?", decía su publicación. Respondí, advirtiéndole que como él sabía, yo era una escritora aficionada, sin mayor formación, pero que si lo prefería podía contactarlo con alguien con experiencia, y así, acordamos el encuentro.

Llegué esa tarde a la pensión en donde vive, como lo había hecho un par de veces más en los últimos años, esta vez, a llevarle los datos prometidos.

Acostumbramos a hablar por largas horas y contarnos lo que nos pasa entre cada encuentro. A él le gusta hablar sobre las vidas de sus muertos y con paciencia me escucha hablar sobre mi vida.

Nos conocimos hace algunos años en el cementerio, en donde trabaja. Un día en el que llegué a poner algunas flores en la tumba de mi hermano. Estaba arrodillado sobre el prado removiendo la maleza que devoraba una lápida.

— Es una pena que una vida se extinga tan prematuramente— me dijo, refiriéndose a la vida de mi hermano—.

Giré la cabeza para verlo sin saber qué contestarle. Solté una de esas máximas que leo y desenfundo cuando quiero robustecer mis argumentos.

— Séneca dijo: "La vida es una obra teatral que no importa cuánto haya durado, sino lo bien que haya sido representada". — Él asintió —.

Vestía su ropa de trabajo y sostenía en sus manos una herramienta de la que desconozco el nombre. Le pregunté cómo era trabajar entre muertos y me dejó impactada su respuesta:

— Es un recordatorio diario de que todo es pasajero, menos esto —dijo, señalando con un gesto de su boca hacia las tumbas—.

— Hasta aquí llega todo por lo que los seres humanos nos desvelamos: el poder, el dinero, la vanidad y los sueños, y para que no mueran del todo, yo no los entierro, sino que los siembro —dijo en tono divertido—.

— Este de aquí, por ejemplo —me dijo señalando la tumba que arreglaba—, era Gerardo Urdús, un hombre muy ilustrado que dedicó su vida a la academia y nunca se casó ni tuvo hijos. Al final de sus días se convirtió en un ermitaño que despreciaba todo lo que tenía que ver con el mundo que estaba afuera de sus libros.

El único ser vivo que no le incomodaba era su perro, escasamente y por necesidad, soportaba la presencia de Milagros, la empleada que lo atendió durante varios años y con quien solo cruzaba las palabras estrictamente necesarias para resolver algunos asuntos domésticos. Ella fue quien al final dispuso de todas sus pertenencias y de los detalles de su entierro.

La mujer me dijo que como "buena cristiana" que era, le cumplía la promesa de enterrarlo, pero que ni más iba a volver por estos lados, solo cuando el de "arriba" le hiciera su llamado.

Espero que Gerardo encuentre en la otra vida lo que no encontró en esta. Nadie lo visita. La soledad es su única compañía —remató—.

Continuó con la siguiente tumba:

— Esta de aquí era una señorita muy bonita, según dicen. La llamaban "Majo" de cariño. La mató el novio.

— El hombre era de esos cretinos egocéntricos que no toleran que las mujeres tomen la iniciativa de dejarlos. El desgraciado le torció el pescuezo al destino y a la muchacha para impedir que lo abandonara. Pobre

21

infeliz, no solo acabó con esta vida que apenas estaba floreciendo, sino que de paso, destruyó moralmente a esa familia.

Sus historias eran deprimentes, desgarradoras, con crudas moralejas y finales predecibles, todos sellados con una lápida.

— Me llamo Ernesto —me dijo, extendiendo su mano hacia mí—.

— Yo soy Alma —respondí, estrechando esa mano grande, fuerte y áspera—.

Me gustó hablar con él, y aunque sus historias me parecieron algo morbosas, las reflexiones que hacía sobre la vida y la muerte me recordaron el gran privilegio que supone el hecho de estar viva.

A mis días un poco solitarios les venía bien una charla entretenida. Esa fue la primera de muchas conversaciones que hemos tenido a lo largo de los años. Disfruto sus historias, su compañía y principalmente, me gusta estar con alguien que me escucha.

Cuando llegué esa tarde a su casa, al verme, reemplazó su siempre gentil saludo por un:

— ¡Maldita sea Alma!, no sirve ver la vida a través de los ojos de los demás. Tiene que darse cuenta de eso. Para los únicos que somos indispensables es para nosotros mismos —espetó—.

Su reacción me dejó desconcertada. Ernesto es un tipo inalterable, más bien distinguido por mantener sus emociones contenidas.

— La vida no se queda con nada Alma. Por más que tratemos de ignorarlas, todas las lecciones nos serán dadas. En cuestión de unos pocos meses me confrontó, sin paños tibios, con facetas de mi personalidad que no conocí antes en mis sesenta y pico años de existencia. Hasta me dio la oportunidad de cambiar el final de mi historia, pero a un costo demasiado alto para un viejo zorro tan cobarde como yo.

Y otra vez me decidí por lo seguro, por lo predecible, por lo que conozco y puedo controlar. Qué le voy a hacer si no aprendí a vivir de una manera diferente. Creo que he sido enfermizamente fiel conmigo mismo —continuó, exculpándose—.

Lo invadía una extraña agitación, se veía muy alterado y más que eso, profundamente triste. Me explicó que necesitaba que yo contara en un libro los eventos que recién acababan de trastornar su vida, y que a la postre y sin saberlo, también cambiarían la mía.

— Yo voy a describir y usted a escribir. Ya lo pensé y quiero que usted sea la que lo escriba —dispuso sin vacilar, asumiendo quizás que aceptaría—.

Mirándome con una ceja levantada y apuntándome groseramente con el dedo, me dijo:

— El cementerio está lleno de gente como usted Alma, que se cree indispensable. Que entiende como un acto de amor poner su vida entre paréntesis para volcarse a secundar los sueños de otros. Llegó la hora de que

convierta todo ese amor que dice sentir por su familia en un motor y no en un ancla; de quererlos sin apego, de vivir su propia vida. Deshágase de una vez por todas de ese maldito miedo que la mantiene estancada.

Quedé seca en la silla, templé la espalda, abrí mis ojos con sorpresa, sentí que se brotaban de las orbitas, que se me salían. Mi corazón latía con fuerza e impulsaba con violencia la sangre hasta mis sienes. A qué venía todo esto, quién se creía para aleccionarme de esa forma.

Nunca antes me había criticado ni aconsejado nada. Ernesto es un hombre muy pragmático, poco trascendental o reflexivo sobre los asuntos de su vida y mucho menos de la mía, a pesar de conocerla hasta la fibra. Pero esta vez se sintió con la autoridad para juzgarme sin ninguna mesura, como acostumbraba hacerlo con los muertos.

Aunque me resintió la agudeza de su crítica, no le dije nada, no quise confrontarlo, solo lo miré mientras con su recién estrenada autoridad, me recordaba las muchas oportunidades que he perdido por miedosa. Mientras, yo, mortificada, no podía evitar pensar en las muchas que él también había desperdiciado.

Él había escuchado muchas veces de mi boca esbozar las concienzudas razones que me mantenían justo en donde estaba, y esas razones, en ese momento, todavía eran para mí muy convincentes como para refutarlas. Ernesto conocía como nadie las frustraciones que a través del tiempo venía acumulando.

Yo había convertido su casa en un confesonario. Me conocía. Sabía bien que yo había desarrollado un bien nutrido miedo a todo, que sumado a un perfeccionismo patológico, me paralizaban y desmotivaban.

Esos temores se habían convertido en un abismo por el que veía desbarrancar muchas de mis ambiciones y mis sueños. Anhelaba un cambio en mi vida, pero aplazaba una y otra vez las decisiones que impulsarían ese cambio. No estaba dispuesta a alterar la vida de quienes sentía "me necesitaban", pero sobre todo, no estaba preparada para enfrentarme a mis demonios, el más feroz de ellos: el miedo a fracasar.

Empezó su retahíla sin darme la oportunidad de reflexionar sobre el asunto, de pronto porque intuía que si me dejaba espacio para analizarlo, no lo haría.

Al quedarme ahí sentada, escuchándolo, accedí implícitamente a su demanda.

— Alma, ese libro que usted va a escribir, con la historia que yo voy a contarle, será la materialización de una promesa y del único sueño que he tenido. Nunca antes había ambicionado nada.

Solo recuerdo una vez, cuando era un niño pequeño, que quise tener un órgano como el de la iglesia, y lo tuve, a pesar de que parecía un sueño imposible para el hijo de un sepulturero.

Mi mamá pintó las teclas con acuarelas sobre una tabla de madera, y yo, simulaba tocarlas mientras tarareaba.

Cuando terminaba mi improvisación, ella aplaudía
emocionada. Eso bastó para dejarme satisfecho.

— Está bien Ernesto, yo lo escribo —le dije sin convicción.
O por lo menos lo intento, pensé—.

II

¿Por qué?

Creo que la casualidad no existe. Todo lo que pasa y lo que no obedece a un propósito. La vida se presenta como un complejo rompecabezas de sucesos acontecidos en un orden caprichoso, a veces incomprensible para nosotros. Solo al ir juntando las piezas se revela la razón de ser de cada cosa, de cada hecho, de cada encuentro y desencuentro, de cada alegría y de cada pena, de cada ganancia y de cada pérdida, de cada ambición y de cada renuncia.

Algunos se pasan la vida sin reconocer ese propósito. Otros necesitamos que todo se acople perfectamente para dilucidarlo, y los más afortunados, creo yo, son aquellos que tienen la consciencia de este gran fin desde siempre, por intuición, instintivamente, y dedican su vida a materializarlo.

Ernesto estaba acostumbrado al silencio de los pasillos vacíos del cementerio, interrumpido algunas veces por el canto de los pájaros que anidan en los altos de las bóvedas o por el llanto esporádico de algún doliente. Un fuerte ruido lo sacó abruptamente de su ensimismamiento. Unos golpes y pujos daban cuenta del desesperado esfuerzo que alguien hacía dentro de una de las criptas para liberarse de su encierro.

A sus sesenta y seis años recién cumplidos creía no tenerle miedo a nada y menos a los muertos, pues eran sus compañeros desde hacía más de medio siglo. Pero estos sonidos le helaron la sangre que parecía no llegar con suficiente fuerza a sus manos y pies, los sentía como de plomo, o a su cabeza, que no lograba articular ningún pensamiento coherente.

Eran casi las cuatro de la tarde. Justo antes de irse para su casa quiso limpiar los excesos de cemento de los ladrillos que sellaban las tumbas sin lápida de los "N.N.", que él mismo había sepultado en las primeras horas de la mañana. Esta vez, habían sido tres los "sin nombre" que partieron de este mundo sin sollozos y sin rezos. Solo Ernesto les daba el adiós definitivo y rezaba por cada uno un avemaría y un padrenuestro.

A pesar de llevar más de media vida entre los muertos, nada lo había preparado para este momento. Arrimó la oreja a cada bóveda y sintió en la de la mitad, otra vez, un golpe seco que lo obligó a retroceder algunos pasos y a cogerse la cara con las manos para que la mandíbula no se le desencajara del asombro. Con la punta de la pica con la que estaba limpiando la entrada de la tumba empezó a hurgar desesperadamente entre las uniones de los bloques y sacó el cemento que ya había fraguado del todo. Con solo unos cuantos golpes desmoronó la pila de ladrillos. Despejó con las manos y los brazos los escombros que tiró al piso sin cuidado y escuchó claramente un jadeo de agotamiento y los golpes rezagados, ya sin fuerza, de quien ocupaba el cajón.

Con la misma herramienta arrancó uno de los tablones de madera ordinaria con que estaba hecha la caja y dejó entrar la luz, el aire y la vida. Haló el remedo de féretro y lo acostó en el piso con lo que le quedaba de fuerza. El pánico se apoderó de él, se cubrió la cara con las manos sucias y descubrió que la tenía bañada en sudor. No podía dar crédito a lo que estaba ocurriendo. Se secó con la manga de la camisa. Se llenó de valor para terminar de arrancar la madera del rústico ataúd y mirar a la cara al muerto, que evidentemente, no lo estaba.

Los golpes dentro del cajón se hicieron otra vez frenéticos, y Ernesto, apenas saliendo del estupor, puso un pie sobre la tapa, enganchó la punta de su pica en las juntas de las tablas que lo sellaban y las arrancó de un solo jalón.

La muerta se tapó la cara con el antebrazo para protegerse del sol de la tarde, que aunque tímido, lastimaba sus ojos, y levantó el otro brazo para que la ayudaran a salir. Ernesto acabó de destruir las tablas que servían de tapa y agarró a la joven por debajo de los brazos, rodeándole el torso con los suyos para sacarla de la oscura pesadilla. Una vez afuera, la joven exhausta se sentó en el suelo, flexionó las piernas, abrazó sus rodillas y hundió la cara entre los brazos. Ernesto

se sentó a su lado y se recostó contra las tumbas para recuperar las fuerzas y la cordura.

Después de un largo silencio, Ernesto empezó a examinar de reojo a la joven mujer. Tenía la piel trigueña, el pelo liso, largo y oscuro. No podía ver sus facciones, pues todavía mantenía la cara escondida entre los brazos. Estaba vestida con ropa limpia que le quedaba un poco grande, no tenía zapatos, y sus pies medianos, y sus manos, se veían bien cuidados.

Cuando Ernesto recuperó el aliento, miles de preguntas empezaron a atropellarse en su mente confundida. El sonido de su propia voz lo incomodó al preguntarle por su nombre y sin esperar la respuesta, la atosigó con otras más:

— Pero ¿qué le pasó?, ¿cómo es que llegó aquí?, ¿cómo se siente?

Ella levantó la cara y lo miró sin contestarle. El par de ojos color miel volvió a apagarse, y su cara mustia, que escondió nuevamente entre los brazos, no demostró ni una pizca de emoción por haber sido arrancada de las entrañas de la muerte. Impasible, se quedó allí sentada sin hablar, sin llorar.

Ernesto trabaja en el cementerio por costumbre y por gusto, ya no por necesidad, pues se pensionó desde hace ya algunos años. No aprendió ni quiso hacer ninguna otra cosa. Trabajó en el mismo oficio que su padre, no por vocación, más bien por darle gusto. La modesta suma de dinero que recibe mensualmente solventa de sobra su vida sin lujos. Siempre le alcanzó para ayudar a los menos afortunados que él y para cubrir los gastos de su hijo. Además, lo dejó sin deudas morales con su padre, ya fallecido.

Disfrutó de apasionados amores esporádicos y de una soledad bien administrada. En ese, su micro mundo, se siente un millonario, según dice.

Desde que tuvo memoria le escuchó decir a su papá:

— "'Pa' justificar la existencia hay que trabajar honradamente y duro, ya vendrá la hora de disfrutar de la pensión y toda la eternidad para el descanso."

Ernesto lo asumió como un dogma, sin reparos. Lo llena de orgullo haber recibido las herramientas que empuñó su papá durante sus años en el oficio. Nunca ha visto este trabajo menos digno que otro. Según él, continuarlo lo acerca a las tradiciones de los más pudientes, que llegado el momento, trasladan a sus hijos la responsabilidad de perpetuar su legado y extender su prestigio, es toda la vanidad que conoce.

De su mamá heredó la fe, su ávida curiosidad, y una generosidad que todos quienes lo rodeamos conocemos. De su papá, la dedicación al trabajo, la humildad y la veneración por los muertos. Para este veterano enterrador cada cuerpo inerte, hala consigo hasta la tumba una historia y unos sueños truncados por la muerte. Nunca sepulta un muerto sin antes haber averiguado todo lo que pueda sobre él. En un vulgar ritual repetido a lo largo de los años, lee sagradamente los obituarios publicados en la prensa e indaga quién va a ser enterrado en sus dominios. Después, en internet, busca todo lo que pueda encontrar sobre el difunto y para terminar de

construir su historia, con un morbo inconfesable, no descuida ningún detalle del entierro. Se fija si el último adiós es concurrido por muchos o por pocos, si los acompañantes del cortejo son acaudalados o menesterosos, y repara en las actitudes de los dolientes, en su dolor, para concluir si esa muerte es significativa para el mundo.

El timbre del teléfono celular de Ernesto lo ubicó de nuevo en la realidad, que esta vez no lo parecía. Quien llamaba era Luciano, su hijo.

— ¡Hijo! —le dijo al responder la llamada—, ¡necesito que me ayude!

— ¿Qué pasó papá? —Contestó alterado el muchacho—.

— Recójame cuanto antes en el cementerio.

— ¡Ya voy para allá!

Mientras esperaba la llegada del muchacho, Ernesto se incorporó y repasó otra vez la inverosímil escena. Observó la caja de madera destruida, a la imperturbable joven que aún permanecía sentada en el piso, y por último a él, al sepulturero más antiguo del cementerio espantado por la idea de haber enterrado a alguien con vida. No entendía por qué le pasaba algo como esto. Justo a él, que no ignoraba a ninguno de sus muertos y que se enorgullecía de conocer la historia de cada uno de los que allí dormían su sueño eterno, pero que esta vez, no la sabía.

Al llegar al cementerio, el joven pitó frente a la puerta. Ernesto sacó de su overol un manojo de llaves y probó varias antes de encontrar la que abría el candado que aseguraba el portón. El muchacho entró y parqueó el carro cerca de las bóvedas, desde donde alcanzó a ver los pedazos de madera regados por el piso y a la mujer que se encontraba sentada junto a ellos. Se bajó del carro y preguntó qué había pasado, pero Ernesto, afanado, confundido y sin respuestas, le pidió que llevara a un hospital a la muchacha, a quien señalaba pertinazmente con el dedo.

— ¡Estaba enterrada viva! —Fue lo único que pudo articular—.

El joven, frustrado por la falta de respuestas, se limitó a obedecer.

Ernesto vio partir el carro y tras su paso cerró el portón del cementerio. Se apresuró a recoger los pedazos del cajón destrozado y los embutió, junto con los escombros, en la bóveda vacía. En el piso, entre el polvo, encontró una foto que parecía antigua. En la imagen se veía a un hombre vestido con ropa oscura parado en medio de un escenario cubierto por la nieve. La foto sin embargo, no estimuló su curiosidad en ese momento tan confuso. Se la guardó en el bolsillo del peto de su overol y terminó la tarea que se había impuesto. Sentía una extraña vergüenza que lo obligó a limpiar escrupulosamente el lugar para evitar que alguien se percatara de lo que había ocurrido allí.

Dentro del vehículo en marcha camino al hospital, solo había silencio. Aunque el joven analizaba con insistente mirada a la muchacha, no se atrevió a importunarla con preguntas.

El hospital no estaba lejos. Antes de llegar, Ernesto llamó a su hijo por teléfono y le ordenó:

— No diga que la muchacha estaba en el cementerio, diga que la encontró por ahí, en el camino.

— ¡Cómo se le ocurre papá! —Le reprochó su hijo—.

Pero Ernesto insistió.

— Imagínese ¿cómo quedo yo si alguien se entera que enterré a un vivo?

— Pensemos bien lo que vamos a hacer, por ahora invéntese algún cuento mijo.

Al llegar al hospital el joven se bajó del carro y le abrió la puerta a la muchacha. Ella, sin dificultad se incorporó por su propia cuenta. Como se lo pidió su papá, inventó para el registro que había encontrado a la joven desmayada, tirada en un descampado. Mintió también cuando dijo que le había dado unas palmaditas en la cara para reanimarla. Luego añadió otros detalles a su historia para hacerla más creíble: que cuando por fin se despertó, la ayudó a levantarse del suelo y la indagó sobre su origen y sobre lo que le había pasado, pero que hasta ese momento no había logrado que pronunciara ni una sola sílaba y parecía no entender lo que se le preguntaba. La reseñaron e ingresaron como de identidad desconocida.

Ernesto llegó más tarde de lo acostumbrado a la pensión. Sin quitarse siquiera las botas de dotación se tiró en su cama boca arriba para repasar mentalmente los trastornados sucesos del día. Una a una, como si se tratara de una película, se repetía con persistencia en su cabeza cada escena. Recordó haber sepultado a los N.N en las primeras horas de la mañana, todos remitidos de alguna de las morgues de los hospitales locales.

Después, cavó la fosa en donde enterraría a Felipe Cuartas, el joven y exitoso ejecutivo de una empresa multinacional, fulminado por un infarto frente a todos sus colegas durante una reunión rutinaria de trabajo.

El día anterior había buscado en las redes sociales el perfil del, hasta hacía dos días, próspero ejecutivo. Revisó sus fotos, leyó los comentarios de sus adoloridos parientes y amigos y se durmió pensando en todos los viajes que el hombre dejó de hacer, en la plata que dejó de ganarse y en la linda novia con la que no alcanzó a casarse. Se lamentó por ellos y lanzó el juicio acostumbrado, que aunque lo parecía, no tenía intención de burla:

— ¡Tanto éxito y tan poco tiempo para lo verdaderamente importante!

Sobre los "N.N.", no acostumbraba indagar nada más allá de lo que decían los documentos que acompañaban los cuerpos. Se percataba del género y la edad, y asumía desde ese momento el papel de predicador y de doliente. Cuando empujaba el ataúd al interior de la bóveda correspondiente, recitaba mecánicamente las letanías de rigor y rezaba cualquier otra oración. Les daba la bendición y rogaba a Dios y a la Virgen que le permitieran al muerto en la otra vida, hacer lo que no pudo en esta.

Mientras sellaba la tumba repetía:

— "Dale Señor el descanso eterno y brille para ella la luz perpetua."

Después de dejar a la muchacha en el hospital, el joven se fue para la pensión. Encontró a su papá a oscuras, tumbado sobre la cama tendida aún vestido con la ropa de trabajo.

— ¿Qué supo sobre la muchacha mijo? —Preguntó Ernesto al ver entrar a su hijo al cuarto—.

— Nada papá, la dejé en el hospital.

— Tengo que saber quién es, cómo es que llegó a pasar por muerta —.

— Eso va a estar muy jodido, no quiero que se vaya a meter en un problema papá ——.

— Vamos mañana al hospital y averiguamos —le dijo Ernesto a su hijo, mientras le daba palmaditas en el hombro para tranquilizarlo—.

Por un momento Ernesto dejó de lado su relato. Se sentó frente a mí con una mirada que parecía atravesar los muros de la habitación, abstraído por completo del lugar físico que compartíamos. Después de una larga pausa que no me atreví a interrumpir, me dijo:

— Sabe Alma, mi hijo, Luciano, es lo mejor que yo he hecho en mi vida, si es que uno puede hablar de los hijos como quien habla de sus obras, pero es que así lo siento.

— ¡Ah! y Alicia, mi exesposa. Ella es la artífice de todo. Sin mérito alguno de mi parte, tuvo la generosidad de compartir un momento de su vida conmigo y me dio a mi hijo, que es lo que más amo sobre la faz de la tierra. Pero mi falta de ambiciones, mi excesiva comodidad y

36

conformismo, me convirtieron en un ser egoísta con las personas que más he amado, y pese a ello, la vida me premió, soy millonario en todo sin merecimiento —dijo en tono reflexivo—.

Era la primera vez que Ernesto me hacía referencia a un asunto de su vida. Lo que sé de él es lo que he visto. Conozco a su ex esposa y a su hijo, pues algunas de mis visitas se han cruzado con las suyas. Me bastó ver que era un hombre amable, generoso, ajeno a complicaciones o conflictos, sabio y curtido en las lecciones que enseña el tránsito por la vida. Sin duda, lo que sea que haya experimentado en estos últimos meses lo ha cambiado. Ahora siente la imperiosa necesidad de hallarle sentido a sus vivencias, pero sobre todo, a lo que ha dejado de vivir. Lo veo esforzarse por que yo entienda lo que solo hasta este momento de su vida él ha empezado comprender.

Su hijo Luciano tiene vagos recuerdos de la convivencia juntos, pues Ernesto y Alicia se separaron cuando el niño todavía no había cumplido los dos años. Sin embargo, los tres se han mantenido entrañablemente unidos todo el tiempo.

Alicia y Luciano visitan con frecuencia a Ernesto en la pensión a la que se mudó desde el divorcio. El lugar es acogedor y pulcro, pero a Alicia siempre le ha costado aceptar la extrema austeridad en la que vive. En la habitación no hay nada innecesario. Los objetos superfluos no resisten los arranques de generosidad de Ernesto, quien cada vez que puede le recuerda a Alicia que "pobre no es el que poco tiene sino el que mucho necesita".

Aunque desistió de darle regalos, y a pesar de tener que reponer el jarrón en cada visita, Alicia sigue llevándole flores para dejar implícito su toque femenino. Tal cual llega el florero a la habitación, Ernesto lo lleva al cementerio y lo deja sobre una de esas tumbas que nadie más sino él visita. Los únicos regalos que logra que conserve son algunos libros, y el computador en el que malgasta algunas de sus horas de ocio.

La personalidad de Luciano reúne lo mejor de las de sus padres y uno que otro de sus defectos. Es un joven muy centrado y carismático, ajeno por completo a los convencionalismos sociales. Como su buen maestro Ernesto, vive la vida en paz y sin afanes, y solo permanece en el lugar en donde es útil. Cuando Luciano se propone algo, desarrolla una pasión de genio creador hasta lograrlo.

Sus papás tuvieron la suficiente consciencia de no utilizarlo como excusa para conservar una relación que naufragaba ni como el trofeo de un matrimonio que para sobrevivir, obligara a relegar las aspiraciones del uno por las del otro.

La relación de Alicia y Ernesto floreció con el divorcio. Mientras estuvieron juntos, sus ambiciones o la falta de ellas los confrontaron y los fueron alejando y resintiendo. Ni el nacimiento de Luciano zanjó la distancia que cada día se profundizaba entre ellos. Llegó un momento en su relación en el que Alicia se sintió ahogada. Anhelaba recorrer y devorarse el mundo, pero su realidad, su vida junto a Ernesto, le presentaban uno extremadamente pequeño. En cambio él, podía y aún puede, abarcar de un solo vistazo los límites de todo su universo.

Ernesto no quería nada más de lo que tenía. Él ya había superado con creces sus más ambiciosas expectativas.

No estuvieron dispuestos a dejarse del todo. Se dieron la oportunidad de que cada uno viviera a su manera, y mientras la distancia física aumentó entre ellos, la espiritual se extinguió por completo.

Tomaron diferentes caminos para serse fieles a sí mismos. Ernesto nunca ha hecho proyecciones más allá del día que está viviendo, y Alicia, siempre ávida de nuevas experiencias, se alejó para concretar sobre el terreno todo lo que se había propuesto. Solo cuando se sintió satisfecha con lo que había vivido y conseguido, y a gusto con la persona en la que se había convertido, volvió para compartir sus logros con su entrañable amigo Ernesto.

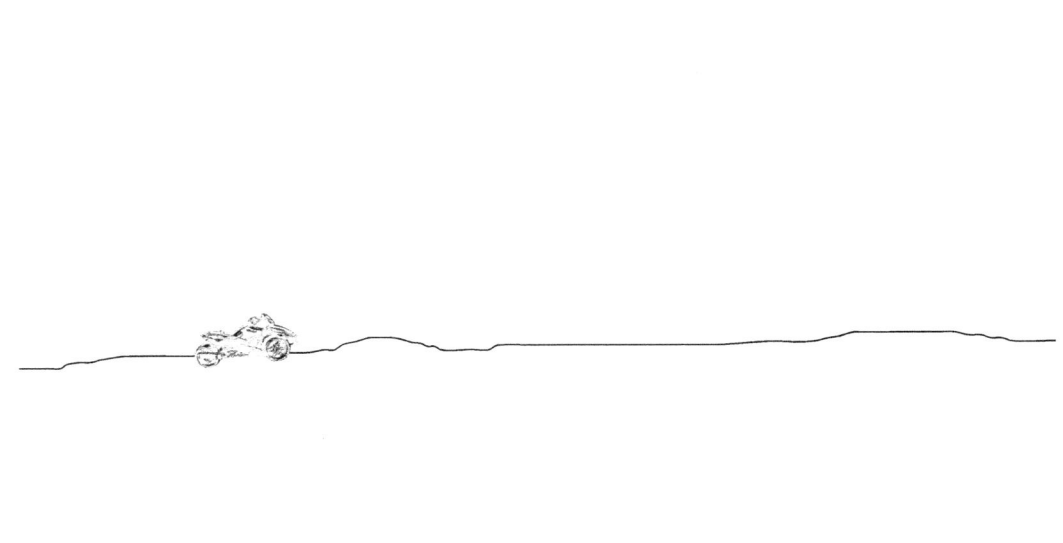

III

Una luz de esperanza

Una chispa fugaz bastó para encender mi espíritu. Ignoré por un momento el miedo que me impedía actuar y empecé a escribir. Ese pequeño acto de fe en mí me permitió mirarme con generosidad, reconocerme como una persona que a pesar de sus temores es capaz, no solo de soñar, sino de ponerse en acción para alcanzar esos sueños. Encontré esa fuerza interior que creí que no tenía. Visualicé la meta y me aventuré (aterrada) a perseguirla.

Aunque me demoré mucho en entenderlo, comprendí que soy la única artífice de mi destino. Constaté que si las ideas no van seguidas de acciones, mueren. Una vez afuera de esa zona oscura de inacción experimenté una sensación de plenitud, de libertad, porque cada día escojo el rumbo, elijo mi destino y lo construyo pieza a pieza, paso a paso, letra a letra. Ni la apatía, ni la inmovilidad, ni el miedo, volverán a gobernar mi vida (lo juro).

Me aferré a esa tabla (fe en mí) que me garantizaba mantenerme
a flote, pero ya no puedo conformarme solo con no ahogarme.
Ahora braceo sin descanso para llegar a puerto y no quedarme
flotando a la deriva. La meta que persigo no es la mera
supervivencia, sino la exquisitez de construir a diario una vida
con sentido, una vida plena.

La joven siguió guarecida en su mutismo. Los exámenes clí-
nicos no arrojaron ningún resultado esclarecedor sobre la
condición que la afectaba y sin más que hacer por ella, los
médicos decretaron el alta.

Ernesto y Luciano llegaron temprano al hospital. Al indagar
por la joven, una enfermera les señaló de manera displicente
hacia una banca en donde se encontraba sentada la muchacha,
les indicó que estaba sana y que habían necesitado la cama
para dársela a alguien que sí estaba enfermo. Sin embargo,
dijo que solo podría irse hasta que la policía estableciera su
identidad por medio de las huellas dactilares, que estaban a la
espera de que llegaran para llevársela a la estación en donde
realizarían el cotejo.

A Ernesto le resintió el despotismo de la enfermera, que
sin ningún asomo de empatía por la situación que la joven
atravesaba, se expresaba de ella con evidente desprecio.
Impulsivamente y para resarcir en algo la injusticia, se dirigió
hacia la muchacha, se inclinó hacia ella y le preguntó al oído:

— ¿Se va conmigo? —Ella aceptó sin dudarlo—.

— Entonces vamos a esperar el momento adecuado para irnos, usted solo debe confiar en mí y hacer lo que yo le diga —le dijo Ernesto resuelto—.

Luciano se rascó la cabeza y torció la boca y los ojos con ademán desesperado, desaprobando la idea de su padre.

— Esto no es un juego papá, es un asunto serio del que podemos salir muy mal librados. No sabemos quién es la muchacha, ni quién tenía la intención de desaparecerla y ahora usted con esta idea de sacarla de aquí a escondidas.

— Mire Luciano, aquí les importa un bledo la suerte de esta muchacha, favor que les hago al llevármela. Yo mismo le voy a ayudar a que averigüe su identidad y a recuperar su vida, si es que eso es lo que más le conviene. Ya veremos quién fue capaz de hacerle tal bellaquería y por qué. Por ahora va a estar a mi cargo y desde este momento, lo que tenga que ver con ella, tiene que ver conmigo —sentenció—.

Sin embargo, la fuga careció por completo de espectacularidad. Imposible determinar si fue por complicidad o negligencia, pero al final, ni la enfermera ni el portero fueron obstáculos para que los escapistas alcanzaran su libertad.

Instalaron a la muchacha en una habitación de la pensión en la que vivía Ernesto, y él, con la amabilidad que lo caracteriza, hizo con ella un recorrido por todo el lugar para familiarizarla con su nueva casa. Se ofreció a ayudarla por un tiempo, hasta

que se sintiera capaz de valerse por sí misma. Antes de salir de la habitación, la muchacha haló por la camisa a Ernesto y le pidió con señas una hoja y algo con qué escribir. Con letra grande y bonita, la muchacha escribió en el papel: "¡Gracias!" Aunque hasta ese momento, de la boca de la muchacha no se había escapado ni una sílaba, era evidente que entendía. Padre e hijo acordaron darle algunos días para que se adaptara a la nueva situación sin presionarla. Esperaban, que al ganarse su confianza, hablaría. Ya se enterarían quién era, de dónde venía, y quién y por qué la habían metido en esa bóveda.

Luciano le compró, por encargo de su papá, comida, un par de zapatos y algo de ropa. Ernesto trató de continuar con sus rutinas como si nada, limitándose a saludarla a la distancia cuando la veía asomada por la ventana.

La pensión es una casa antigua con doce habitaciones dispuestas en un cuadrado que enmarca un jardín central. Cada una tiene su baño, una pequeña mesa de no más de un metro cuadrado, que Ernesto utiliza como escritorio y comedor, y una cocineta con una estufa a gas de dos fogones. La de él tiene nevera, una confortable poltrona y dos sillas más, compradas por Alicia.

Cuando Ernesto dejó la casa que compartió con Alicia y con Luciano, solo se llevó consigo lo que tenía puesto. Todo lo que le importaba conservar era el amor de ellos, lo demás le estorbaba. En ese momento de su vida estaba convencido de que su presencia, más que contribuir, interfería con las ambiciones y con la felicidad de Alicia y de su hijo, así que se fue, sin cargar siquiera algún complejo de culpa. Sentía con intensidad todo el amor que tenía para ofrecerles, sabía que la distancia entre ellos no sería una barrera si ese amor era realmente fuerte, y lo era.

Algunos días después de la llegada de la joven, Ernesto se dio cuenta de que se asomaba por la puertaventana cuando escuchaba algún ruido en la casa. Él acostumbraba a levantarse temprano a recoger el periódico que arrojaban por debajo de la puerta que daba hacia la calle. Se percató de que lo seguían con la mirada, pero él la ignoraba intencionalmente para que no se avergonzara al sentirse descubierta. Por las tardes, al llegar del cementerio, buscaba su mirada para saludarla.

Una mañana, al abrir la puerta de su habitación se encontró de frente con la muchacha, que llevaba en una mano el periódico y en la otra una taza de café caliente que liberaba su magnífico aroma.

— ¿Es para mí, y el suyo? —

La muchacha se fue dando salticos cortos a buscar su taza para acompañarlo. Se sentaron en la habitación y lo bebieron en silencio. Ernesto, como de costumbre, buscó la página de los obituarios y puso el resto de las hojas del periódico en la mesa. Ella las recogió para hojearlas.

Esta misma escena se repitió por algunos días más. Una tarde fue él quien tomó la iniciativa de aparecerse en la habitación de la joven para entregarle unos dulces que le había comprado en el camino de regreso a la casa. Le golpeó en la puerta, pero

ella se demoró en asomarse. Cuando lo hizo, Ernesto notó el enrojecimiento de sus ojos llorosos.

Después de dudarlo por un instante, la muchacha se decidió a abrir la puerta. Él entró, la saludó animado y se sentó en una de las dos sillas que había junto a la pequeña mesa. Ella le pasó una hoja que escogió de entre las que tenía apiladas en la mesa. Ernesto la leyó en silencio.

"Soy una muerta en vida, sin nombre, sin recuerdos, sin pasado y sin futuro. Quiero dormir eternamente, no volver a despertarme. No tiene sentido una vida tan vacía."

Las palabras desconsoladas de la joven preocuparon a Ernesto y agudizaron la culpa que sentía por haberla enterrado viva. Además, avivaban en él la vergüenza que le producía la actitud solapada con la que pretendía echarle tierra a ese asunto para evitar tener que dar explicaciones que no tenía. Prefirió eludir cobardemente el juzgamiento de las autoridades y de sus superiores en el cementerio. Le apostó a que las dudas se irían disipando con el tiempo, y que sería la misma joven la que le revelaría la verdad, cuando estuviera lista para hacerlo.

— Está muy joven para vivir sin esperanza, ya habrá tiempo de encontrarle respuesta a sus preguntas y un sentido a su existencia. No reniegue de la vida, solo al perderla se agota la esperanza —le dijo Ernesto en tono de viejo sabio—.

Ella le arrancó la hoja bruscamente de las manos y escribió: "esperanza, esperanza, esperanza..."

Luego tomó una hoja en blanco y escribió en letras grandes: "llámame Esperanza. ¡Con eso empiezo a reunir lo que me falta!".

La ocurrencia los hizo reír a los dos, y esa sonrisa llenó de luz y cambió de tajo el semblante de su inexpresiva cara. Cogió uno de los dulces que Ernesto le había traído, le quitó el envoltorio y lo saboreó embelesada, exagerando un poco, solo para agradarlo.

Él, en efecto, se sintió halagado por la demostración de agradecimiento.

— Con que Esperanza, ¿no? Pues entonces nos vamos Esperanza, todavía hay sol y creo que quiere verla — Dijo entusiasmado—.

La cogió por el brazo y con una reverencia le cedió el paso para que ella saliera primero, él la siguió.

Sus citas de la mañana y de la tarde se repitieron día tras día, por varias semanas. Ernesto se adaptaba con facilidad a las rutinas y ansiaba que llegara ese momento del día en que se encontraban. Esperanza, por su parte, pasaba los días en la pensión, arreglaba su ropa, su habitación y la de Ernesto, quien no acababa de sentirse cómodo con esta pequeña intromisión. Lo consideraba embarazoso e innecesario, pues él mismo se había ocupado de sus asuntos desde hacía muchos años.

El resto del día, la muchacha caminaba sin rumbo por las calles, entretenida con lo que se encontraba a su paso. Cuando llegaba a la casa escribía frenéticamente y llenaba páginas

vacías con sus recién construidos recuerdos. Una de las hojas la reservaba siempre para Ernesto, se la entregaba durante la cena y él la leía en las noches antes de acostarse. Era la manera en que compartía con él ese mundo que parecía estar hasta ahora conociendo. Describía al detalle las caras, los gestos y las actitudes de las personas con las que se cruzaba en el camino, las formas, los tamaños y los colores de las cosas, y las sensaciones que unos y otras causaban en ella. Él leía complacido y luego se dormía.

Ernesto quiso sorprenderla regalándole una libreta de papel ordinario que le compró, para que escribiera en ella sus pensamientos. Estaba forrada con un cartón adornado con flores y hojas secas. Cuando llegó a la pensión a entregarle el presente, advirtió que ella no estaba. Aprovechando su ausencia se metió en el cuarto para dejársela sobre la mesa en la que estaban regadas algunas hojas manuscritas y recogió una para leerla:

"El sol se muestra hoy más esplendoroso que otros días, nada parece escaparse a su luz y a su calor, pero aunque ilumina todo lo que toca, yo no dejo de ser oscuridad.

Quiero morirme hoy, aquí mismo. Quiero dejar de ser y de existir, si es que en verdad existo y alguien soy. Me siento en un eterno deambular sin rumbo.

"¿Para qué vivo? Me pregunto. Todos parecen tener una razón para vivir, todos menos yo: la mujer que pasea a su bebé en su cochecito atendiendo hasta sus más insignificantes demandas; el muchacho que barre

la calle tapizada por las hojas de los árboles que caen
incesantemente, ignorando sus esfuerzos; el señor que
maneja el taxi, el que vende tazas de café en la calle…
todos, menos yo, merecen una cama por las noches para
reponer sus mentes y sus cuerpos desgastados por la jornada de trabajo, ¿y yo qué, qué razón tiene mi presencia
en este mundo?"

El descubrimiento lo dejó perplejo y decepcionado. Estaba
convencido de que Esperanza se adaptaba a su nueva vida
y creía, erróneamente, que estaba cómoda y feliz. Salió de la
habitación descorazonado y confundido. Otra vez lo invadió
el remordimiento y pensó que no bastaba con proteger a la
muchacha para expiar todas sus culpas. Sin embargo, no la
desenmascaró. Ese día, como todos los demás, cenaron juntos y
compartieron por un rato. Antes de despedirse, ella le entregó
la página que había escrito ese día para él. Esta, a diferencia
de la que Ernesto había leído a escondidas, parecía escrita por
alguien que disfrutaba de la vida y sus milagrosos regalos:

"Anoche soñé que estaba en un paraje cubierto de nieve.
Que el frío, a pesar de entumecer mis manos y la piel
de mi cara descubierta, me producía un dolor que disfrutaba. Llegué a una casa grande cuyo techo estaba
tapizado por escarcha helada. Al abrir la puerta, un
aroma familiar, el olor a miel de maple y la tibieza de
su ambiente interior, me indicaban que había llegado
a casa. Más que un sueño, parecía una remembranza."

Esa noche fue larga para Ernesto, tan desacostumbrado a las preocupaciones capaces de espantar su sueño. Sintió un hueco en el estómago al pensar que las ambiciones y deseos de Esperanza, a cuya presencia y compañía se había habituado rápidamente, estaban lejos de él y de esa casa.

El colchón y la cama parecían de piedra, no las soportaba. Se levantó a la madrugada y se sentó en el sillón para comprobar que lo que lo incomodaba no era la cama, eran sus pensamientos. Algunas de las ideas que lo rondaban, al concretarse en su cabeza, eran como lanzas afiladas que le causaban dolores en el pecho.

Ernesto recordó este sentimiento, era el mismo que lo embargó cuando decidieron separar sus caminos con Alicia. En esta ocasión, como en ese entonces, entendió que él no podía darle a Esperanza lo que ella necesitaba, y también, como en aquel momento de su vida, prefería hacerse a un lado y no ser un obstáculo para la muchacha.

El resto de las horas, hasta el alba, las dedicó a examinar exhaustivamente lo que sentía por la muchacha, y de entre todo lo que se le reveló durante esas horas oscuras, escogió su faceta como el benefactor que no esperaba nada a cambio de cuidarla, pues todo lo demás lo contrariaba, sobre todo, la verdad.

No durmió ni un minuto de esa noche y quedó de una pieza cuando Esperanza golpeó en su puerta para llevarle el café y el periódico. A pesar de su desasosiego la recibió con amabilidad y repitió su ritual matutino, solo que esta vez, descuadernó por completo el diario, le pasó a la joven los avisos clasificados y le dijo:

— ¿Quiere ver si hay algo para usted, algo que le gustaría hacer?

Ella recibió vacilante la hoja de papel. Él fingió ignorar la sorpresa que este hecho causó en ella.

Luciano visitó a Ernesto el sábado en la tarde, le llevó algunos panes con queso que comieron acompañados de chocolate caliente. Miraron juntos imágenes de carros deportivos en el computador y los resultados refritos de las carreras de la Formula Uno de la semana anterior. Hicieron sus pronósticos y apostaron una invitación a almorzar para quien acertara su respectivo vaticinio. Después salieron a caminar.

En medio de una conversación trivial, Ernesto, quien había aguantado toda la tarde las ganas de revelarle a Luciano sus preocupaciones sobre Esperanza, le dijo que quería ayudar a la joven a buscar información sobre su origen, sobre su familia, y saber, de una vez por todas, cómo fue que llegó a esa bóveda del cementerio. Además quería conseguirle un trabajo para que pudiera hacerse cargo de su vida.

— Todo pinta muy difícil papá, esta es una historia inverosímil en la que las respuestas que se encuentren pueden no gustarle o convenirle a nadie. Me perdona que se lo diga, pero usted ha sido bastante arriesgado e ingenuo al llevársela para la pensión y al creerle ciegamente que no recuerda nada de su vida. Me preocupa

lo que pueda encontrar si se pone a hurgar en esa historia —le dijo Luciano convencido—.

— No importa mijo, ya estoy metido en esto hasta el cuello, ya no puedo hacerme el de la vista gorda. Sabe, vamos a hacer esto: primero tratemos de encontrarle un trabajo a la muchacha.

— Pero ni habla —replicó Luciano—.

— Pues algo donde no necesite hablar. ¡Debe haber algo! —Dijo Ernesto exasperado—.

— Hablemos con su mamá para ver qué se le ocurre y ahí vamos dando un solo paso a la vez. Yo, mientras tanto, sigo ayudando a Esperanza con lo que necesite.

— Además papá, perdóneme que se lo diga, pero eso de inventarle un nombre lo deja a usted como un chiflado—.

— Pues entonces que así sea mijo, para mí la muchacha tiene cara, cuerpo y actitud de Esperanza ¿no le parece? — Dijo Ernesto, con la intención obvia de trivializar las preocupaciones de Luciano—.

Para darle un giro a la conversación, y en vista de que en esta, como en todas las demás batallas en las que se tranzaba contra su padre, las perdía, Luciano le soltó a Ernesto una infidencia para la que él no estaba preparado:

— ¿Sabe?, me gusta esa muchacha papá. Es bonita, pero más allá de eso, todo ese aire misterioso que la envuelve, esa sensibilidad con la que escribe, me parece interesantísima y me atrae mucho. ¿Cuántos años tendrá?

Veinte o menos, calculo —contestando él mismo a su pregunta—.

La revelación sacudió a Ernesto por completo, quien no atinó a hacer ningún comentario. Solo se tragó el malestar que despertó en él la confesión.

En su nota de ese día, Esperanza le escribió a Ernesto:

"Me sacaste de la espantosa oscuridad de un sepulcro, de la marginación, del olvido. Te conozco desde el primer día de toda la vida que recuerdo. Contigo estreno mis sentimientos, recreo mis pensamientos y construyo mi presente. Eres toda mi familia, todos mis amigos, todo mi mundo Ernesto, tengo una deuda eterna contigo.

Me invade la vergüenza cuando pienso que estás gastando en mí tu tiempo y tu dinero. Creo que no me lo merezco. No puedo abusar de tu generosidad mi viejo, no es justo. Tengo que salir a buscarme la vida. Tú ya hiciste lo necesario y más para brindarme una nueva oportunidad. A pesar de no ser nada tuyo, me tratas como a una hija, como a una hermana.

No quiero ser una carga, tú mereces estar tranquilo y no voy a ser yo quien te robe esa tranquilidad."

Ernesto leyó la nota y se levantó de la cama sobresaltado, sabía que esa noche también iba a serle esquivo el sueño. Necesitaba pensar en algo que evitara que Esperanza, en un arranque de desesperación, se fuera sin medir las consecuencias de sus actos. Además, lo dejó algo resentido que ella lo viera como un padre, como un viejo.

Pasados algunos días desde que se enterara de las preocupaciones de Esperanza, Ernesto se despertó más temprano que de costumbre, recibió la prensa, escudriñó las páginas del periódico sabiendo exactamente lo que buscaba y fue de inmediato a despertarla.

— Le tengo algo Esperanza. Mire, ¡aquí la necesitan!

Ella se contagió con el entusiasmo de Ernesto, aun sin saber de qué se trataba. Tomó en sus manos el periódico y leyó el aviso clasificado:

"Prestigiosa agencia de viajes requiere digitador con o sin experiencia. Presentarse con la hoja de vida, el jueves 8 de julio a las 7:00 de la mañana en la avenida 19 # 4–62. Disponibilidad de una hora para realizar una prueba de aptitud."

— Usted escribe bien. ¡Nada se pierde con intentarlo! —.

Ella encogió los hombros y arrugó emocionada la hoja de papel entre sus puños apretados.

Alicia se había enterado por Luciano sobre las inquietudes que Ernesto tenía respecto a Esperanza. Lo llamó para hacerle caer en cuenta de las dificultades que iba a tener la muchacha para conseguir un trabajo, sin siquiera tener un nombre, ni experiencia, ni papeles que la identificaran. Ernesto le contestó:

— Sí tiene nombre, se llama Esperanza. Eso es lo primero Alice, averígüese cómo hacemos para identificarla sin que empiecen a hacernos preguntas. A usted nada le queda grande, ayúdeme con eso. Y el trabajo se lo consigo así tenga que inventármelo. Necesito es que haga algo, si es necesario yo le pago el sueldo de mi bolsillo, así sea poquito. Usted que conoce tanta gente, propóngale eso a alguien.

Ella no se opuso a sus deseos, ni siquiera a este que rayaba en lo absurdo, nunca lo hacía. Trataba de ser la voz de su conciencia cuando lo veía cegado por su compulsión de ayudar. Había sido testigo de cómo Ernesto comprometía hasta el pellejo por las causas ajenas, rara vez por las propias.

Alicia habló primero en el registro civil, quería enterarse de cómo alguien sin identidad, podía hacerse a una. También contactó a un viejo conocido que trabajaba en una agencia de viajes, le explicó el propósito que tenía su familia de ayudar a una muchacha huérfana y muda que habían conocido, su intención de encontrarle una oportunidad para que aprendiera a ganarse la vida por sí misma. Le contó que la joven tenía talento para escribir y que si él y la agencia así lo querían, la muchacha podría hacer las reseñas de los sitios turísticos que publicaban en la página de internet. Le dijo además sobre su intención de asumir el pago de un modesto salario con la condición de que ella no se enterara.

El hombre no se tomó mucho tiempo para analizarlo, una ayuda extra, sin obligaciones económicas por parte suya, era un ofrecimiento que no iba a rechazar. Acordaron los detalles y ambos quedaron satisfechos con el arreglo.

La noche anterior a la entrevista de trabajo, Ernesto y Esperanza fueron a una comida en el apartamento de Alicia y

Luciano. Comieron todos juntos. Ernesto amenizó la cena contando otra más de sus historias de muertos, que remató como siempre, con una cruda moraleja:

— Eloísa Contreras fue una señora hermosa que conocí cuando visitaba la tumba de Jorge Leal, su esposo. ¡Qué apellido para alguien que supo tan poco de lealtad! Estuvieron casados 43 años, y a pesar de que el susodicho no era un dechado de virtudes, tuvo la fortuna de conocer a esta dama excepcional.

Ella era una romántica. Concebía el amor como un viaje compartido entre dos almas. Me contó que cuando conoció a Jorge y se enamoró de él, fue como si desde ese momento viera el mundo a través de una lente. Veía magnifico a este hombre y sus actos. Más allá de él, el universo era una mera distorsión que estaba lejos de importarle.

Jorge parecía ser todo lo que ella siempre había querido: por fuera, un arcángel de belleza avasalladora, dotado de una poderosa personalidad confiada y carismática, rasgos dominantes, que enmascaraban al personaje egoísta, manipulador e inescrupuloso que sus ojos, cegados por el amor, y su intuición, nublada por el deseo, no lograron revelar a tiempo.

Ella se enamoró de él para siempre, con todos sus contrastes, y lo eligió como su compañero de viaje.

Jorge siempre fue muy inferior a los anhelos de Eloísa. Su imagen de prohombre se fue diluyendo con cada maltrato, con cada traición, con cada desengaño, hasta no parecerse en nada a lo que Eloísa ambicionó y mereció.

Pero Eloísa no estaba dispuesta a renunciar al amor, que a pesar de su imperfección, había encontrado tierra fértil en su corazón. Fue paciente, tuvo fe, principalmente en ella misma, y en la fuerza de su amor.

Su inquebrantable dignidad le permitió reconocer el valor de sus propios actos, aun cuando su esposo se empeñara en despreciarlos. Fue capaz de reconocer sus virtudes y valor, a pesar del menosprecio con que Jorge pretendía minimizarla.

Su humildad no entendía de revanchismo, sabía que no sería ella, sino la vida, quien doblegaría la soberbia que como un roble, se había erguido y echado raíces en las actitudes de su esposo.

Jorge, con su equipaje cargado de desperdicios, se estrelló contra la nobleza y las fuertes convicciones de Eloísa. Ella consideraba que él, a pesar de sí mismo, merecía amar y ser amado, y que todavía albergaba en algún rincón de sus endurecidos sentimientos, algo de ese amor que juntos vieron nacer.

Fue una artesana que con paciencia talló esa piedra que el hombre tenía por corazón hasta convertirlo en una joya digna de su amor, confiada en que los sentimientos de su esposo estaban dormidos y no muertos.

La tarea de Eloísa fue titánica. Perdió muchas batallas, pero al final ganó, porque ella no desaprovechó ni un solo día para creer, para confiar, para amar. Nunca le dio poder a Jorge para que destruyera su fe, para que quebrantara su confianza en el amor, en ella misma y en los demás. Nunca permitió que se extinguiera la llama del amor en su corazón.

Una enfermedad despojó a Jorge de todo su orgullo, de su egocentrismo, de su soberbia, y desnudó su alma contaminada. Solo en ese momento, el hombre pudo ver con claridad su insignificancia, su obstinación y su indolente despilfarro.

Su imagen en el espejo lo llenaba de vergüenza, pero su cuerpo maltrecho era apenas el tibio reflejo de su apocado espíritu.

A pesar de no merecer ni el desprecio de Eloísa, recibió otra vez su amor, y esta vez, no se resistió a que permeara toda su existencia. Y desde ese día, hasta su muerte, se lo devolvió con toda la intensidad que conocía.

Lo dicho: ¡Dios le da pan al que no tiene dientes! —Remató Ernesto al finalizar su historia—.

Al final de la cena, Luciano llevó a Esperanza a conocer el apartamento que comparte con su madre y Sergio, su padrastro, quien se encontraba de viaje esa noche.

El muchacho le enseñó su colección de carros de carreras en miniatura y las medallas de cuando jugaba al fútbol en el colegio.

Al pasar por el estudio, Luciano encendió un teclado eléctrico y cantó un pedacito de una canción de ritmo alegre y pegajoso. Los jóvenes se rieron del improvisado acto. Él, con una sonora carcajada, ella, tapándose la boca con las manos para ocultar su risa silenciosa.

El lugar es pequeño, ordenado y decorado con cuidado. Alicia colecciona objetos que ha traído de sus viajes. Cada uno tiene para ella una historia y un significado, que les otorga para encubrir que los acumula como evidencia de que ha conseguido todo cuanto se ha propuesto conseguir.

Siempre tuvo claro que no iba a aceptar la marginalización social a la que parecía estar predestinada por su origen humilde. No dejó que nada la distrajera o alejara de hacer y tener todo lo que quiso desde que tiene memoria. Es una mujer madura, que se viste y maquilla con esmero, sin necesitarlo en realidad, pues es bonita y aparenta mucha menos edad de la que tiene. Nada en ella es dejado al azar, ni sus modales, ni su ropa y ni los accesorios que usa, que contrastan con su personalidad sencilla, amorosa y descomplicada.

Cualquiera que no se tome el tiempo de conocerla puede llevarse una impresión equivocada. Es difícil imaginar que alguna vez estuvo casada con Ernesto, quien a diferencia de ella, le da igual si utiliza una media de un par y la otra de otro, y que para las ocasiones especiales de, por lo menos los últimos diez años, ha utilizado por obligación, la misma camisa y corbata.

Esperanza se sentía realmente complacida, se reía de todas las ocurrencias de Luciano y a pesar de su silencio, sus manos, sus ojos y su sonrisa, reflejaban que la felicidad la invadía por completo.

Ernesto la observaba con disimulo, algo confundido cuando pensaba que no parecía ser la misma joven que sobre el papel clamaba a la muerte para que la cubriera pronto con su oscuro manto. Entonces interrumpió las risas de los muchachos y les contó a los presentes sobre la posibilidad de que Esperanza trabajara.

Alicia y Luciano, con simuladas expresiones de asombro, se mostraron entusiasmados con el anuncio.

Alicia también tenía un regalo para Esperanza. Le entregó un papel con un nombre, una dirección, una fecha y una hora escritos, y le dijo:

— No me pregunte cómo lo hice. Solo vaya a ese lugar, ese día, a esa hora y pregunte por la persona de quien le anoté el nombre, explíquele quien es. Él tomará sus huellas y recabará los datos necesarios para darle su nueva identidad, si es que no se puede establecer la verdadera.

Esperanza expresó su emoción con un llanto alegre y abrazó agradecida a cada uno de sus amables amigos y benefactores.

Al llegar a la pensión después de la cena, Ernesto se acostó sin recibir la acostumbrada nota de Esperanza, quien ese día no le había escrito nada. Sentía una incomodidad de la que no hallaba explicación. A pesar de la feliz velada, estaba inquieto e irritable. Cada vez tenía más claro que Esperanza no despertaba en él sentimientos paternales, era algo diferente. Se sintió avergonzado con la idea de que un viejo zorro como él, estuviera alimentando ideas románticas con una muchachita a la que le triplicaba la edad.

Las risas que Luciano le arrancó a Esperanza con su acostumbrado derroche de carisma y simpatía, lo dejaron mortificado. Se durmió rogándole a Dios que al despertar, la noche disipara eso que lo hacía sentir como un mezquino y patético viejo verde.

Esperanza lo despertó al día siguiente con café negro, el periódico y la nota que le adeudaba:

"Mi hermoso viejo, he sido injusta y malagradecida contigo, por favor perdóname.

No podía entender, hasta hoy, que aunque no sé nada de mi vida, que aunque para sentirme que soy alguien tuve que inventarme un nombre, y que aunque los recuerdos que acumulo son los de hace apenas unos pocos días, te tengo a ti, que desinteresadamente me das cariño, apoyo, un techo, comida y una cama.

Un lápiz y un papel me dan voz para agradecerle a Dios, a ti y a la vida, el instante precioso en que cada mañana compartimos un café, y la ilusión de que se obren milagros en mi vida.

Eso es más de lo que muchos tienen y más de lo que un muerto en vida puede ambicionar. Gracias."

Esta vez no se quedó a desayunar con él, le escribió en el extremo de la hoja de papel:

"Come solito, ¡yo voy a embellecerme!"

IV

Cuestión de actitud

Mientras Ernesto rearma la historia y se asegura de que yo entienda, extracte y refleje con exactitud el mensaje que quiere transmitir, no puedo evitar pensar en el grado de inconsciencia con que estoy construyendo la mía. La vivo, y sin embargo, la siento ajena.

Cada capítulo me confronta con una realidad que evado por costumbre.

Llevaba muchos años repitiéndome que mi vida, tal y como estaba planteada, no se parecía en nada a la que había idealizado a la luz de mis expectativas, y ese pensamiento, un millón de veces repetido, adquiría con los días un incalculable poder autodestructivo. Actuaba como la gota de agua, que con el tiempo, con fuerza inadvertida, erosiona la roca en la que cae.

Hacía el ejercicio consciente de ser agradecida con mis privilegios y de reconocer el valor que representaba cada

persona, cada oportunidad y cada cosa que me rodeaba. Pero la verdad absoluta, es que mi insatisfacción no cedía ante esos esfuerzos, por el contrario, cada vez se hacía más profunda.

Mi obstinación invisibilizaba la belleza y abundancia que inundaba todo a mi alrededor: la lealtad de un compañero de viaje, que a pesar de sus defectos y de los míos, unas veces me sigue y otras me guía. Dos razones para levantarme cada día y actuar más allá de mi egoísmo: mis hijos. Y una familia imperfecta, pero incondicional e indisolublemente unida por la sangre y el amor.

Aun con todo eso y lo demás, siempre sentía que la vida me adeudaba algo.

El acto de fe de Ernesto para conmigo, de encomendarme la misión de materializar la única gran ambición que ha tenido. La confianza, alegría y orgullo expresados por mis hijos y mi esposo al contarles que había asumido este gran reto, para el que ellos más que yo, me sentían lista y capaz, marcó el antes y el ahora.

Por primera vez desde hace mucho tiempo, pude ver más allá de mis carencias, pues conté con la suerte inesperada e inmerecida de que me han amado más de lo que yo he sabido amar a alguien, y de que quienes me aman, creen en mí, más que yo misma.

Las reflexiones que me hacía ya no podían seguir flotando en
el vacío, era importante, imperioso y necesario que actuara.
Tenía que expandir mi mente y confiar. Convencerme, como
lo estoy ahora, de que el cambio que necesitaba mi vida,
dependía solo de mí.

Tanta pasividad y obcecación me inmovilizaban.

Llena de razones, como estaba, para sustentar que era una
víctima de las circunstancias, me mantenía concentrada en
el problema y no en la solución. Así, era imposible reconocer
las infinitas posibilidades que la vida me ofrecía cada día, y
apropiármelas.

Sigo idealizando, y lucho permanentemente por impedir que
las dificultades, la rutina, la negatividad y los saboteadores,
devoren mi motivación y mi energía.

Mi determinación debe ser directamente proporcional al
esfuerzo que invierto en conseguir lo que me propongo. La
automotivación tiene más el efecto de un bronceado que el de
un tatuaje, por lo que debo mantenerme firme en mis empeños
y trabajar en ellos hasta que logre ver sus frutos.

Tuve que empezar a apreciar igual las flores y las piedras del
camino. Decidí mejor, hallarle sentido a cada una.

Las piedras son las dificultades y el dolor. No son una elección.
Son inherentes a la vida. Aparecen esté uno preparado o no.

Las pruebas llegan para retarnos, para obligarnos a superar nuestros temores, para llevarnos más allá de los límites imaginables, para fortalecernos, hacernos más sabios y despertar la combatividad de nuestro espíritu.

Las flores están ahí para recordarnos la fragilidad, la perfección y lo efímero de la vida y sus milagros. Puede no haber otra oportunidad de apreciarlas más que ahora. Es imprescindible hacer un alto en el camino para admirar su belleza, su perfume y su color.

Necesitaba de manera urgente un cambio en mi vida, hoy sé bien que era un cambio de actitud, principalmente. "Nadie cambia realmente", me insistía uno de mis mejores amigos, y probablemente tenga algo de razón. Pero aunque nuestra esencia, el material del que estamos hechos siempre sea el mismo, nuestro comportamiento, nuestras reacciones, nuestras actuaciones, en resumen: nuestra actitud ante la vida, sí es susceptible de cambiar.

La reflexionadera y el cansancio me motivaron a intentarlo. Es agotador ir por la vida cargando con tanta basura mental y emocional, con tantas inseguridades y miedos, con tanta autocompasión y cobardía.

La inspiración para aventurarme a conseguir lo que quiero estaba justamente al frente o mejor, dentro de mí. "El buen catador de la belleza la encuentra en todas partes". Pues entonces, desafortunado el que quiera permanecer ciego ante ella.

Esperanza llegó entusiasmada a la entrevista de trabajo. Sabía que si conseguía este trabajo estaría más cerca de su propósito de ser independiente y de dejar de ser una carga para Ernesto. Él la acompañó hasta la puerta del edificio en donde estaba la agencia de viajes, la presentó con la recepcionista del lugar y se marchó para su trabajo.

La muchacha estaba discretamente arreglada. Vestía de manera sencilla, pero se podían ver algunos detalles que reflejaban el cuidado especial que puso para esta ocasión. Su pelo liso largo, apenas seco, estaba peinado hacia un lado de su cara. Su boca y mejillas tenían un toque de color, añadido con un pintalabios que Alicia le regaló a Esperanza la noche anterior. Su rostro, que hasta ahora empezaba a renunciar a los rasgos de la infancia, tenía esa vitalidad de la juventud que solo necesita una sonrisa para embellecerlo.

Marcelo Acero, el gerente de la agencia, salió a la salita de espera en donde estaba Esperanza y de manera algo torpe, le empezó a hablar con una gesticulación exagerada que complementaba con algunas señas innecesarias, pasando por alto el hecho de que ella no hablaba, pero escuchaba a la perfección.

A Esperanza le causaron gracia los esfuerzos del hombre por hacerse entender, los tomó como un acto de amabilidad y mejor se concentró en atender sus indicaciones para espantar las ganas de reírse.

Grandes fotografías del mar, montañas, ríos, animales exóticos y coloridos, paisajes paradisiacos y personas de

esplendidas sonrisas, adornaban las paredes de la sala de juntas a donde entró para realizar la prueba de escritura.

— Solo quiero que escribas en esta hoja todas las emociones que anhelas se despierten en ti, cuando emprendes un viaje, sin importar el destino.

Le dijo Marcelo a Esperanza entregándole la hoja.

— Tienes que ser muy emotiva, muy descriptiva, por supuesto. Nuestro trabajo se trata de eso. Más que viajes, lo que ofrecemos a nuestros clientes son experiencias inolvidables. Hazlos desear estar en esos lugares y anhelar sentir lo que tú sientes, ver lo que describes ¡Mucha suerte!–. Remató el hombre, dándole una palmadita en el hombro.

Esperanza descolgó su cabeza hacia atrás y acomodó una a una cada vertebra en el espaldar de la silla. Esta era la mayor aventura que había tenido hasta ese momento en su nueva vida. Estuvo algunos minutos mirando hacia el techo de la sala, buscando las palabras correctas que describieran el viaje que para ella acababa de empezar. Estaba tan emocionada con la idea de trabajar en ese lugar, que le costó trabajo apaciguar su excitación para concentrarse en la tarea. Cerró los ojos. Viajó hasta lo más profundo de sus emociones y empezó a escribir:

"No importa a donde vaya, lo primero que debo recordar al iniciar un viaje es ir liviana, sin cargas de pasado que puedan distorsionar mi experiencia, así, cuanto mire, pruebe, huela y sienta, será siempre como la primera vez: como la primera vez que nos enamoramos; como la primera vez que inundamos la mirada con la inmensidad del mar; como la primera vez que esperamos el amanecer o el atardecer sentados sobre la tibia arena de una playa, o como esa primera vez, cuando llenamos nuestros pulmones con el aire puro de la montaña, impregnado con la fragancia que exhalan los pinos y los eucaliptos que la pueblan.

Al llegar a un lugar nuevo trataré de no ser una extraña, sino alguien que saluda y habla con quienes se cruza en el camino. Si me detengo a apreciar con cuidado todo lo que compone ese nuevo entorno, lograré que los recuerdos sean más vívidos y perdurables que los de una fotografía, y con el tiempo, el sonido de una voz, el eco de una callecita, el olor de una fruta recién partida o una melodía, me llevarán de regreso a ese lugar.

Viajar es permitir que una experiencia enriquezca la manera como vemos el mundo, para dejar de sentirlo extraño y ajeno.

Todos los lugares y las personas estamos unidos por hilos invisibles. La raza, las costumbres y las particularidades culturales, nos diferencian, pero nuestro cuerpo, alma y espíritu nos asemejan, nos hacen parecidos en nuestra esencia más íntima y parecidos también en nuestros anhelos de satisfacer cada una de las dimensiones de nuestra humanidad.

Un viaje debe darnos la oportunidad de conocer lugares, pero principalmente, la oportunidad de conocernos a nosotros mismos."

Esperanza...

Cuando Marcelo irrumpió en la sala, Esperanza ya había terminado de escribir. Estaba de pie, observando una por una las fotografías que adornaban la pared.

— Veo que ya terminaste —dijo Marcelo mientras recogía la hoja que estaba sobre la mesa—. A ver a ver, ¿qué tiene para contarnos Esperanza?

Se acomodó las gafas y leyó el escrito en voz alta.

Mientras leía, asentía. Levantaba una ceja y después la otra. No disimuló la sorpresa y la admiración que le producían las palabras que encontró escritas en esa hoja.

— Pues entendiste a la perfección de lo que esto se trataba muchacha. No perdamos el tiempo, ven y te muestro tu sitio de trabajo y hablamos sobre el horario y el salario, o bueno, quiero decir, yo te hablo.

La aclaración lo hizo sentir un completo imbécil.

Esperanza en cambio sintió esas palabras como un bálsamo para su alma. Tuvo ganas de salir corriendo hacia la casa para compartir la buena noticia con Ernesto, pero tenía que contener su ansiedad hasta la tarde.

Mientras caminaba por el largo pasillo que conectaba las oficinas, siguiendo los pasos de Marcelo, Esperanza se sentía levitando. No podía creer que todo esto le estuviera pasando a ella. Pensó que los milagros sí existían y que en su vida empezaban a resumirse todos.

Marcelo la presentó una a una, con todas las personas de la agencia y ella respondía a cada saludo con una tímida sonrisa.

Era un día feliz para Esperanza.

Para Ernesto en cambio, el día fue larguísimo. Las horas transcurrieron con una parsimonia insoportable y como nunca antes, empezó a contemplar el retiro como una opción sensata. Ahora tenía un motivo para regresar pronto a la casa. Estar junto a Esperanza era todo en lo que podía pensar desde que despuntaba el día.

No recordaba haberse sentido antes así. Anhelaba los momentos en que compartía con la muchacha el café de la mañana, el breve paseo que juntos hacían por las tardes, y sobretodo, acabar el día navegando en la profundidad de las emociones que ella le compartía a través de las cartas que a diario le escribía. Además, quería estar con ella y ser testigo de su redescubrimiento del mundo.

Los pensamientos de Ernesto empezaron a tornarse obsesivos. La imagen de Esperanza lo impregnaba todo y generaba en él angustia y placer al mismo tiempo. La simple idea de ella, le proveía una sensación de bienestar, que al instante, ante la certeza de que esa atracción era completamente insensata, se transformaba en unas punzadas de dolor en el pecho. Más le valía aterrizar sus pretensiones y transformarlas en algo menos pasional, para que tuvieran, por lo menos, una oportunidad en la realidad.

Le gustaba llevarle pequeñas sorpresas y adivinar su reacción. Pensar en ello le hacía latir fuerte el corazón, pero, acto seguido, la zozobra y el desconsuelo lo invadían. Las fantasías que rondaban por su cabeza lo avergonzaban. Los años y las huellas de ellos en su cuerpo nunca le habían importado. Es un hombre alto y acuerpado, de barriga y pecho generosos, y brazos fuertes que invitan al abrazo. Su pelo rizado y rebelde, le dan un aire un poco renegado. Su cara ofrece una amable sonrisa permanente. Está orgulloso y satisfecho con la experiencia que ha acumulado, pues, en últimas, es lo único que ha atesorado.

Esa mañana, Ernesto escrutó su cara en el espejo y reparó en los surcos que los años han profundizado en ella, en su melena mermada y platinada por las canas, en los pliegues de su frente y de sus párpados pesados, que entristecen la expresión de su mirada. Se le hizo extraña esa imagen, la suya, que siempre había mirado sin verla realmente. Ese reflejo le confirmó que empezaba a transitar por la vejez, que era el viejo querido de Esperanza.

Esperanza se sentó frente al escritorio que Marcelo le asignó y sintió que su menudo cuerpo calzaba a la perfección en esa silla. Encendió el computador y tecleó insegura algunas líneas. Ahora, todo lo que quería lograr dependía por completo de su instinto y de su capacidad de tocar con sus palabras, las fibras más profundas de las emociones de los lectores de la página. No le costó mucho sentirse a gusto. Así como no recordaba nada sobre su vida, tampoco parecía recordar lo que era la ansiedad o el miedo, no lo tenía en su estructura o lo había perdido al igual que sus recuerdos.

Miró por la ventana hacia la calle y su mirada le confirió vida a todo cuanto alcanzó a abarcar: al viento que levantó por los aires un pedazo de papel, al mensaje escrito en ese trozo de hoja y al destinatario que lo leyó. Desde ese lugar recorrería un mundo cuyo recuerdo se había refundido en algún lugar de su memoria, pero del que con solo suponer sus maravillas, se emocionaba hasta las lágrimas. Con su imaginación trascendería las fronteras, para, de la bidimensional imagen de cada lugar y cada cosa, extraer su esencia, su sentido, su razón de ser y de existir, su por qué y su para qué.

Se sintió afortunada. Se dio cuenta de que desde esa tarde en el cementerio, en la que Ernesto la encontró, solo le habían pasado cosas buenas. Pero que la obsesión por saber algo de su pasado y por hallarle el sentido a todo lo que parecía no tenerlo, le impedía apreciar los milagros que se manifestaban a diario en su vida. No había caído en cuenta de los regalos que, a manos llenas, le ofrecía cada día de su nueva vida.

Desde que Ernesto rompió en pedazos esa caja de madera y entró la luz, la vida se presentó generosa. Él mismo era uno de esos milagros, que como la primera de una fila de fichas de dominó, había empujado todos los demás hacia ella. Su necedad la avergonzó. Por primera vez sintió que sus carencias eran nimias comparadas con su buena fortuna. A pesar de las dudas irresolutas no estaba dispuesta a despreciar ni un solo día rebuscando en el pasado. Mejor, concentraría

todos sus esfuerzos en construir uno digno de ser recordado. Su nuevo trabajo, sus ganas de hacerlo bien y su bello viejo, era todo cuanto quería y necesitaba.

De una pila de catálogos escogió uno para reseñarlo. Se transportó mentalmente a ese lugar en el que nunca había estado, e inventó, con toda la elocuencia posible, las sensaciones que las imágenes le evocaban y las escribió. Las horas volaron.

En otro vistazo por la ventana se encontró con la mirada de Ernesto. La esperaba en la calle, a la intemperie, bajo una pertinaz llovizna. Alzó la mano y lo saludó entusiasmada, después posó los dedos sobre sus labios, los besó y los sopló para que el beso volara hasta él. Ernesto lo recibió extasiado, y una oleada de placer le incendió por completo las entrañas.

Ella salió del edificio dando brincos de alegría. Ernesto le dijo que se había aventurado a ir a buscarla, porque estaba seguro de que le habían dado el trabajo y que la encontraría todavía allí. Ella lo abrazó y se colgó de su brazo para iniciar la caminata.

— Pero si está lloviendo, escampemos en alguna parte — le dijo Ernesto—.

Ella lo haló, negó con la cabeza y señaló con su dedo la ruta por la que al final se fueron caminando. Esperanza miró hacia el cielo y dejó que la lluvia que arreciaba la empapara. Ernesto disfrutó con la felicidad que reflejaba la cara lavada de Esperanza.

V

os fantasmas

Las decisiones importantes que he tomado a lo largo de mi vida no han sido impulsivas. Soy muy calculadora como para dejarme guiar solo por el instinto. Generalmente, las he tomado después de analizar juiciosamente los pros y los contras, de sumar y restar, de evaluar y medir las consecuencias.

Admito que hubiera sido interesante y emocionante, en algunos casos, dejarme guiar por ese instinto, tan ajeno a razones y conveniencias. Ese que sabe lo que de verdad nos mueve el alma, nos apasiona, nos motiva. Pero lo que hice, en cambio, fue evaluar mis posibilidades, someterlas primero al juicio implacable de mis prejuicios, a la influencia de mis temores y después, al examen de conveniencia y aceptación de los demás.

No recuerdo cuáles de las decisiones claves en mi vida las tomé pensando realmente en mí, en mis ambiciones personales,

en mis sueños. Creo que le dejé esa tarea al destino, a las circunstancias y a las conveniencias.

Nunca, hasta ahora, hice el ejercicio de individualizarme, de pensar en mí como un ser autónomo e independiente. Siempre ligué mi imagen y mis actuaciones a mi papel como hija, hermana, nieta, novia, esposa y madre.

Mis decisiones, entonces, no las tomaba para alcanzar mi realización personal, sino para graduarme como ser social, ese que hace lo que se espera de él y que va chuleando en una lista los requisitos que lo definen como tal.

Con toda esa construcción de expectativas sociales, sesgué, limité y le resté autenticidad a mis deseos más íntimos, los tergiversé.

Ahora no puedo repartir responsabilidades en todos a quienes quise complacer, y si pudiera, no serviría de nada. Lo único que puedo hacer para cumplirme es replantear mi vida, es tomar nuevas decisiones, más conscientes, más valientes, más generosas conmigo y con mis expectativas personales.

No me cabe duda de que si soy capaz de decidir lo que es mejor para mí, lo que me hace feliz, al final, será bueno también para los que me rodean y quieren verme feliz y realizada.

Cada vez son más las personas que se rebelan contra los convencionalismos, contra esos fantasmas que los atormentan y que los alejan de sus verdaderos deseos y propósitos.

76

Mientras esta historia va tomando forma, sin proponérmelo, voy rompiendo con mis prejuicios (y espero que con alguno que otro ajeno). Solo transitando el camino iré comprobando si vale la pena la incertidumbre y el riesgo (a fracasar, a perder el tiempo...).

Esta vez trabajo en algo cuya importancia no está centrada en alcanzar la meta, sino en arriesgarme, medirme, retarme, crecer y disfrutar mientras camino hacia ella.

Para mí se trata de dar un solo paso a la vez, de ser consciente de que no soy Shakespeare y de que no tengo que serlo, de que si no empiezo a saldar la deuda que tengo conmigo misma, puede que no tenga otra oportunidad de hacerlo.

Las Quijotadas tienen la ventaja de que ignoran la lógica, las razones, los pronósticos y el miedo, que aunque todavía me acompaña, ya no me determina.

Esperanza entró en la habitación de Ernesto sin hacer ruido. Se sentó a un lado de la cama donde él todavía dormía. Con un mechón de su pelo empezó a rozar cada accidente de la anatomía de su cara. Rodeó las cuencas de sus ojos cerrados, el borde de su nariz y los ángulos de su barbilla. Las caricias lo sacaron poco a poco de su profundo sueño y cuando abrió los ojos, quedó atrapado en otro.

La muchacha se puso de pie junto a la cama y empezó a desvestirse lentamente frente a la humanidad de este hombre entrado en años, que permanecía acostado, inmóvil. Se quitó lentamente el camisón y lo dejó caer a sus pies. Su larga cabellera ocultaba la desnudez de su pecho.

Él todavía no reaccionaba, solo eran perceptibles el vaivén de su pecho al respirar y el movimiento de sus ojos que seguían el ritmo sensual con el que se desvestía Esperanza. Ella se agachó sobre él, le beso la frente, la punta de la nariz y con la lengua le repasó la boca. Con las yemas de los dedos recorrió el pecho, el cuello y los brazos, y le recostó la cabeza sobre el pecho para sentir los latidos de su corazón. Luego tomó la pesada y áspera mano de Ernesto y la puso contra su pecho desnudo y sudoroso para que él sintiera también su excitación. Esperanza se irguió y se encontró sentada en la cama vacía con los dedos enredados en la sábana. Se demoró algunos segundos en entender que todo hacía parte de un sueño y de que este la confrontaba con sus sentimientos, con sus deseos. Era evidente que lo que sentía por Ernesto ya nada tenía que ver con el agradecimiento o con el paternalismo de los primeros días. Más bien sí, con los sentimientos de una mujer que ansiaba que su sueño encontrara asidero en la realidad.

Ya no se pudo volver a dormir. Tenía la piyama empapada en sudor y se le dificultaba tomar profundamente el aire. Se quedó enroscada sobre la cama convenciéndose de que, más temprano que tarde, esto sería una realidad mil veces más intensa y excitante. Al sentir los ruidos que anunciaban la mañana se levantó, estaba feliz, la embargaba una sensación de bienestar, de plenitud.

Se arregló y fue a buscar a Ernesto. Llegó sonriente, peinada con una cola de caballo y ligeramente más maquillada que el día anterior.

— Hola mi niña, ¿tuvo lindos sueños? —Preguntó Ernesto—.

Ella levantó el pulgar y con picardía le guiñó el ojo. Le entregó una nota que decía:

"¡Hoy es el primer día del resto de mi vida! Voy a hacer que este y todos los que vengan valgan la pena, lo quiero mucho, mucho, mucho mi adorado viejo."

— Uy, pero qué buena noticia saber que está feliz. De eso se trata Esperanza, de estar felices, de ser felices, lo que quiera que eso signifique para cada uno de nosotros. Pues entonces que sea un motivo para brindar: ¡por la felicidad, por su felicidad, que es también la mía! — Dijo Ernesto levantando la tasa de café y chocándola contra la de ella—.

La emoción de Esperanza estaba totalmente justificada. Era, después del día de la entrevista, el primer día oficial en su trabajo en la agencia de viajes. Además, esa mañana, en una oficina del Registro Civil, la esperaba el funcionario contactado por Alicia para tomarle las huellas y cotejarlas con las bases de datos. Primer paso necesario para indagar sobre su origen y otorgarle su antigua o una nueva identidad.

Ernesto había abandonado su particular rutina de revisar los obituarios y de fisgonear en internet información sobre los difuntos. Tenía su mente totalmente poseída por la figura de Esperanza y prefería pasar todo su tiempo libre con ella. Diseñaba sus días en función de las necesidades de la muchacha, olvidándose de todo lo demás a su alrededor. Escasamente mantenía una que otra conversación superficial con algún visitante del cementerio y visitaba las tumbas abandonadas para adornarlas con flores.

Embriagado con su imagen, mientras trabajaba, reflexionaba sobre el amor que empezaba a poblarlo por completo. Removía las telarañas de su mente para despejar los recuerdos. Quiso recordar su relación con Alicia, pues le resultaba desconocido o por lo menos extraño lo que estaba experimentando.

Miraba el reloj con una insistencia enfermiza hasta que llegaba la hora de irse para la casa, y verla.

Alicia todavía ocupa un lugar privilegiado en sus afectos y fue, hasta hace poco, la única mujer con la que quiso compartir su vida. Pero no lograba recordar si ella también le había sacudido su existencia con tanta intensidad como lo estaba haciendo Esperanza. En cambio, lo que llegaba con fuerza a su mente eran todos los temores que tanto entonces con Alicia, como ahora con Esperanza, lo inquietaban.

Hoy, como en el pasado, quería ser y hacer todo lo que estuviera a su alcance para satisfacer a esta mujer, pero al igual que antes, sentía que no tenía lo necesario para lograrlo.

Desde el principio de su relación intuyó que él, tan pasivo y conformista, se quedaría rezagado ante su ímpetu, como en efecto ocurrió, y ahora con Esperanza, sabía que el reloj corría en su contra, que los años que se habían acumulado en su cuerpo eran un obstáculo insalvable. Las inseguridades y los fantasmas del pasado se hacían presentes para atormentarlo. La casa paterna de Ernesto, en donde creció, era humilde y deslucida. Para la mamá de Alicia, que vivía en la casa ubicada justo en la acera de en frente, era inaudita la desidia con que sus ocupantes la mantenían. Renegaba cada vez que la miraba porque consideraba que afeaba la cuadra.

La de Alicia en cambio, era una casa bien tenida, no se parecía a ninguna otra del barrio. Cada año, por costumbre, la familia invertía una parte importante de sus ahorros en hacerle alguna reforma o ampliación, que nunca acababan de satisfacer las expectativas de su dueña, cuyo mayor deseo era abandonar y olvidarse de lo que para ella era un paupérrimo vecindario. La señora nunca intento relacionarse con sus vecinos, simplemente no le interesaba conocerlos y prefería que sus hijos tampoco lo hicieran. Alicia, muy a pesar de los deseos de su madre, se enamoró de su vecino Ernesto, un sepulturero.

Sin embargo, Alicia entendía que las actitudes de su madre estaban determinadas, más por miedo que por vanidad. Conocía la lucha implacable que había tenido que librar sola por darle a ella y a sus hermanas mejores oportunidades y procurarles una vida menos difícil que la que le había tocado a ella.

Alicia estaba demasiado comprometida con sus convicciones y preceptos, como para satisfacer los ajenos. Su apariencia frágil la hacía parecer manipulable, pero nada más contrario a la realidad de una mujer cuya dulzura solo puede equipararse con su carácter fuerte y gran determinación. Es incapaz de anteponer las conveniencias al amor.

Hizo su apuesta por Ernesto. Creyó que las grandes diferencias entre sus personalidades los complementaban a la perfección, pero se equivocó. Llegado el momento, se dio cuenta de que el mundo que estaba construyendo junto a él, le resultaba muy pequeño, por lo que decidió cambiar el rumbo y él no se lo impidió.

Para Ernesto era familiar el sentimiento de impotencia, de reconocer que no tenía lo necesario para colmar las expectativas de la persona que amaba y evitar que se extinguiera el amor. Ahora lo volvía a experimentar con Esperanza, pero esta vez, lo atormentaba la abismal diferencia de edad que existía entre ellos, ya no tenía nada que ver con sus aspiraciones ni su estatus social.

La incertidumbre de que sus 66 años le pasaran factura a su hombría en el momento del amor se había convertido en el pozo en el que naufragaban sus más ardientes fantasías. Y ese era solo uno de los muchos fantasmas que lo atormentaban.

Era un nuevo día y Esperanza estaba lista para exprimirle toda la sustancia. Ernesto, en cambio, parecía no tener ningún afán. Sin haber terminado aún su café se levantó de la mesa en donde desayunaban, caminó hasta la ventana y la atravesó con una mirada que extravió en el horizonte. Estaba mirando hacia adentro, revolcando entre sus recuerdos, buscando alguna historia sobre algún amor frustrado, pero no podía pensar sino en el suyo.

Ella acompañó sus pasos con la mirada.

— Laura Abril quiso a Emilio Siffredi desde que eran unos niñitos —empezó sin antesala—.

— Fueron vecinos y amigos durante toda su infancia —continuó—.

Esperanza no entendía de qué hablaba.

— Él vivía en un barrio modesto con sus padres y cinco hermanos. Conformaban una familia muy unida.

Ella en cambio, vivió con doña Sara Martín, su madrina, y con los dos hijos pequeños de la señora, a donde llegó cuando apenas tenía 10 años. Su mamá estaba pasando por una difícil situación económica y no podía hacerse cargo de todos sus hijos, así que tuvo que repartirlos entre familiares y conocidos.

Doña Sara permanecía ausente. Sus roles como empresaria y madre soltera comprometían todo su tiempo y ánimo. Laura, a pesar de ser todavía una niña se hacía cargo de las cosas de la casa para aliviar en algo la tremenda carga de su madre   adoptiva. Pero ni sus actos ni sus méritos le merecieron un lugar de privilegio en los afectos de los hijos de su madrina, quienes nunca dejaron de verla como una arrimada.

Aunque Sara era una señora de carácter recio, poco dada a las demostraciones de cariño, quiso profundamente a Laura, quien también la quiso, incluso más que a su madre. Fueron años muy solitarios y difíciles, pero Laura recordaba esa casa como su hogar y ese momento de su vida, como uno feliz.

El grupo de catequesis de la iglesia congregaba a los jóvenes del barrio, fue allí en donde conoció a Emilio. Era un muchacho amable, solidario y divertido, con gran carisma y un magnetismo especial que le valían el aprecio y la simpatía de todos quienes lo conocían.

Laura, en cambio, criada sin mimos ni ternura, se mostraba parca en el trato, pero tenía un sentido especial para identificar las necesidades ajenas y empeñar el pellejo hasta solucionarlas. Era suspicaz y recursiva. Con asombroso ingenio producía buenas ideas en abundancia, y trazaba divertidos planes que los demás, sin dudarlo, secundaban. Su casa, de puertas abiertas, era el centro de reuniones para los adolescentes de todo el vecindario.

Al cumplir 18 años viajó a otro país. Idealista como pocos, Laura se convenció de que en algún lugar del inmenso mundo encontraría con quien construir ese universo soñado en el que ya nada le sería ajeno. Por fin sería parte de algo que le pertenecería por derecho propio.

Llegó a vivir con uno de sus hermanos, quien sin miramientos, condicionó su estancia en la casa a su capacidad de solventar por cuenta propia todas sus necesidades. Le dejó en claro que si en el plazo de un mes no lo lograba, tendría que tomar su maleta y regresar, porque él no estaba en capacidad de hacerse cargo de nadie.

Con las reglas del juego claras, Laura no tuvo tiempo ni de apaciguar el miedo que le devoraba las entrañas. No le tomó mucho tiempo empezar a trabajar, y aunque las circunstancias se presentaba más difíciles de lo que se había imaginado, aprendió pronto y sobre la marcha todo lo indispensable para defenderse y ganarse la vida en un medio nuevo, desconocido y hostil.

Se esforzaba por mantener la comunicación con su familia y amigos aquí en el país, pero eso era cada vez más difícil y costoso para ella, así que fue mermándolas casi hasta extinguirlas.

Llamar a su madrina implicaba una parafernalia difícil de creer. Hacía primero una llamada a casa de sus vecinos, quienes por esos días eran los únicos que tenían servicio telefónico, y pedirle a quien contestara, que le avisaran a su madrina que quince minutos después repetiría la llamada.

La gran mayoría de sus intentos resultaban fallidos y entonces, tenía que conformarse con enviarle saludos y dejarle dicho que todo andaba bien.

Una noche, Emilio fue quien contestó. Desde hacía meses esperaba esta oportunidad. Él, escapando de una situación complicada, le pidió ayuda y refugio. Ella, solidaria y oportuna, como siempre, sin pensárselo dos veces, ayudó a su amigo de infancia a emigrar. Lo recibió en el aeropuerto una helada mañana de invierno y lo instaló en el sofá de la sala del apartamento. Como si de un ritual obligatorio se tratara, le repitió la sentencia con la que su hermano, meses atrás, le había dado a ella la misma gélida bienvenida. Él la escuchó sin esforzarse por disimular la ansiedad que le causaba el ultimátum.

Fue una etapa agridulce para ellos. Laura trabajaba largas jornadas y solo podía dedicarle a Emilio un par de horas en la noche y los domingos, para recorrer con él la ciudad, y enseñarle a utilizar el transporte público, entre otras cosas indispensables para la supervivencia y para que más temprano que tarde, pudiera valerse por sí mismo.

Laura aterrizaba a Emilio cuando lo veía aspirar a la cima sin estar dispuesto a hacer paso a paso el recorrido. Diseñaba para él una estrategia y le sugería que se presentara en los restaurantes del vecindario para ofrecer sus servicios como mozo o como ayudante en alguna obra de construcción. Él lo intentaba, pero en las noches, era incapaz de confesarle a Laura que al llegar a esos lugares y percibir la hostilidad con la que lo recibían por su acento y origen, disimulaba sus intenciones, y preguntaba por alguna dirección o pedía un vaso con agua, para luego salir derrotado del lugar, avergonzado y furioso al descubrirse tan cobarde.

Empezó a pasar cada vez más horas encerrado en el pequeño apartamento, y después le mentía a su amiga diciéndole que había estado buscando trabajo. La verdad era que se pasaba horas enteras tumbado en el sofá, añorando regresar a su casa, con su familia.

Todavía no se animaba a utilizar el metro para ampliar sus posibilidades de búsqueda, y sus tímidos intentos no tuvieron suerte durante más de tres meses.

Laura veía que las dificultades y la soledad habían empezado a pasarle factura al estado de ánimo de Emilio y temió que no sería capaz de adaptarse, y que por el contrario, se tendría que regresar vencido y endeudado.

Pero en contra de todos los pronósticos, el invierno no se fue sin dejarles más de lo que cada uno estaba esperando.

Laura ignoró el perentorio plazo que le había fijado a Emilio el día de su llegada. La incomodidad del sillón, el frío del invierno y la complicidad que entre ellos se fortalecía, transformó esa vieja amistad en un nuevo amor. Y aunque siempre se esforzó por reprimir sus sentimientos, la verdad era que a ella siempre le había

gustado más de lo que estaba dispuesta a admitir, y el destino, al fin, conjuró todo a su favor.

Juntos compartieron 25 inviernos más.

Su lucha fue incansable. Trabajaron hombro a hombro hasta ver materializados todos sus sueños. Superaron con creces sus pronósticos y construyeron juntos una empresa, una familia, una vida.

Pero esta no es una de esas historias con final feliz —le dijo Ernesto a Esperanza en tono sombrío—.

Un gesto de desconcierto se dibujó en la cara de Esperanza. Cruzó los brazos exigiendo una aclaración.

— Mire Esperanza, el amor se hace, se construye con lo que cada uno de nosotros tiene para dar y con lo que recibimos del otro, que para desventura de muchos, no siempre guarda la misma proporción. El resultado acaba siendo una mezcla de lo que hay con lo que esperábamos que sea, y lo que al final obtenemos: un amasijo indivisible de concesiones y renuncias, aderezado con lo mejor y lo peor de cada uno.

Esperanza siguió sin entender.

— Para mí, a pesar de que Laura y Emilio compartieron casi una vida entera juntos, tuvieron dos hijas, consiguieron muchas de las cosas que ambicionaron, y se quisieron, es la historia de un amor irresoluto.

Mire: Laura y Emilio sufrieron los estragos de una crisis económica y social en ese país que les había dado todo hasta ese momento, lo que los obligó a emigrar otra vez. Se radicaron en otro país, aún más lejano de sus raíces, de su lengua y de sus costumbres.

Laura, curtida hasta el tuétano en retos difíciles, supo que las necesidades de sus hijas no se solucionaban con lamentaciones. Agarró el trapero que le entregaron en la oficina de empleos y limpió durante las noches los pisos de una escuela. Eso les garantizaba el dinero para el mercado y la renta en un lugar modesto, pero decente.

Era un primer paso hacia adelante, hacia la reconstrucción de los sueños rotos.

A Emilio le tomó más tiempo hacerle frente a su nueva realidad. Perder todo por lo que habían trabajado durante tantos años, lo sumió en un estado letárgico en el que solo le alcanzaba la energía para existencialismos inútiles.

Su balance pesimista lo dejaba plagado de deudas, principalmente para con él mismo. Se sentía vacío, nuevamente, en el partidor de su vida.

Laura no se detuvo en cavilaciones ociosas. Creía que con un poco de tiempo, paciencia y trabajo, volverían a conseguir lo que habían perdido. A ella el optimismo se le daba fácil. La crisis los había dejado sin casa y sin trabajo, pero todo lo que era importante para ella estaba intacto: su hogar (suyo, suyo, de ella), que a pesar de lo imperfecto, era lo que siempre había deseado; sus hijas (suyas, suyas, de ella) y una vida compartida con

el amor de su vida, con ese para quien quiso serlo todo: mujer, amiga, amante y socia.

La depresión de Emilio se agudizó. Concentrado como estaba en sí mismo, en sus carencias, no soportaba pensar en ese futuro que se presentaba tan precario e incierto. Por lo que prefirió refugiarse en las únicas certezas que tenía en ese momento, las del pasado.

Su recorrido en retrospectiva hacia sus experiencias anteriores, incrementaban su angustia y sensación de vacío, de insatisfacción y de tristeza. Lo mortificaba la idea de que su vida, en algún momento, había tomado, sin su anuencia, un rumbo caprichoso que lo había alejado de sus sueños, que lo había obligado a volcarse a satisfacer las necesidades de otros antes que las suyas, y a renunciar a sus más íntimos deseos.

Se veía a sí mismo como un mártir de las circunstancias. Se sentía preso, atrapado en una situación de la que no encontraba la salida, y que otra vez, lo obligaba a depender emocional y económicamente de esa mujer fuerte, incondicional e inquebrantable, que le allanaba el camino y le señalaba la meta.

Por alguna razón, Laura tenía la capacidad que a él le faltaba, de ver la luz al final del túnel y de caminar hacia ella. Pero Emilio esta vez no pudo seguirle el paso, se postró. La batalla que estaba librando en su interior lo mantenía exhausto, lo aislaba de su familia y amigos. Solo por sus hijas hacía un esfuerzo por mantenerse equilibrado y en pie.

La sensación de abandono con la que creció Laura la había acompañado hasta cuando unió su vida a la de Emilio. Desde ese momento, la seguridad de ser amada e importante para alguien (engañada quizás con la idea de ser todopoderosa e indispensable), fue la concreción de todos sus deseos. Todo lo demás era para ella puramente circunstancial y reemplazable.

Mantener unida a su familia, ayudar a Emilio a retomar el rumbo, ser para él la razón por la que se enfrentara a la adversidad y el motivo por el que se pusiera nuevamente en pie para reconstruir lo que la mala racha les había quitado, era todo en lo que estaba concentrada. Y aunque ya las nubes negras se habían posado sobre ellos, no intuyeron la fuerza devastadora de la tormenta que anunciaban.

Emilio quedó atrapado en un círculo vicioso de autocompasión y egocentrismo. Enfrascado en sus necesidades y carencias. Sus pensamientos, aunque no obedecían a fríos cálculos ni tenían ningún atisbo de maldad, estaban ensombrecidos por el pesimismo y el desánimo. Se convenció de que si la vida lo retaba a comenzar de nuevo, asumiría el reto, pero esta vez seguiría su instinto y pensaría primero en él.

Laura confrontó a Emilio tras ver fracasados todos sus esfuerzos por animarlo. Lo hizo aterrorizada, quizás porque intuía el riesgo implícito.

Él no le mintió. Con el poder imponderable que albergan las palabras, no dejó piedra sobre piedra, en ese, su mundo común idealizado. Lo que dijo rompió el alma de Laura en pedacitos.

Ella no estaba incluida en sus nuevos planes.

Si todas las luchas que habían librado con éxito y las duras lecciones que habían aprendido juntos a fuerza de fracasos, no tenían la elocuencia suficiente para hacerlo replantear tan injusta decisión, por qué sí unas palabras, unas súplicas o unas lágrimas. Laura guardó silencio y miró con compasión a esos ojos que adoraba. Al no poder odiarlo, prefirió perdonarlo por ese error, que ella sabía, tenía la libertad de cometer. Volvió a sentirse como lo hizo cuando de niña, su mamá la entregó para que otros la cuidaran. Sin piso, en el aire. Otra vez, se quedó con lo único que consideraba que tenía coherencia en su vida, llamarse Laura, nombre que sin duda ella misma habría escogido para identificase por lo que entraña su significado: sí o sí, salir siempre victoriosa.

Recogió del suelo los trozos en que quedó deshecha su alma y aceptó la decisión con dignidad, aplomo y valentía, no sabía hacerlo de otra forma. Para ella la dignidad es inherente al amor. Lo uno sin lo otro está destinado a perecer. Nadie que no se ama a sí mismo es capaz de amar a otro y si cree que lo hace, no es amor, es necesidad.

Ella no estaba dispuesta a meterse a la fuerza en el futuro de Emilio, así que le ayudó a empacar la maleta y lo dejó ir.

Emilio viajó y se mantuvo en contacto con sus hijas por internet, con Laura hablaba sobre lo estrictamente necesario, asuntos económicos o familiares.

Ella estaba rota por dentro, pero las necesidades de sus hijas no le permitían detenerse a rumiar su tristeza.

Él regresó a su país a desandar sus pasos. Recorrió los lugares en los que pasó su juventud e incluso intentó encuentros románticos con antiguas conocidas, pero el sentimiento de vacío persistió, aumentó. Derrotado, buscó el apoyo y el consejo de Laura, quien adolorida, pero sin ánimo de revanchismo, lo reconfortó recordándole las cualidades que ella siempre había valorado en él: su gran capacidad de trabajo, carisma y generosidad. Él quiso volver a su hogar y ella lo animó a hacerlo, y le ofreció otra vez su amor, que estaba intacto, y su compañía, para que escribieran juntos un nuevo capítulo en la historia de su vida compartida.

Tras una corta llamada telefónica se despidieron llenos de promesas. Esa fue la última vez que hablaron, Emilio murió esa misma tarde, tenía 44 años.

Esperanza se tapó la boca con las manos. El desenlace la impresionó. Aunque sabía que la muerte era la única constante en las historias de Ernesto, esta vez no lo intuyó. Sintió este final injusto y cruel.

— Laura viajó para enterrarlo. Destrozada se despidió de su gran amor y sepultó junto a él, sus sueños.

A veces todo lo que necesitamos para ser felices está ahí frente a nosotros, pero no podemos verlo. El miedo, los prejuicios, la ambición y nuestro ego, nos enceguecen. Son esos fantasmas que aparecen para alejarnos de lo que queremos y se convierten en los peores enemigos de nuestra realización, de nuestra felicidad.

Vámonos Esperanza, se está haciendo tarde para empezar a disfrutar de este primer grandioso día del resto de nuestras vidas. Después de usted —le dijo, a la vez que le abría la puerta y le hacía una pequeña reverencia—.

Ella quiso preguntarle la razón por la que le contaba esa historia, justo en este momento, pero ya no tenían más tiempo, así que se limpió unas cuantas lágrimas que alcanzaron a escapársele y salieron de la casa.

VI

Espejo retrovisor

Soy de esas personas que tienen una vocecita interior que no se calla.

Mis pensamientos son inquietos, bullen sin parar, y aunque a veces quiero y necesito detener ese afán por encontrarle un sentido y una explicación a todo lo que me pasa, a los miles de dilemas que la vida me plantea, no lo logro. Creo que existencialista es la palabra que mejor resume ese aspecto de mi personalidad.

Entre mis elucubraciones me pregunto, ¿qué cambiaría, qué mejoraría si tuviera la oportunidad de retroceder en el tiempo y revisar mis actuaciones, replantear algunas de mis decisiones y hacer algunas cosas que dejé de hacer?

Estas divagaciones trascendentales a cerca de mi pasado y de mi futuro resultaron inoficiosas y sin sentido por mucho tiempo, solo me dejaban hundida en la angustia y la frustración.

Dejé de hacerlo al darme cuenta de la inutilidad de esos pensamientos. Ahora, la mayoría de las veces, soy capaz de mirarme más desapasionadamente, sin castigarme. Soy más generosa y logro reconocerme como una persona imperfecta, proclive a fallar, emotiva, egoísta y todo lo demás que acumulo en mi humanidad, a la vez que hago una valoración de mis cualidades y aciertos.

Hoy en día, estos análisis me resultan un ejercicio útil, una herramienta de sanación, de construcción y de crecimiento personal, cuyo único propósito es el de extractar los aprendizajes que traían y traen implícitas mis experiencias. Al ampliar mi comprensión, evito cometer los mismos errores, me deshago de culpas y exorcizo de mi mente las ideas negativas e inservibles.

En este momento de mi vida, todas esas preguntas vuelven a cobrar valor. Hago un alto y me observo física, emocional y espiritualmente. Reviso y me comparo con la mujer que he sido en las diferentes etapas de mi vida, y claro, a veces, no resisto la tentación de pensar en cómo hubiera sido mi vida de no haber tomado esta o aquella decisión o si pudiera corregir algunas de mis actuaciones, pero ahora, la diferencia radica en que ya no caigo en la trampa de victimizarme o flagelarme.

Me he demorado mucho en llegar a este punto en el que me siento reconciliada conmigo misma. Y es que era imposible que pudiera hacerlo antes. Estaba ocupada auto compadeciéndome, castigándome y buscando excusas para no actuar. Lo hacía como algo instintivo, sin ninguna conciencia de ello. Me resultaba más fácil acomodarme a mi realidad, por insípida que me resultara, que conciliarla con mis expectativas, con mis ideales.

Aunque un poco tarde, quizás, ya empecé a vivir de una forma más consciente, gratificante, intensa y feliz, era imperioso que lo hiciera y mejor tarde que nunca.

Erradicar de mi vida lo que me daña, lo que me hace infeliz, lo que me amarga, lo que me desgasta, demanda de mí un esfuerzo diario, constante y permanente, me obliga a repetir como un mantra, que soy la arquitecta de mi destino, que si bien no puedo escoger lo que me pasa, si puedo decidir cómo vivirlo, y que a todo aquello que no puedo cambiar, que no depende de mí, le puedo quitar el poder de dañarme (es una lucha constante, sin tregua).

La tranquilidad, la paz interior y en últimas, la felicidad, son la suma de los instantes tranquilos, los instantes de paz y los instantes felices. Ya abandoné la idea de la felicidad como algo concreto, como algo extraordinario que va a llegar a mi vida y cambiarla para siempre. "Ser feliz es una decisión" dicen, y creo que es cierto, y añado: darse cuenta de que ya lo somos es una bendición.

Quiero mirarme al espejo sin pretender encontrar a la mujer que era hace unos años, llena de juventud, pero vacía de propósito. Quiero sentirme tranquila con mi imagen, con lo que soy, con lo que hago y con lo que he conseguido, pues esa soy yo, Alma, la mujer que era ayer ya no está y la de mañana, aún no existe, apenas la estoy construyendo.

A una persona como yo, que no sabe de dónde viene y no intuye para dónde va, no le queda más remedio que concentrarse en el presente por el que transita.

Mi ausencia de pasado me obliga a esforzarme por apreciar cada instante, no puedo permitirme la indiferencia y dejar que se me escape lo esencial de cada momento. Nada es insignificante, el conjunto de los detalles conforman el todo que al final es mi vida.

Llegué grande a este mundo, mi niñez se borró, mi pasado no influye mi futuro, o por lo menos, no de una manera consciente. Las experiencias que vivo cada día me hacen la persona que soy y la actitud con la que las afronto me van convirtiendo en el ser humano que quiero ser.

No voy a dejarle al azar, al destino o a las circunstancias mi construcción personal. Si vivo a diario con intensidad, con gratitud, con amor, con determinación y sin miedo, cada día que voy dejando atrás, edifica un pasado liviano, sin lastre.

No sé cómo era mi vida antes de que Ernesto me sacara de esa bóveda del cementerio, y si yo era más o menos consciente de su valor. Lo que ahora sé es que quiero ser capaz de renovar mis anhelos una y otra vez, de retarme a diario, de mantenerme motivada, de trazarme nuevos rumbos hasta alcanzar cada meta, hasta ver realizado cada sueño.

Conformarme con una realidad que no me satisface, sería como devolverme a la tumba, a la muerte.

Puedo ver cómo algunas personas aprenden de lo que les ha tocado vivir y avanzan, se mantienen en transformación y crecimiento constantes. Otras en cambio, se quedan ancladas a recuerdos que hacen lenta y difícil su marcha. Se refugian en sus glorias pasadas en lugar de lanzarse tras nuevas conquistas.

Sin embargo, Ernesto no es ni de los unos ni de los otros, no está amarrado al pasado, pero tampoco es de los que van hacia adelante, él es diferente. Cimentó sus aprendizajes y sabiduría en recuerdos de experiencias ajenas. Conoce lo que hay que saber sobre el mundo, sobre la vida y sobre las personas, a través de las historias de quienes sepulta y de quienes les sobreviven para contárselas. Aun así, no parece tener deudas con su ser, sus juicios de valor nunca lo tocan a él.

Sus evaluaciones sobre el bien y el mal, sobre lo que conviene o no, tienen poco o nada que ver con sus propias experiencias.

Yo interpreto esto como una total aceptación de su destino. Nunca he escuchado salir de su boca una queja o un inconformismo, se ve cómodo en su pellejo, satisfecho.

Mi amadísimo viejo no tiene nada, pero al parecer nada le falta; no ha atesorado riquezas, tiene apenas lo justo para vivir, pero es millonario si se trata de dar. Comparte lo que tiene y lo que es con los que le rodeamos. Conmigo, su casa, su cariño y lo más importante, algo que ya no le sobra y que nunca va a recuperar, su tiempo.

Quiero conocer el mundo que describo para otros, que promete estar lleno de misterios, de maravillas y de contrastes. Quiero sentir sobre mi piel la intensidad del sol que incendia la arena de la playa y el inclemente frio de las montañas. Quiero oler el aire impregnado con la sal del mar y mojar mis pies en las heladas aguas de los ríos que se abren paso entre la tierra. Quiero perderme en selvas vírgenes y en selvas de cemento y disfrutar igual de la soledad que del gentío.

No quiero una vida idealizada, construida a través de estampas, ni conformarme con imaginar lo que se siente estar en cada uno de esos lugares. No quiero ser una simple espectadora, sino la protagonista de mi historia y que Ernesto sea mi compañero

en ese viaje, que descubramos y disfrutemos juntos el incierto
número de días que nos resten de vida.

El mundo está ahí para nosotros, esperando a estos dos seres
sin pasado, el mío porque no existe, se borró, y el de él porque
no es suyo, le pertenece a sus muertos.

Esperanza.

Estas letras dejaron a Ernesto sin aliento. Otra vez pagaba cara su intromisión en la intimidad de Esperanza. Ya no se conformaba con las cartas que ella le escribía cada día. La leía también en el blog de la agencia y hurgaba entre los apuntes que dejaba en la mesa de su habitación o en la libreta que él le había regalado. Le avergonzó sentirse tan vulgar. Sus inconfesables sentimientos lo hacían actuar de manera infantil y errática.

Salió de la habitación con el ego magullado y las piernas de trapo, se sentía como si un toro lo hubiera embestido y revolcado por el suelo. Necesitó apoyarse en la baranda de madera del pasillo para mantenerse en pie.

Sus fantasías pasionales en las que compartía la cama, las noches y los días con la muchacha, en este momento, le parecían aún más absurdas.

La combinación de palabras que Esperanza había utilizado: pasado, vida, viejo, historia, tiempo... le mostraban una

perspectiva más real, más aterrizada que en la que había estado divagando los últimos meses.

Las conclusiones que Esperanza había sacado sobre él, sobre su vida, eran mucho más que una mera especulación, tenían la fuerza demoledora de la verdad.

Su pensamiento, que hasta hacía cinco minutos estaba obnubilado por el amor y por el deseo, se despejó y desnudó ante él a un Ernesto que ni él mismo se había interesado en conocer.

Nunca se había ocupado de sí mismo, ni se tomó tiempo para introspecciones o análisis, pero pudo verse fielmente retratado en la descripción que hizo Esperanza.

Sí que era un hombre entrado en años, sí que conocía la vida a través de quienes la habían perdido, y el mundo, por lo que otros le habían contado; y claro que sí, que era un hombre sin ambiciones, sin sueños por cumplir, sin metas por alcanzar; y sí, sí y sí, que ya no tenía tiempo ni deseos de cambiar esa, su realidad.

Sintió que le faltaba el aire. Necesitaba un momento de soledad para reflexionar sobre lo que había leído. Salió de la pensión sin rumbo fijo, no quería estar ahí cuando llegara Esperanza y enfrentarse a la idea que ella tenía de él.

Esperanza llegó de su trabajo en la agencia y fue a buscarlo a la habitación, le llevaba una almojábana y una nota escrita en una servilleta. Al no encontrarlo se fue a su habitación y se puso a escribir.

Ernesto caminó a un ritmo acelerado, primero sin rumbo fijo, hasta que el dolor en sus piernas lo obligó a mermar su delirante marcha. Después se encaminó hacia el barrio en donde vivió su infancia.

Llegó hasta el frente de la que fuera su casa. Estaba habitada, algo más fea, ruinosa y pequeña de lo que la recordaba. Allí parado cayó en cuenta de que hacía mucho tiempo no pensaba en sus padres, él, que tiene tan claro que la muerte no triunfa sin olvido.

De inmediato, sus sentidos se inundaron con las imágenes de los momentos compartidos con su familia en los espacios de esa modesta casa, con el olor de su comida favorita y el sabor de la sopa de fríjoles que tanto le gustaba; recordó la paz que experimentaba al encerrarse en la intimidad de su habitación para leer cualquier libro, periódico o revista que hubiese podido conseguir.

Cerró los ojos para recordar con mayor nitidez los momentos en los que desde su ventana esperaba ver salir a Alicia de la casa de en frente, irradiando su siempre vivaz energía. Ella lo saludaba desde lejos y él la seguía con la mirada hasta que su imagen se desvanecía calle arriba.

Pudo ver también cuando su papá llegaba del trabajo con el semblante cansado, pero sin abandonar nunca su actitud de capataz de finca. Desde que cruzaba la puerta, su mamá y él se disponían a complacerlo. Ella lo saludaba sin mirarlo y recitaba un informe pormenorizado de los acontecimientos del día, mientras, él, se ponía de pie para cederle la poltrona.

Recitó mentalmente el interminable monologo que el señor repetía cada noche durante la cena. Les recordaba que su

trabajo hacía posible que tuvieran esos platos en la mesa, ese techo sobre sus cabezas y una cama para pasar la noche, a la que saltaba tan pronto abandonaba la cuchara.

Cuando su papá se iba a descansar, Ernesto acompañaba a su mamá mientras ella arreglaba la cocina, y la oía, sin escucharla en realidad, hablar sobre su niñez y revelarle emocionada, alguna que otra de sus pequeñas fantasías.

Sobrecogido por el remordimiento recordó que ella siempre quiso conocer el mar, concebir una hija y bailar en medio de un salón, vestida con un traje elegante adornado con piedritas brillantes de colores y falda rotonda con muchas capas de velo. Solo hasta ahora, toda una vida después, Ernesto se percató de que nunca le dio importancia a sus palabras y de que su mamá se fue de este mundo sin realizar la gran mayoría de sus sueños.

Siempre había vivido agradecido por lo que tenía. Su padre inculcó esta vocación en toda la familia. En su casa nunca hubo espacio para los gimoteos, los inconformismos, ni las ambiciones medidas o desmedidas. Nada que no estuviera llamado a satisfacer una necesidad básica era considerado una prioridad. Pero esta vez, Ernesto pensó que si bien la gratitud lo mantuvo conforme con lo que tenía y en conciencia de lo afortunado que era de tenerlo, eso no tenía por qué haber competido con determinar sus propias aspiraciones, con querer exprimirle a este fugaz paso por el mundo la sustancia, la esencia.

No era cuestión de "tener", sino de "obtener" de la vida lo que su imaginación y anhelos le señalaran.

Lo vulneró mirar críticamente su infancia, su familia, su pasado. Concluyó que la fachada descuidada de su casa fue siempre el reflejo de quienes la habitaban. Seres mecánicos que gastaron sus días en trabajar, comer y dormir. Apocados por la falta de ambiciones y la falta de determinación para alcanzar sus sueños. Sabía que sus padres habían sido gente buena, pero por primera vez los consideró egoístas. Pensó que ellos tenían derecho a escoger cómo vivir su vida, pero no lo tenían para determinar cómo él tenía que vivir la suya.

No pudo evitar pensar que su papá, el sepulturero, había enterrado además de muchos muertos, sus sueños y los de toda la familia, pero entendió de inmediato la inutilidad de estas recriminaciones. Las palabras escritas por Esperanza, aunque no pretendían reprocharlo, lo habían obligado a examinar exhaustivamente su persona y su pasado. Concluyó que, tal y como ella lo había escrito, se le estaba pasando la vida sin habérsela gastado y que en su cuerpo habitaba un ser tan generoso como egoísta.

Fue egoísta con Alicia, porque a pesar de haberla amado, nunca estuvo dispuesto a acompañarla en la búsqueda de alguno de sus propósitos, más allá de los límites de la zona en donde él se sentía cómodo. Se conformó con la idea de saber que, por lo menos, nunca se interpuso entre ella y sus sueños. Fue egoísta con Luciano, porque a pesar de enseñarle a amar sin apego y de ser una presencia constante en su vida, no pasó

con él las noches febriles en que los monstruos le robaban la tranquilidad a sus sueños infantiles, ni le enseñó a montar en bicicleta, ni le demostró con el ejemplo que los seres humanos no son productos completamente terminados, inmodificables, sino que siempre tienen la posibilidad de cambiar, de crecer y de convertirse en una mejor versión de sí mismos.

Ernesto tuvo que admitirse que con Luciano también se había conformado con cumplir con sus obligaciones, con estar pendiente de sus necesidades, pero que le negó la posibilidad de compartir el día a día con su padre. Por primera vez sintió que no se merecía el amor, la aceptación y la admiración que su hijo le prodigaba a manos llenas.

Fue egoísta con él mismo, porque prefirió quedarse solo a tener que comprometerse, que retarse a vivir en carne propia una vida llena de experiencias, a tener la piel cubierta por heridas cicatrizadas, a arriesgarse a sufrir algunas frustraciones y saborear la gloria de las pequeñas y de las grandes victorias.

Fue egoísta con su mamá y se quedó sin verla bailar vestida como una reina, sin la imagen de su rostro deslumbrado con la inmensidad del mar y sin una hermana, porque ni él ni ella antepusieron sus deseos a los de su padre, para que él no tuviera una boca más que alimentar.

Se sentó en el muro del antejardín de la casa en la que se quedaron atrapados los recuerdos de su infancia. Se tapó los ojos con las manos y las apretó con un ademán desesperado.

Pensó en Esperanza, en su cuerpo bañado de juventud, en su mente, manantial infinito del que brotaban a borbotones ilusiones, ambiciones y sueños por cumplir, y en el corazón de esa muchacha, enmarañado entre la gratitud y el amor. Ella quería conocer el mundo junto a él, y él, compartir su vida junto a ella, pero sintió que ese mundo era ya demasiado grande y extraño, y la vida que le quedaba para compartir con ella, muy escasa.

Se engañó pensando que todo lo que tenía para ofrecerle se limitaba a una habitación para compartir sus charlas mudas con café, una cama para juntar sus desnudeces y un sendero para caminar sin tomarse de la mano, para evitar las miradas morbosas de los curiosos.

Se convenció al instante de que era demasiado tarde para cambiar, para salir a alcanzar nuevas conquistas, pero que aún no lo era para Esperanza, y esta vez, ya no cobijado con la fachada de hombre desprendido y generoso que utilizó con Alicia, sino como un acto consciente de declarada cobardía, decidió que no arrastraría sus 66 años en la búsqueda de nuevas aventuras o tórridos romances, sino que seguiría con su vida tal y como la conocía, y que Esperanza, su Esperanza, se tendría que ir a vivir su vida, a escribir su propia historia en la que él no tenía cabida.

Una lágrima que se escapó de su ojo, se coló por la comisura de su boca y le recordó el salado sabor de la tristeza.

Llegó tan tarde como pudo a la pensión, cuando calculó que Esperanza ya se encontraba dormida. Al entrar miró su habitación, su cama y su vida con nuevos ojos. Se le heló la sangre y una punzada le atravesó dolorosamente el pecho, cuando

cayó en cuenta de que ya no las compartiría con ella. Aunque vivía solo desde hacía muchos años, no sabía lo que era sentirse en soledad, pero esta vez, la angustia de la que se sintió preso, el dolor en su pecho y el vacío que se le hizo en el estómago, le estaban anunciando su llegada.

Ernesto salió de madrugada. Deslizó por debajo de la puerta de la habitación de Esperanza una nota en la que le deseaba un feliz día y en la que le decía que se verían en la tarde. Llegó tempranísimo al apartamento de Alicia, quien no ocultó su sorpresa al verlo llegar a esa hora de la mañana.

— Vengo a que me ayude a dar un paso más hacia adelante con Esperanza —le dijo, antes de saludarla con un fuerte abrazo—.

Es hora de que la muchacha continúe su rumbo, ya está más que preparada para hacerlo.

— Hola Ernesto, ¿cómo amaneció? ¡¿Yo?, bien gracias! — Bromeó Alicia al verlo tan frenético y concentrado en sus propias ideas—.

— Sí, sí claro Alice, discúlpeme. Me alegra que esté bien. Es que me pasé toda la noche pensando en esto y tenía afán de contárselo para que me ayudara.

— ¿Y por qué el afán, acaso pasó algo? —.

— Nada, no. Es solo que creo que no es bueno dejar pasar un tiempo que se puede aprovechar mejor de otra manera —dijo, ocultando sus verdaderas razones—.

— Pues no acabo de entender la premura, pero me imagino que si viene a esta hora de la mañana es porque tiene claro lo que hay que hacer, dígamelo para saber cómo puedo ayudar.

— Pues mire, como sabe, Esperanza ha hecho de manera excelente su trabajo. Ha demostrado una gran capacidad para atraer el interés de los clientes de la agencia y lo más curioso, es que lo ha hecho sin conocer ninguno de los lugares que describe.

¿Qué tal si ahora viaja y empieza a escribir sobre sus propias experiencias? Me parece que puede ser una idea con la que estén de acuerdo en la agencia. Solo dígales que yo sigo cubriendo los gastos de salario y que ellos corren con los que se generen en los viajes.

Alicia hizo un gesto difícil de interpretar para Ernesto, porque ella misma no sabía cómo se sentía con todo el interés que él demostraba por Esperanza. Le costó afrontar la idea de que el pequeño malestar que le producían esas palabras, estaba emparentado con la envidia o quizás, con algo de celos.

— ¿Por qué hace esto Ernesto? —.

Y él, otra vez, obligado a ocultar sus verdaderas razones, mezcló verdades con mentiras para reforzar sus argumentos:

— Solo quiero ayudarla. Cargo algo de culpa por haberla enterrado viva, me parece que si Dios le dio una nueva oportunidad de vivir y a mí de enmendar mi error, debo ayudarla hasta que vea que ya no lo necesita más —.

— Pues creo que debe dejar ya de cargar con esa culpa. Por el contrario, debería sentirse como quien la trajo de nuevo a la vida. No fue usted quien la dio por

muerta y la puso en ese féretro, usted solo hizo lo que le correspondía. Pero sé que lo que le diga no lo hará cambiar de idea, así que no tengo inconveniente en hablar con Marcelo y plantearle su propuesta, eso sí, no lo veo tan probable, porque para viajar, Esperanza va a necesitar resolver el tema de la identificación y de los documentos. Por cierto, ayer recibí noticias de la Registraduría.

— Cuénteme, ¿qué supo, qué dijeron? —.

— Que las huellas de Esperanza no coincidieron con ningún registro de la base de datos de la entidad.

— ¿Pero cómo puede ser eso posible Alice? No lo entiendo. Alicia le explicó las hipótesis que planteaban. Le dijo que pudo ser que sus padres nunca la registraron o que podía ser extranjera y que para averiguarlo, se tenía que continuar investigando.

— Gracias Alice, nada ha sido fácil, pero creo que ya estamos del otro lado, sin su ayuda, nada de esto estaría sucediendo, por favor no se me canse todavía —le pidió Ernesto—.

Luciano llegó en la tarde a la pensión en donde encontró a Ernesto meditabundo, sentado en su sillón, totalmente abstraído de la realidad.

— ¿Que hubo papá, en qué planeta está? —Bromeó Luciano—.

— Mijo, qué milagro, hace rato que no venía —.

— Estaba viajando. Fui con unos amigos a recorrer un parque natural y quise venir a contarle a usted y a Esperanza sobre todo lo que vi, fue espectacular.

La verdad, mientras estuve allá, no hice más que pensar en ella, creo que la haría muy feliz vivir una experiencia como esa ¿No lo cree usted papá? —.

Ernesto se hundió un poco más en el pozo de aflicción en el que se sentía sumergido por la certeza de tener que despedirse de Esperanza, pero tenía claro que ese dolor era insignificante, al lado del que sentiría al tenerla cerca, compartiendo su vida con Luciano o con cualquier otro hombre.

— Me imagino que sí mijo, creo que eso la haría muy feliz —contestó Ernesto disimulando la falta de convicción en su respuesta—.

— Pues entonces la espero para preguntarle si se le mide a un viaje así conmigo —dijo Luciano frotándose las manos—.

Ernesto deseó que le cayera un rayo y lo borrara de un solo tajo de la faz de la tierra, al escuchar la idea de Luciano. Al parecer, los golpes que la vida le tenía reservados, estaban todavía en su apogeo. Supo que tendría que templar aún más el cuero para resistirlos, aunque sentía que ya no daba más.

Esperanza llegó dando brincos de alegría y al entrar en la habitación de Ernesto, se arrojó emocionada a sus brazos. Lo haló para que se pusiera de pie y lo volvió a abrazar con todas las fuerzas de las de que era capaz. Ernesto alcanzaba a sospechar el origen de su felicidad.

La muchacha alzó su mano para saludar a Luciano y aderezó el gesto con una sonrisa.

— ¿A qué debemos tanta felicidad? —Preguntó Ernesto con una fingida emoción, echando bajo el tapete los pedazos en los que estaba destruido su interior—.

Ella los hizo esperar mientras escribía. Ernesto recibió la hoja de su mano temblorosa por la agitación y la leyó en voz alta:

— "En la agencia quieren que empiece a viajar, que conozca los lugares y escriba sobre lo experimente en cada uno de ellos. ¿Lo puedes creer mi viejo?" —.

— Claro que sí, y eso no es nada para la vida tan maravillosa que le espera mi niña. Esto es algo digno de celebrar y creo que hoy es un buen día para hacerlo, y no con un café sino con vino. Dijo Ernesto, conteniendo las inmensas ganas que tenía de echarse a llorar como un bebé.

— Esperen un momentico, ¿de qué me perdí? —Preguntó Luciano—.

— Pues así como lo oye mijo, Esperanza se nos va, la vida la está esperando.

Ernesto aprovechó la oportunidad para poner distancia y evitar que Esperanza se hiciera falsas ilusiones. Ella negó con un movimiento de su cabeza, que Ernesto ignoró a propósito mientras buscaba la botella de vino que tenía olvidada en algún rincón del cuarto. La abrió y sirvió el licor en tres vasos ordinarios, después levantó el suyo y brindó.

— ¡Por la nueva vida de Esperanza!

Los demás imitaron el gesto sin ninguna emoción, las sonrisas ya se habían desvanecido de sus rostros y cada uno bebió su propio trago amargo.

La reunión terminó prematuramente. Luciano prefirió dejar para otro día la historia sobre su viaje, y la propuesta, y Esperanza estaba ansiosa por retirarse a escribir la que sería la confesión más importante de su vida. Ernesto, por su parte, apetecía como nunca antes un momento de soledad. Se sentía agotado por el esfuerzo que estaba haciendo para no derrumbarse frente a todos.

Una vez que estuvo solo en su habitación dejó salir toda su tristeza y exorcizó la impotencia y la amargura que lo estaban envenenado. Esta vez no fue una sola lágrima la que se escapó de sus ojos, fueron todas las que contuvo a lo largo de los años. Esta vez, lloró por él, por sus años desaprovechados, por sus años acumulados, por los pocos años que le quedaban, por los muchos años que le llevaba a Esperanza. Lloró porque iba a dejar ir al último amor de su vida, porque se convenció de que para sentir amor no importa la edad, pero para vivirlo intensamente, necesitaba un vigor que ya no tenía. Lloró porque aunque hacía muchos años que vivía solo, hasta ahora empezaba a sentirse en soledad. Y lloró porque entendió que era un cobarde, reconoció que el miedo había sido un tirano que había gobernado su vida pasada y lo seguiría haciendo con la futura. Se durmió sumergido en un mar de lágrimas y de autocompasión.

Esperanza llegó temprano a la habitación de su viejo amado portando en sus manos el café y la confesión con la que pretendía darle un giro radical a su vida. Ernesto la recibió, pero la ignoró a propósito dejándola sobre la mesa, y empezó a contarle a Esperanza otra más de sus historias, esta vez, una parte de la suya.

— Sabe Esperanza, nunca pensé en la felicidad como algo que se busca, ni tuve la necesidad de preguntarme a lo largo de mi vida si era feliz o no. Creo que algunos simplemente vamos por la vida desprevenidos. Tampoco pensé en el amor como algo que se tiene o no. Claro que lo he sentido, pero no lo he antepuesto a nada ni a nadie, creo que he amado a mi manera, si es que existen diferentes formas de amar. Amo sin poseer, sin apego. No sé si eso está bien o está mal, pero no aprendí a hacerlo de otra manera.

No me fijé metas concretas, la única que reconozco como tal, fue la de pensionarme, pero fíjese lo curioso, aunque ya puedo retirarme, he aplazado ese momento por años. Me siento cómodo con lo que tengo, pero le mentiría que si le digo que me siento igual con lo que soy. Hoy, como nunca antes, me detuve a revisar lo que hice con cada uno de mis días.

Tengo que admitirle que lo que he visto me ha decepcionado. Aunque aprendí desde pequeño a ser agradecido con lo que la vida me daba, creí falsamente que desear, que trabajar por más, estaba mal. Creí que ambicionar era algo antinatural, que debía conformarme con lo que llegaba y se iba de mi vida, porque había muchos menos afortunados que yo. Yo ya soy la persona en la que me convertí, no puedo ser diferente, no sabría cómo hacer para cambiar.

Quiero que sepa que su felicidad y su realización son las mías, que ya puedo reconocer esa como toda la felicidad que busco, como toda la felicidad que espero. La felicidad para mí radica en que las personas a quienes quiero, vivan plenamente, que vivan con total conciencia de que la vida tiene los límites que nosotros mismos nos inventamos, y que las posibilidades que ofrece el mundo son infinitas y no siempre aparecen de manera diáfana, pero están ahí, esperando a quien sepa identificarlas y apropiárselas.

Yo ya soy lo que soy. Yo ya hice con mi vida lo que ve. Yo ya viví lo que tenía que vivir, no persigo nada más, no espero nada más. Siempre estaré aquí para usted, para mi familia y para todo el que me pueda necesitar. Mientras esté vivo, usted siempre tendrá mi amistad, mi cariño, mi mano solidaria.

Eso es lo poco que tengo para dar, ¡por favor no me pida nada más!

Dicho esto, ocultó su cara para disimular los rasgos de dolor que en ella se dibujaban en ese preciso momento en que sentía que se le destrozaba el alma.

Ernesto recogió la carta de la mesa, la rompió sin leerla, y al hacerlo, rompió en los mismos pedazos las ilusiones de Esperanza. Ella estalló en llanto y lo miró con rabia, porque entendió la intención de sus actos y de sus palabras. Quiso agarrarse de su camisa y sacudirlo hasta que recapacitara, hasta que le dijera que la amaba y que caminarían juntos por la vida, pero entendió que Ernesto ya había dicho su última palabra.

VII

La vida se había convertido para mí en una eterna búsqueda. Por mucho tiempo, una búsqueda sin norte, sin propósito. Había sido un ir por ahí retándome para demostrar (me) mi "infalibilidad". Pero esta seguidilla de esfuerzos desarticulados, antes que satisfacerme, incrementaban mi inconformismo.

¿Una búsqueda de qué exactamente? La respuesta era compleja, porque respondía a una exploración que pretendía satisfacer cada uno de los aspectos que me componen como ser humano: el intelectual, el físico, el emocional, el espiritual, el material, y cualquier otro que me identifique en mí individualidad.

Admiro (y envidio) a los que tienen clara su misión en este mundo. Conozco pocos en realidad, generalmente, le corresponde este privilegio a quien posee un talento especial,

lo perfecciona desde que es consciente de tenerlo y hace de él, el medio y el fin de su existencia.

Otros tienen clara la meta, lo que quieren ser o hacer, y aunque caminan hacia ella con la incertidumbre siempre a cuestas, todas las acciones para alcanzarla, por difíciles que se presenten, acaban por valer la pena.

También hay quienes tienen más claro el medio que el objetivo. No se rompen la cabeza pensando en un futuro abstracto e incierto, sino que hacen del trabajo duro su estilo de vida. Casi que saberse capaces y esforzados es su recompensa. Funciona como el karma: de lo que dan, reciben. Y otros (yo), nos demoramos mucho, muchísimo en identificar nuestra misión, nuestro propósito, y perdemos el tiempo dando tumbos, dejando el pellejo en causas que no nos gustan ni nos satisfacen.

Reconocerlo me deja el ego machacado, pero me consuelo pensando que por lo menos, soy de los que lo descubren tarde y no de los que nunca lo hacen, y esos, son los últimos que logro identificar.

A pesar de que en este punto me encuentro por fin haciendo lo que me gusta, me asaltan las dudas. Aparece para mortificarme el fantasma del pesimismo, o del realismo, que en la práctica son difíciles de diferenciar. Me advierte que es muy tarde en mi vida para nuevos comienzos. Pero aunque el esperpento *me distrae, no me asusta. La duda es la máxima concesión que me permito. La persona en la que me quiero convertir está empeñada en escuchar sus demandas, en ser fiel a su instinto, en ignorar lo que parece sensato u obvio, y en marginar de su vida los prejuicios.*

Estoy dejando en el pasado a la mujer que complacía a los demás más que a sí misma. Mi búsqueda está ahora concentrada en unos objetivos concretos: ser tan auténtica como pueda ser, sentirme cada vez más confiada en las fortalezas de mi carácter y de mi personalidad y explotar al máximo mis habilidades y talentos.

Mientras escribo estas páginas sin destinatario, sigue sucediendo a mi alrededor, la vida. Todos esos acontecimientos que hacen que cada día sea bueno o malo. A los buenos, trato de extraerles toda su magnificencia, y de los malos, rescato la moraleja (tras maldecir y lamentarme, claro).

Ya no pierdo la perspectiva tan fácilmente. Sé que ninguna pena es eterna y ningún mal es demasiado. Cada paso en este sentido es uno menos hacia la coherencia entre lo que pienso, siento, quiero y hago. Ya no me conformo con rozar la armonía con la punta de los dedos, lucho a diario por verla materializada en mi vida.

La sensación de que no tengo nada que perder me genera un placer que no puedo comparar con ninguno que conozca. Lo asemejo al vuelo libre de los pájaros.

Esta experiencia es un gana–gana: gano porque mientras escribo aprendo a hacerlo cada vez mejor; gano, porque a diferencia del pasado, esta vez tengo puestas mis expectativas en el presente, en disfrutar del paisaje mientras camino, en poner en el proceso lo mejor que tengo como profesional, como persona, olvidándome por completo del resultado; gano, al mantener mi firmeza y determinación, porque aprendo a calibrar la fuerza interior que necesito para no desandar el terreno que he ganado; y también gano al no comerle cuento a esa parte acomplejada de mí, que sabe que no sé escribir como lo hacen los que saben hacerlo. Convierto la ignorancia en una aliada.

En una pequeña maleta cabía toda la vida de Esperanza. Se despidió de Ernesto sin resentimientos, porque en su corazón solo albergaba amor y agradecimiento hacia él. Se encontraron en el pasillo de la pensión que comunicaba sus habitaciones y se fundieron en un abrazo eterno. Ella lloró, él la consoló.

— Si me falta conocer muchos lugares, los conoceré a través de sus ojos Esperanza. Si existen maravillas inimaginables para mis sentidos, me serán reveladas a través de sus palabras. Que sea de esa manera no me frustra en lo más mínimo, si así hice para conocer a las personas, lo haré ahora con el mundo.

No sufra por mí, ni por nosotros, ni por nada, ¡no vale la pena! Nuestro tiempo en este mundo es muy corto para perderlo en frívolos lamentos. Mi presencia será tan constante como su pensamiento lo permita. Si en algún momento quiere saber si la estoy pensando, si la estoy acompañando, puede tener la absoluta certeza de que seré su sombra, de que estaré con usted a cada paso. Nuestras almas viajan juntas desde ahora.

Usted llegó a mi vida para quedarse, ¿le queda claro?
—Dijo Ernesto con voz firme y resuelta—.

Esperanza asintió sin mirarlo con la cabeza hundida entre los hombros.

— Una vez salga por esa puerta abandone la tristeza de dejarme. Usted sabe que necesita todo el espacio del que pueda disponer, para ocuparlo con las nuevas sensaciones que va a experimentar. No cargue basura. No me quiere menos si no está sufriendo por mí, esa es una patraña, un engaño, el amor y el sufrimiento se repelen.

Coma, beba, huela, toque, experimente, arriésguese, compenétrese con la naturaleza y con las personas. Permítales tener el placer de conocerla y dese ese gusto usted también. No ignore nada en el camino,

121

cada lugar, cada individuo y cada cosa forman parte de una historia que usted debe conocer y compartir.

El cansancio, la soledad y la nostalgia llegarán para recordarle que tiene arraigo, que no es un ente perdido vagando por el mundo. Usted tiene este, que es su hogar y a mí, que soy ahora su familia.

Viaje, y mientras conoce el mundo, conózcase a usted misma. Aprenda de lo que es capaz y de lo que no; qué le gusta y qué no; haga un balance entre lo que tiene y lo que le falta; identifique lo que quiere, lo que necesita, lo que la motiva, lo que le molesta. Haga un viaje por el mundo y otro al interior de su alma. Mientras hace de lugares y personas extrañas su casa y su familia, haga de usted misma una aliada. Va a necesitar esa confianza en sus capacidades y en su buen juicio para cuando lleguen los problemas, que seguro llegarán.

No la fastidio más con mis consejos de viejo, llegó la hora de vivir a tope mi muchacha —dijo simulando un falso entusiasmo—.

Ernesto recogió del piso la maleta, besó a la joven en la frente, la giró tomándola por los hombros y la enrumbó hacia la salida. Tras verla atravesar el umbral levantó su mano en actitud de pontífice y dibujó en el aire una cruz. La bendijo en voz alta:

— Que Dios, la Virgen y los Arcángeles, Miguel, Gabriel y Rafael la guíen, protejan y acompañen.

Esperanza pisó la calle plagada de un gentío infamemente ajeno a su tristeza. Ernesto cerró el portón de la pensión, y con él, un capítulo en su vida. Ella se sintió huérfana y viuda. Él, completamente vacío, un cuerpo sin alma.

Esperanza se volteó para buscar la mirada de Ernesto, pero él ya no estaba. Inició la marcha arrastrando con dificultad sus aplomados pies, acompañada por una única certeza: la de conocer el sitio de partida, el futuro eran solo hojas en blanco.

Ernesto se quedó con su nuevo conocido, con la versión más reciente de sí mismo que no se parecía a la de hace algunos meses, antes de Esperanza. El de ahora tenía la terrible consciencia de haberle dado un portazo en la cara al que podía ser el último amor de su vida y a una felicidad, que aunque incierta, hubiera valido la pena perseguirla.

Caminó hacia la que fuera la habitación de Esperanza, la encontró todavía impregnada con su olor, invadida por su presencia. Sin embargo, Ernesto empezó a dudar de sus sentidos y de su cordura. Pensó sobrecogido que Esperanza podía haber sido una creación de su mente confundida, los inicios de una senil demencia. Nada tangible en ese lugar le confirmaba que en efecto la muchacha había existido. No encontró ni la olleta con café recién hervido ni las notas amontonadas sobre la mesa.

Se sintió des–Esperanzado, sin Esperanza…

Se fue a su habitación, desplomó su cuerpo desocupado en la poltrona y su espíritu lo abandonó del todo por unas horas. Así, totalmente desposeído de sí mismo, pasó una gran parte del día.

— Papá, papá, despiértese, ¿qué hace dormido a esta
hora, se siente bien? —Preguntaba Luciano mientras
zarandeaba angustiosamente el cuerpo desgonzado de
su padre—.

Ernesto tardó en despertarse, le costó salir del sueño en el
que se había sumergido para evadir el dolor que sentía por la
partida de Esperanza. Se despertó aletargado y confundido,
pero trató de despabilarse rápidamente para responder a las
preguntas que Luciano le disparaba en ráfaga.

— Todo está bien. Anoche me trasnoché con Esperanza,
hicimos una cena especial de despedida, solo quería
reponer un poco de sueño —le explicó Ernesto a Luciano
mezclando una verdad con una mentira—.

Sí, cenaron juntos con Esperanza, pero la ansiedad que le producía su partida fue la que le espantó el sueño por completo.

— Casi no puedo despertarlo papá —le dijo Luciano,
apenas reponiéndose de la angustia—.

— ¿Pero cómo así que Esperanza se fue sin despedirse? —
Continuó con su indagatoria el muchacho con un aire
de desilusión en la mirada—.

— No le dio tiempo mijo —excusó Ernesto a Esperanza—.

— Todo se presentó rápidamente. Hace solo una semana
se enteró de que trabajaría como cronista de viaje en
la agencia y hoy ya le tocaba salir a su primer destino.
Le dejó saludos. Además, podemos escribirle al correo
electrónico y permanecer en contacto con ella. Solo toca

darle unos días para que se ubique y sea ella quien nos contacte. —Sugirió Ernesto—.

— ¿Y qué decidió papá, al fin se retira del trabajo? Sálgase y nos vamos de mochileros por el mundo y sus alrededores. ¿Se imagina los dos por ahí, de aventureros?

Ernesto sonrío con la ocurrencia.

— Nada mijo, me salgo cuando me saquen. Allá soy más útil que en cualquier otro lugar, y todavía soy capaz de hacer bien mi trabajo, así que no tengo nada más que pensar al respecto —contestó Ernesto resuelto, dejando a Luciano sin argumentos para objetarlo—.

— Pues si eso es lo que usted quiere Don Ernesto...

— Ya se me iban alargando mucho las vacaciones. Mañana vuelvo. Me gustaría aprovechar que vino a verme para estar el resto del día con usted mijo. Pasemos juntos la tarde ¿Puede, quiere? —.

— Claaaaro que puedo y quiero viejo Ernesto, ¡vamos! — Respondió Luciano entusiasmado—.

Salieron de la pensión ruidosamente reemplazando el silencio, que hasta ese momento reinaba en los pasillos de la casa, por las carcajadas que las ocurrencias de Luciano le sacaban al apesadumbrado Ernesto.

A un plan divino atribuyó Ernesto la llegada de su hijo esa tarde. No conocía un mejor antídoto contra la tristeza, que el efecto que Luciano le inyectaba a su ánimo.

Ernesto era uno antes y otro después de Esperanza, pero las dos versiones de sí mismo todavía compartían rasgos comunes:

como un faquir, Ernesto sobrellevaba bien la soledad, por principio prefería la vida austera y sabía tolerar estoicamente el sufrimiento. Él nunca había permitido que el dolor anidara en su vida, desde muy joven aprendió a cargar el peso y a asumir las consecuencias de sus decisiones.

Esa primera noche sin Esperanza se acomodó en su cama y se concedió algunos minutos para pensar en ella y extrañarla. No hizo ningún esfuerzo por espantar la imagen de la joven de su mente, y aunque echó de menos su visita cotidiana, y su carta, encontró paz y sosiego releyendo alguna de las que le había dejado como testimonio del paso por su vida.

Lo invadieron la incertidumbre y la nostalgia a pesar de lo reciente de la partida. En un rezo improvisado, le rogó a Dios que le ayudara a conciliar el sueño para volver a recrear sus fantasías, y por su salud mental y emocional, decidió que no iba permitirle ni a su cuerpo ni a su mente una manipulación despiadada de sus emociones, así que renunció al sufrimiento, solo se permitiría la tristeza.

Al día siguiente, en el cementerio, lo recibió una larga lista de asignaciones pendientes. Parecía que los difuntos lo hubieran esperado para morirse el día en que él pudiera ir a enterrarlos. Resultaba perfecto, lo dejaba sin tiempo para la melancolía. No tuvo la oportunidad, como en los viejos tiempos, de enterarse previamente de quienes eran los que ese día abandonaban esta etapa terrenal de su existencia. Le remordió la consciencia no saberlo. Esa era para él, una parte fundamental de su misión en este oficio, darle la importancia debida al momento y al difunto.

Vestir su overol y volver al trabajo le dio un motivo para levantarse al siguiente día, al final, su oficio era lo que le había dado todo lo que tenía, y enseñado todo lo que sabía. Visitó de nuevo las tumbas de mi hermano, muerto en la primavera de su vida; la de Majo, la joven víctima del egoísmo desmedido de su novio ególatra; la de Gerardo, el intelectual solitario que despreció el amor y la compañía; la de Felipe, el joven ejecutivo al que el éxito no le alcanzó para conservar la vida; la de Eloísa, la artesana del amor; la de Jorge, el narcisista; y la de Emilio, que murió de frustración aguda.

Retiró de ellas la maleza que las cubría y golpeó las lapidas con los nudillos para dejar constancia de su regreso y de su intención de no olvidarlos, ni permitir que el mundo lo hiciera. Usaría las historias de todos ellos, y la suya, como un testimonio intangible pero real, de cómo las decisiones que se toman o la ausencia de ellas, encausan el rumbo y el destino de la vida.

Cortó el pasto, desocupó el agua putrefacta de los floreros vacíos, cavó fosas, selló bóvedas y les dio la bienvenida a los nuevos huéspedes eternos. Hacer lo que sabía, lo que había aprendido y para lo que se sentía bueno, lo reconcilió consigo mismo y con su propósito en la vida. Ocupó de nuevo el que había escogido como su lugar en este mundo.

VIII

Viaje interior

He notado que al envejecer cesan los consejos y enseñanzas que nos imparten por montones cuando estamos jóvenes.

Nuestros padres, maestros, guías espirituales y cualquier otra figura de autoridad, nos aleccionan desde que tenemos capacidad de entendimiento para dotarnos de las herramientas que nos ayudarán a enfrentar los retos que nos planteará la vida. Pero llega un momento en que esas voces pierden contundencia y relevancia, y nuestra autosuficiencia aumenta a la par de nuestros años.

No he cultivado con esmero mi espiritualidad. Hasta ahora, me influyó más la forma (religiosidad) que el fondo. Ese vacío espiritual permitió que las dudas, el pesimismo y la falta de fe, se instalaran en mí con facilidad.

En cambio, he visto que quienes se esfuerzan por alimentar y fortalecer su espíritu y lo mantienen permeable a las enseñanzas de esa "voz superior" que los acompaña y guía, tienen recursos de los que echar mano en los momentos en que la vida debuta, sin ensayo previo, las escenas más difíciles de su repertorio.

Cuando nos engañamos pensando que ya aprendimos todo lo que debíamos aprender y que sabemos todo lo que debíamos saber para enfrentar la vida, cerramos los ojos, los oídos y el corazón.

Para mí es fundamental permanecer receptiva y dispuesta a aceptar con humildad la lección que cada día trae para enseñarme. Aunque tengo que admitir que, a veces, me faltan las ganas y las fuerzas, y quiero desistir, abandonarlo todo y empezar de cero.

En esos días en que me resulta todo un desafío ser positiva y renovar mi fe en la vida, en el amor, en mis creencias, en los demás y hasta en mí misma, recuerdo que mi felicidad depende de mi determinación. Que aunque mi yo pesimista y las situaciones y personas difíciles, negativas y retadoras aparezcan para absorber mi energía, boicotear mis planes o restarles valor, debo esforzarme por conservar la motivación y fortalecerla.

Debo concentrarme en mis metas e impedir a toda costa que los problemas y los saboteadores, afecten mi bienestar y trastornen mis propósitos.

Detuve la marcha y me tomé tiempo para analizarme de una manera aguda y crítica, pero generosa y desapasionada. Miré hacia el pasado y hacia lo profundo, sin hacer señalamientos ni juicios. Hice una introspección para conocerme más y mejor, para determinar qué debía desechar, y qué, de todo lo que cargaba, no me generaba valor alguno.

Me puse manos a la obra ahora, cuando todavía tengo capacidad de maniobra y puedo hacer que cada día sea más parecido a lo que quiero, a lo que busco.

Empecé por escuchar mi voz interior, esa que habita dentro de mi mente y corazón, que siempre sabe lo que quiero y lo que necesito. Ya no la ignoro, porque si lo sigo haciendo, me voy a ir de esta vida quedándome con las ganas de todo.

Empecé a conocerme y a reconocerme para también empezar a cambiar lo que no me gusta y abandonar lo que no me sirve. Ya no me engaño y no me justifico para no ir por lo que quiero.

Ahora cultivo mi espiritualidad en la teoría y en la práctica, porque la entiendo como la materia prima que alimenta la fe que necesito para concretar mis propósitos, desde los más elementales, hasta los más ambiciosos.

El resultado inmediato ha sido una, aún frágil tranquilidad y una tímida sensación de orgullo por volver a preocuparme por mí. No es un día perdido en el que dedico, por lo menos un momento, a descubrir o a consolidar mi misión en esta vida.

Este autoconocimiento es apenas un primer paso en el largo camino hacia la construcción de una vida más gratificante, más feliz: con sentido y con propósito.

Ernesto, el de ahora, el que hacía poco había aprendido a mirarse internamente y a reflexionar sobre su vida, empezó a conspirar con su nuevo conocido para diseñar con él un sueño. Difícil misión para la que se sabía totalmente inexperto. Pensó en el cómo, en el por qué y en el para qué de la fugaz presencia de Esperanza en su camino.

Cómo: de una manera inverosímil, pero que completaba la ecuación con una lógica simple y perfecta: cada uno estaba justo allí, donde el otro necesitaba que estuviera.

Por qué: porque Dios, el destino o la vida, volvían a presentarse generosos, y él, nuevamente, justificado en sus razones, se daba el lujo de rechazar sus regalos.

Para qué: debía tener algún sentido haber descubierto la falta de talento con la que estaba viviendo su vida, no podía ser una simple obra del azar.

Convencido como estaba que era demasiado tarde para corregir su rumbo, para vivir una vida diferente a la que conocía, decidió que si no era capaz de cambiar la suya, encontraría la forma de influir en la de otros. Quería entrar en la intimidad de las personas, pero ahora, lo haría antes de que tuviera que enterrarlas con la mayoría de sus sueños incumplidos. En su cabeza se atropellaban las ideas, que una vez organizadas, le revelarían la mejor forma de hacerlo.

Esperanza se estrenó como viajera y partió al encuentro con su destino.

La pequeña maleta con la que salió de la pensión, fue reemplazada por otra repleta con lo que sus compañeros de la agencia le regalaron esa mañana en una improvisada reunión de despedida promovida por su jefe. Días antes, Marcelo había reunido a los empleados para contarles, como si de una revelación providencial se tratara, que se le había ocurrido lo que para él era una magnífica idea: que Esperanza fuera una cronista viajera.

Explicó que ahora, desde el terreno, Esperanza debía escribir particularidades de los lugares que visitara y las vivencias que experimentara como viajera. Justificó su decisión en el éxito que estaba reportando el blog de la agencia, que había incrementado sustancialmente su número de visitas y clientes referidos por la página, desde que ella estaba al frente.

— No saben lo satisfecho y orgulloso que me siento de que Esperanza, a pesar de su… ¿cómo llamarlo?… de su silencio, haya recibido de parte de nosotros, de la agencia quiero decir, la oportunidad para desarrollar su habilidad de motivar con sus narraciones a nuestros clientes para que viajen.

Esa apuesta que hicimos ha arrojado excelentes dividendos, por lo que ahora vamos a duplicarla. Esperanza iniciará un recorrido que se irá extendiendo en la medida en que sus historias vayan ganando adeptos. Viajará sola, pero su trayecto será seguido virtualmente por nosotros y por todos los que quieran acompañarla. Quiero que les hablen de ella a sus amigos y conocidos, que les cuenten que esta joven mujer, a pesar de sus limitaciones y de su inexperiencia, se va a lanzar a vivir una aventura para allanarnos el camino a los demás.

El reto no es poca cosa si tenemos en cuenta que ella no habla y que nunca antes ha viajado. Solo tiene claro que va a recorrer todo el continente americano con recursos económicos limitados y con una mínima preparación previa, solo la necesaria para salvaguardar su seguridad e integridad.

En el equipaje llevará únicamente lo básico para su supervivencia, pero se me ha ocurrido que cada uno de nosotros puede regalarle algo que consideremos importante y que creemos, podrá necesitar. Yo, por mi parte, le voy a traer una Biblia de bolsillo, como un apoyo para los momentos difíciles. Pesa un poco, pero puede pesar más necesitarla y no tenerla. Les dejo la tarea de pensar con qué la quieren ayudar.

La de Esperanza será una experiencia compartida, así que mañana, una parte de cada uno de nosotros saldrá a viajar con ella —dijo Marcelo, quien a pesar del tono engolado y extravagante que usó, logró contagiar a los empleados con una extraña emoción colectiva—.

A Esperanza todavía le pesaba más la tristeza que el equipaje, aunque el de ahora, había incrementado considerablemente su tamaño. En él llevaba, además de sus precarias pertenencias, una cantidad de objetos, que aunque de dudosa utilidad, valían su peso en oro por el significado que entrañaban.

Anita, la señora que hacía el aseo y repartía el café en la agencia, le dio una estampa del apóstol Santiago y le explicó a la muchacha, que nadie como él entendería sus penurias de viajera, pues él mismo las había padecido. Nelly, la escultural recepcionista que atraía hacia su curvilínea figura todas las miradas, se desprendió de un sensual vestido de no más de cuatro cuartas de longitud, que dijo, podría necesitar cuando encontrara a algún hombre que acompañara su viaje y por el cual valiera la pena abandonarlo.

— El romance y el amor aparecen en donde uno menos lo espera y si eso le pasa, dese el gusto —le dijo Nelly a Esperanza imitando un gesto felino con la mano—.

Esperanza sonrió tapándose la cara avergonzada con la ocurrencia. Aceptó el inusual obsequio, no obstante ser evidentemente inadecuado y desatender a los propósitos planteados por su jefe.

Mónica, una de las vendedoras, desempolvó el antiguo morral de excursionista que no usaba desde hacía más de diez años, cuando en su adolescencia, perteneció a un grupo de scouts. Era una tula confeccionada con un material impermeable y

altamente resistente, llena de compartimientos y correas de los que parecía imposible descifrar su uso.

— Mira Esperanza, te regalo esta maleta que me acompañó en algunos de los mejores momentos que recuerdo en el escultismo. Me hace feliz dártela y saber que te va a ser útil. Entre excursionistas somos solidarios.

Esperanza le agradeció a Mónica su generosidad con un abrazo y se cargó inmediatamente el maletín en la espalda, lo que la hacía parecer aún más menuda de lo que era.

Víctor, el mensajero, le llevó lo que denominó: un kit de supervivencia. Se notaba el esmero con que el joven había preparado el presente. Le explicó a Esperanza con lujo de detalles su contenido. La caja, que antes albergó un par de zapatos, ahora portaba, entre otros, una caja de fósforos y un encendedor, un frasco de antiséptico cutáneo, diez pastillas para el dolor, algunas curitas, una bolsita pequeña con unos copos de algodón en su interior, una pomada mentolada, tijeras de costurero, una capa plástica enrollada, una linterna pequeña y una venda enrollada. El muchacho esculcaba en el interior de la caja y le hacía una exposición sobre la utilidad de cada cosa.

— Es mejor tener de los dos, por si acaso los fósforos se humedecen o por si se le acaba el gas al encendedor, uno nunca sabe. Esto por si algo le duele, esto de acá por si se tuerce un tobillo y esto por si se hiere —explicaba el muchacho con extrema seriedad, como si la vida de Esperanza pudiera depender de ello—.

— Todo esto lo venía preparando para mí Esperanza, yo
también quiero viajar, pero todavía no puedo. Además,
las cosas no son del dueño sino del que las necesita —le
dijo el muchacho antes de plantarle un sonoro beso en
la mejilla—.

Ella se sintió sobrecogida por la ternura del gesto.

Así, todos los demás, desfilaron frente a ella para entregarle
los objetos y consejos que completarían su equipaje. Desde este
momento, Esperanza sería la encargada de llevar en este viaje
sin destino preciso ni fecha de retorno, algo de la ilusión con la
que cada uno de sus compañeros concebía esta aventura, de la
que ya formaban parte.

Esperanza no acababa de entender por qué todas estas personas, a pesar de lo poco que la conocían, se mostraban tan
gentiles y generosas. Su emoción aumentaba con cada presente
y con el mensaje implícito en él. Entendió que cada objeto era
el vehículo de un anhelo del que ella sería la portadora y la
encargada de concretar.

Cargada de información, ilusiones, expectativas y un equipaje que ahora triplicaba el tamaño del original, Esperanza se
embarcó en su aventura. Desposeída de miedo, solo la embargaba una sensación de profundo vacío y una melancolía que
tenían nombre propio: Ernesto. Su viejo, su amor, su amigo,
al que no sabía cuándo volvería a ver.

Salió de Bogotá en un vuelo con destino a Ipiales, sería el
único trayecto aéreo, pues su trabajo empezaba una vez

saliera del país. En la frontera sur de Colombia empezaría
en firme su recorrido.

Llegó en bus a Tulcán, Ecuador. Allí, el frío la hizo sentir
todavía en casa. Inhaló ese nuevo aire y dejó que sus pulmones se llenaran con la mezcla de olores que impregnaban el
ambiente, y sus ojos se inundaran con las imágenes y colores
del lugar.

En la terminal de buses encontró una pared tapizada con tar-
jetas que ofrecían hospedajes de variadas categorías: hoteles,
hostales y posadas. Escogió una, que a pesar de ser la menos
llamativa, ofrecía justo lo que ella buscaba. Rechazó la ayuda
que le ofreció una mujer que estaba parada en ese lugar para
llevarla a un lugar barato, cómodo y seguro. Esperanza la despachó amablemente con un guiño de ojo, el pulgar en alto y
negando con la cabeza, pues estaba decidida a dejarse guiar
solo por el instinto.

Entrada la tarde, llegó a la pensión "Doña Herminia".
Encontró la puerta abierta. Al cruzar el umbral la recibió la
dueña del lugar, una señora de avanzada edad, baja estatura,
piel morena y rasgos indígenas. La saludó efusivamente, al
mismo tiempo que daba órdenes a diestra y siniestra.

— Siga muchacha, ¿qué se le ofrece? Vaya mijito rápido
    que la cosa es urgente y usted, dígale a su mamá que
    mañana me traiga menos leche porque hoy no han
    llegado nuevos huéspedes. Los niños largaron sus
    carreras para cumplir las encomiendas.

Esperanza le indicó con mímica que no podía hablar, luego juntó las manos e inclinó su cabeza sobre ellas. La señora entendió que la muchacha necesitaba un lugar donde dormir, la tomó por el brazo y la llevó con ella para mostrarle las habitaciones disponibles. El lugar era humilde, pero pulcro y acogedor. Caminaron por un pasillo largo en el que había cuatro puertas, dos situadas frente a las otras dos.

— Soy Herminia, la dueña de esta que desde ya, puede sentir como su casa. Tengo casi todos los cuartos disponibles, no es temporada turística, así que puede escoger el que más le guste. El precio por esta época es más bajo del que dice en la tarjeta. El baño es compartido, y si quiere, puede comer aquí, pero eso le vale un poquito más —le explicó la doña a Esperanza—.

— Yo misma le cocino y le lavo la ropa —dijo la señora alzando la mirada para ubicar la de Esperanza y saber si lo que le ofrecía era lo que ella necesitaba—.

Esperanza negó con la cabeza.

— Entonces usted misma puede cocinar y lavar, pero tengo que cobrarle algo por eso, no es mucho, no se me vaya a preocupar, es solo para cubrir los gastos del agua y del gas.

Esperanza, con un gesto amable le demostró que entendía sus razones.

— Lo que no le vale nada es que mientras esté aquí, la cuido a usted como si fuera una hija y a sus cositas como si fueran las mías.

Esperanza sonrió y le dio a la señora una palmadita en el hombro para agradecerle por sus gentiles ofrecimientos y buenas intenciones. Escogió la habitación más cercana al baño, que además tenía una ventana hacia la calle.

Cuando estuvo sola se sentó en la cama que estaba casi a nivel del suelo. La madera crujió al recibir el peso de su cuerpo. Estaba tendida con esmero con un edredón de lana tejido a mano que olía a limpio. Había también una mesita al lado de la cama y una cuerda amarrada por los extremos a dos puntillas grandes y oxidadas, en la que estaban colgados tres ganchos metálicos para la ropa. Las paredes estaban totalmente desnudas y tenían la pintura descascarada y moho en las esquinas que formaban ángulos con el techo.

Abrió de par en par la ventana de madera de dos hojas. Se quedó allí parada mirando hacia la calle, pero con sus ideas fijas en otra parte.

Sentía el pecho apretado. Extrañaba hasta la médula a Ernesto. Quería contarle todo lo que había vivido hasta ese momento, pues solo si podía compartir con él toda la felicidad que la embargaba, esta sería real y completa.

Sacó su libreta y empezó a escribir en ella. Estuvo frente a la hoja vacía por algunos segundos, mientras seleccionaba en su mente los mejores momentos de su recién iniciado viaje, para contárselos a Ernesto.

"Mi hermoso viejo: Te va a tranquilizar saber que al primer lugar al que llegué, me encontré con un regalo inesperado: la calidez y el tierno afecto que solo es capaz de ofrecer una mamá (una abuela).

Doña Herminia se llama la señora. Su aspecto me sugiere que debe tener setenta y pico, quizás ochenta años, pero su energía y vitalidad logran restarle algunos.

Es la dueña de la modesta pensión a la que bautizó con su nombre y que está ubicada en el centro de Tulcán, Ecuador. Cuando la conocí supe que no me había equivocado en mi elección. Espero que mi instinto siga obrando a mi favor.

No quiero agobiarte con mis males pero si no te lo digo, me enveneno. Me hace tanta falta tu presencia que hasta respirar me cuesta, pero cuando empiezo a escribirte, tu imagen se vuelve tan real que logra, en parte, espantar el vacío de tu ausencia. Mi ritual será escribirte para sentirte cerca, aunque mis pasos le sumen cada vez más distancia a nuestros cuerpos.

Quiero compartirte algo que he venido descubriendo. Como sabes, todo para mí es completamente nuevo, desconocido. Sin embargo, pese a mi inexperiencia, encuentro fácil decidir lo que debo hacer y hacia dónde ir. Me sorprendo de que a pesar de que mi mente no cuenta con ese recurso protector que proveen los recuerdos, y aunque mis pasos son azarosos, la incertidumbre no me genera ningún tipo de temor, al contrario, alimenta mis ansias de conocer cada vez más, de ir cada vez más lejos.

Estoy convencida de que si me hubiera puesto a analizar con cabeza fría el reto que me suponía esta
aventura, y si hubiese sustentado su éxito en mi nula
experiencia y mis evidentes limitaciones, ni siquiera
lo hubiera intentado. Pero no me anticipé ni previne,
solo me eché a andar y ya estoy aquí, en el lugar en
donde empieza mi conocimiento del mundo, y lo más
importante, de mí misma.

Esperanza.

Estas palabras eran las primeras, de la primera hoja, de la
primera carta, de las muchas que Esperanza le escribiría a
Ernesto.

Cayó de nuevo el manto oscuro de la noche sobre Ernesto y
Esperanza, y llegó para ellos el momento de encontrarse en
ese universo en donde la imaginación lo permite todo.

Antes de la salida del sol, Esperanza ya estaba en pie pero no
era la primera. Cuando salió del baño con el pelo escurriendo
agua y algunos artículos de aseo personal en las manos, doña
Herminia le tenía servidos en la mesa de la cocina, un café
con leche caliente y un pequeño amasijo de harina. La señora
asomó medio cuerpo por la puerta e hizo un ruidito que llamó
la atención de la muchacha, pero que no alcanzó a perturbar
el sueño de los que aún dormían.

Esperanza se sentó frente a la mesa, tomó la tasa de café y lo
bebió, y guardó el rollo de masa horneada para más tarde. Con
una sonrisa retribuyó la gentileza.

— Usted me dijo que no le cocinara, pero este primer desayuno va por cuenta de la casa, para que no se me vaya sin probar bocado. ¿La espero para el almuerzo niña? —.

Ella le indicó que no.

— Entonces cómase todo y vaya con bien. No se preocupe por sus cosas, ya le dije que aquí están bien cuidadas.

Esperanza volvió a sonreír.

Salió de la pensión con un pequeño morral al hombro, en el que llevaba la cámara fotográfica, un mapa, un termo lleno de agua y sus inseparables compañeros: la libreta y el lápiz.

Caminó por las calles vacías. El frio era intenso, pero le gustaba esa sensación. Por alguna extraña razón, disfrutaba el leve dolor que el entumecimiento le producía en las manos y la cara.

Al acercarse a una esquina, la calma que hasta ese momento reinaba, fue reemplazada por una gran algarabía. Un camión cargado con verduras y otro más que llevaba algunos animales, desalojaban sus cargas en la plaza de mercado. Los coteros echaban sobre sus espaldas, con increíble agilidad y descomunal demostración de fuerza, bultos enormes que, en algunos casos, igualaban el tamaño corporal de los cargueros. En cuestión de minutos, desocupaban los vehículos que en fila aguardaban su turno.

Una vez terminado el arduo trabajo, los sudorosos jornaleros se acomodaban en largas bancas alineadas frente a los

mesones, en donde su esfuerzo encontraba como recompensa un plato de sopa caliente.

Esperanza se hizo a un lugar en una de esas largas butacas de madera, señaló el plato del hombre que estaba sentado a su lado y la obesa mesonera atendió en el acto su pedido.

— ¡Sopa de papas con queso! —Ordenó la señora a su joven ayudante, que no daba abasto para atender a los hambrientos comensales.

Escuchó repicar las campanas de la iglesia que anunciaban la primera misa del día y hasta el sol atendió el llamado, pues se asomó de lleno dando inicio a la mañana.

Esperanza quedó más que satisfecha. El sustancioso cocido la llenó de energía y vigor, los necesarios para hacerle frente a la incierta jornada. Caminó hasta la puerta de la iglesia, se detuvo en ella por un rato y esperó a que entraran los devotos. Admiró desde la entrada la inmensa nave central, magníficamente adornada con pulidas tallas en madera. Miró a las gentes persignarse con los dedos empapados con el agua bendita de una poza ubicada en una de las columnas de la entrada, y el aire ceremonial con el que entonaban los himnos que daban inicio a la celebración religiosa.

Se alejó de la iglesia apenas empezó la misa y se sumergió por completo en el ajetreo de las calles inundadas de transeúntes, embebidos en sus rutinas diarias. Caminó por horas sin rumbo fijo, observando con atención los escenarios y las actuaciones que se sucedían a su alrededor. Todo era nuevo, pero nada era extraño. Gentes distraídas, concentradas en ellas y en sus relojes que les imponían un ritmo y un tiempo para cada cosa. Solo hasta que sus pies le pidieron una tregua se sentó en un prado. Aprovechó el momento de descanso para beber un sorbo de agua de su termo y para revisar las fotografías que había tomado. Después, examinó sus opciones para decidir la ruta por la que continuaría su recorrido. En diagonal alcanzó a ver un letrero con unas flechas en forma de "Ye", que le señalaban "Parque de los Recuerdos" en una dirección y "Altar de Dios" en la otra.

La curiosidad fue más fuerte que el cansancio, así que reanudó la marcha en dirección "Parque de los Recuerdos", para encontrarse con un espectáculo que la dejó maravillada. Cipreses y setos podados por verdaderos artistas jardineros que convirtieron el cementerio en un monumento natural.

Entró al lugar por un camino entechado por arcos perfectamente elaborados con las ramas de los árboles. Aquí, la naturaleza y el hombre, unieron la exuberancia de la una con la destreza del otro, para producir una obra artística de belleza incomparable.

Los mausoleos y las fosas excavadas en el prado tenían lápidas escritas con epitafios poéticos, algunas estaban adornadas con pinturas de la Virgen María con su hijo en brazos, con el Sagrado Corazón de Jesús, la Santísima Trinidad u otra imagen alusiva a lo sagrado. Otras, tenían soberbias tallas de ángeles en mármol o monumentales cruces de cemento pintadas de blanco inmaculado. Los floreros rebosaban con flores

de distintos tamaños, aromas y colores. Los pájaros revoloteaban de rama en rama, mientras su canto hacía coro con el silbido del viento.

El columbario, con el que se topó de frente, puso fin al camino por el que transitaba abstraída y extasiada. Se detuvo frente a las bóvedas y con los dedos repasó las caras de los santos talladas en ellas. Solo una estaba destapada. Esperanza no se resistió a la tentación de asomarse en su interior oscuro. Hacerlo le produjo un deja vu que la devolvió en el tiempo hasta el momento en el que Ernesto rompió los bloques que sellaban la tumba y las tablas del cajón en el que estuvo atrapada, para devolverla al mundo de los vivos.

La impresión la dejó alterada. Sintió un mareo que la obligó a sentarse en el piso. Un sudor frío le recorrió la espalda desde la nuca hasta las nalgas y sintió adormecidos los labios y las manos. Inhaló profundamente hasta que el aire que entró en sus pulmones le devolvió el ánimo y la fuerza. Quiso llorar, pero se sobrepuso a las ansias. Se puso de pie y se alejó rápidamente del lugar, y aunque lo intentó, no pudo huir del mal recuerdo.

Se detuvo en medio de un camino de piedras que se abría paso entre las tumbas y le exigió a su cuerpo y a su mente compostura. Recordó lo que Ernesto le había dicho, que su fuerza interior y su autoconfianza iban a ser, en algunos momentos, los únicos recursos con los que contaría, y este, para ella, era uno de esos momentos. Experimentaba una emoción que no reconocía. Era el miedo. La espantó recordar la sensación de estar atrapada, impotente y agotada, y en este momento, como en aquel otro, fue la imagen de Ernesto la que le devolvió el aliento.

— A ver, nada de miedo, nada de eso, ¡Fuerza, fuerza! — Repetía Esperanza en su cabeza—.

Se quitó la chaqueta y la dejó en el piso junto al morral que descargó de su espalda. Como una marioneta tirada por cuerdas invisibles empezó a sacudir las piernas y los brazos, hasta que sintió que la sangre irrigó nuevamente los rincones más distales de su cuerpo.

Cuando se sintió despabilada y recobró por completo la energía, recogió sus pertenencias y reanudó la marcha. Desenfundó su cámara fotográfica para terminar de espantar el miedo e inmortalizar toda la belleza que en este momento la rodeaba. Leyó con atención los epitafios. Uno en especial le pareció más hermoso que los otros: "El final de la cárcel del cuerpo es el principio de la libertad del alma. Soy libre ahora".

Llegó al "Altar de Dios" y recorrió los jardines hasta que decidió que ya había visto suficiente, que necesitaba escuchar voces y sentir la energía de la gente viva, entonces salió del cementerio y se internó de nuevo en las calles de la ciudad.

Llegó a la pensión cargando el mundo sobre sus hombros. Se le hizo difícil "llegar a casa" y que Ernesto no estuviera esperándola. Se dejó caer sobre la cama con los brazos abiertos como un Cristo. No obstante el machimbre que tapizaba el techo del cuarto, la imagen del cielo estrellado bajo el que caminó mientras regresaba, persistía en su mirada.

Agradeció al universo por el agotamiento, pues su cansancio era la evidencia física de que todo aquello era real. Se sintió privilegiada por haber completado su primera jornada de trabajo.

Doña Herminia golpeó a su puerta. Cuando Esperanza abrió, la mujer la rodeó con sus brazos y con su cálido apretón, le abrazó a la vez el cuerpo y el alma.

— ¿Le gustó la ciudad? —Preguntó la señora—.

Esperanza besó en ramillete la punta de sus dedos y lanzó al aire los besos.

— Me alegro mucho. Me gustaría que me comentara, pero sé que es imposible que lo haga. Me conformo con saber que le fue bien y que está contenta. Venga se toma una avena calientica. Le dijo la señora, mientras camino a la cocina, le sobaba la espalda para reconfortarla.

Esperanza disfrutó el recorrido de las candorosas manos en su espalda y devolvió el amoroso gesto con un beso en la frente de la anciana.

Desde su habitación, después de darse un baño y escuchar como la señora apagaba las luces y atrancaba puertas y ventanas, Esperanza salió para entregarle una hoja en la que le resumió lo mejor de su jornada.

— Gracias mijita. Si estos ojos viejos me dejan la leo ahorita, sino, me toca esperar hasta por la mañana.

Esperanza estuvo en Tulcán otros dos días. Recorrió algunas zonas rurales y visitó hoteles y hostales, tratando de descubrir poco a poco, qué, de toda su experiencia, era lo que realmente valía la pena compartir con los lectores del blog.

De su primer recorrido, quería extractar lo que para ella había sido lo más relevante, lo que merecía ser compartido y lo que no. Era un aprendizaje empírico que suponía un ejercicio de prueba y error antes de empezar a arrojar los resultados esperados.

La mañana en la que partió del lugar desayunó con doña Herminia, pero esta vez fue Esperanza la que cocinó. Mientras, la señora le contaba divertidas anécdotas de las muchas personas que habían pasado por su casa, convertida en pensión para ganarse la vida desde que murió su esposo, hacía más de veinticinco años. Después, intercambiaron abrazos, sonrisas, una bufanda de lana negra tejida por la señora y un poema corto que le había escrito Esperanza:

"Me llevo pegados en el cuerpo la tibieza de su abrazo y de la manta tejida por sus manos.

Me llevo en la mente su recuerdo, y en el alma, ese amor de madre que me dio porque sabe que me falta.

Le dejo una parte de mi espíritu viajero, que desde hoy habitará en alguno de los rincones de su casa.

Y le dejo también mi gratitud eterna doña Herminia, para que la guarde en un recoveco de su alma.

Esto es todo lo que tengo para darle viejita. Muchas gracias,

Esperanza."

Esperanza se alejó de la pensión mirando sobre su hombro a la viejita, que se quedó parada en la puerta de la pensión envuelta en un pañolón oscuro, diciéndole adiós con la mano, lo que le produjo una alegre nostalgia.

Solo al llegar a la terminal de buses sacó el mapa y decidió al azar su siguiente destino. Mientras llegaba la hora de embarcarse hizo un balance de esta primera etapa. Pensó, que aunque no estuvo expuesta a grandes retos, lo que había vivido le permitía entresacar algunos valiosos aprendizajes:

Que la soledad es un estado de la mente, y los pensamientos, según ella se los permitiera, podían ser aliados o verdugos.

Confirmó lo que Ernesto le había dicho, que para sentirse acompañada le bastaba con evocar su recuerdo, y aunque un recuerdo no reemplaza una presencia, sí ahuyenta la soledad y alimenta la ilusión del reencuentro.

Que el amor está presente en todas partes y se manifiesta de las maneras más sutiles e insospechadas: en un sobijo en la espalda, en el sabor a gloria de un café con leche caliente a primera hora de la mañana, en el roce de unas sábanas limpias, en las historias tejidas en unos edredones de lana o en la imagen de una anciana generosa y desinteresada.

Que la vida vibra, bulle y grita en cada lugar, persona y cosa: en la candidez de unas manos que, aunque curtidas por el trabajo y marchitas por los años, conservan intacta su capacidad de dar ternura; en el chirrido de las tablas de la cama que en las noches le daban la bienvenida a su espalda cansada; en los pájaros que se imponen al imperio de la muerte y se atreven a nacer en los nidos tejidos en las ramas de los setos del cementerio.

Que el miedo es una trampa construida por la mente y que por eso, no iba a permitir que una simple ilusión la gobernara.

IX

No dejo de preguntarme en qué radica la diferencia entre quienes conquistan sus sueños y quienes se quedan como espectadores de lo que creen, nunca les pasará a ellos (a nosotros).

Qué particularidades componen a quienes se ejercitan, fortalecen sus músculos como el acero y no descansan hasta transformar sus cuerpos en verdaderas esculturas de carne y hueso. O qué le pasa por la cabeza a quienes con todo en contra superan sus limitaciones, cultivan sus talentos y con su ejemplo de perseverancia, disciplina, determinación y pasión, logran para sí mismos y para el mundo existencias invaluables e inspiradoras. O cómo hacen quienes a pesar de nunca haberse transado en conquistas quijotescas ni perseguir grandes hazañas para darle sentido a su vida, la definen como plena y realizada.

Existen quienes no se permiten victimizaciones, sino que, más bien, se dedican a transformar realidades, a retarse a sí mismos y al destino con pequeños actos de valentía y determinación que los encausan hacia la concreción de sus propósitos.

Mi conclusión es que, lo que hace diferentes a los que no se conforman con alcanzar una meta sino que tras conquistarla, van por más, y que pese a las dificultades, las incertidumbres y los sinsabores perseveran, y los que no, los que prematuramente se declaran derrotados, es la acción. Porque ni la fe, ni la confianza, ni la pasión por sí mismas, sin acciones, tienen ese poder transformador.

Una idea puesta en práctica puede ser una oportunidad para fracasar o un paso menos en el camino hacia la conquista del éxito personal. Pero de esa versión del éxito que nada tiene que ver con el dinero o el reconocimiento social. Más bien sí, del que alcanzamos cuando nos mantenemos firmes en nuestros propósitos y no desfallecemos ante la adversidad. De ese que experimentamos cuando somos auténticos y actuamos según nuestras creencias, valores y expectativas. De ese que nos permite saborear el triunfo y sentir la satisfacción de reconocernos fuertes, capaces de desalinearnos del "destino", cuyos preceptos, a veces, consideramos tallados en piedra, inmodificables, y del que nos convertimos en títeres al ignorar nuestros anhelos más profundos.

154

Un sueño es algo intangible que no parece formar parte de la realidad, pero que lo es. Encuentro en cualquier dirección hacia la que apunto la mirada la evidencia de infinidad de sueños materializados que corrientemente ignoro. De pronto, me acostumbré a mirar sin ver, a estar en cuerpo pero indiferente, al pragmatismo.

Qué incapacidad la mía de reconocer la grandeza que encarna cada uno de ellos: el edificio que veo a través de la ventana, que en algún momento fue solo algunos trazos sobre un papel; el computador en el que le doy forma a este texto, la radio que transmite la música con la que acompaso mis horas de escritura; los libros que reposan en las repisas de madera, que antes fueron meros troncos y en cuyas páginas encuentran refugio innumerables historias concebidas por mentes soñadoras. Constato en cada parpadeo que todos estos fueron sueños que se amalgamaron con acciones para hacerse a un lugar en la realidad.

Me considero una persona idealista y soñadora, pero paradójicamente, mientras escribo sobre la fuerza y el valor que entrañan los sueños ajenos, pienso también en los míos, en los que alcancé ya y en los que quiero conseguir, por los que voy a luchar. Me doy cuenta, un poco sorprendida, de que estos, mis sueños, cada vez tienen menos que ver conmigo y sí mucho que ver con los demás.

155

Sueño con que mis hijos crezcan sanos, realizados y felices; sueño con una familia armoniosa y unida; sueño con un país en paz; sueño con un mundo más igualitario… Podría seguir haciendo una lista interminable, pero aunque lo intento, no logro individualizarme y desear algo para mí.

Mis sueños se revolvieron con los de otros y ahora no sé bien cómo reconstruirlos, y mucho menos, cómo concretarlos. Es así, porque en el fondo considero que puede ser muy tarde para alcanzar algunos de ellos, que ya pasó su tiempo, o más bien, que ya pasó mi tiempo de hacerlos realidad.

¿Cuál es ese sueño que quiero cumplir para mí, para mi vida?, ¿cómo hago para ignorar mis razones y pragmatismos, y simplemente soñar como se sueña, sin lógica, sin límites? Esta tarea que me encomendó Ernesto me ha obligado a diseccionar mi propia realidad. Ha sido un llamado a observarme y a reflexionar.

Mientras lo escuchaba contarme cómo su existencia había sido convulsionada en poco tiempo y revaluadas todas sus teorías, pienso en cuál es la señal que estoy esperando para impulsarme, para sacudirme el inconformismo y hacer que mi vida se enrumbe hacia donde quiero que lo haga.

Mi vida y la suya (y creo que la de todos), es el resultado de las decisiones que tomamos y de las que evadimos, de las que creímos falsamente que dejándoselas al destino o al azar, obrarían a nuestro favor. Pero el tiempo se encarga de demostrarnos que, sea por omisión o por comisión, no podemos escapar a sus alcances.

La rutina es un monstruo de apetito insaciable, capaz de devorarlo todo. Solo hasta ahora puedo ver que hace rato vengo alimentándolo con mis ambiciones tantas veces aplazadas, con las incontables concesiones que hago, pensando qué es lo que se espera de mí y con mis idealizaciones de un mundo cada vez más extraño e inalcanzable.

En un ejercicio concienzudo, hago un esfuerzo por reconectarme con mis deseos más profundos, con mis sueños. Escudriño en mi mente y me pregunto ¿qué forma tienen?, si acaso son viajes, o estudios, o experiencias, o si de pronto se trata de redescubrir el amor, o si quizás, si consistirá en darle forma a un gran proyecto. La verdad no sé. Sea cual sea la manera en que se materialice, su sentido o su propósito, tengo claro que no aparecerá de la nada para transformar mi vida en una de cuento, pues solo yo lo concibo y lo concreto.

Estoy segura de que esa idea, de que ese íntimo anhelo, duerme en algún recoveco de mi mente. Debo rescatarlo del letargo y amasarlo, darle vida con acciones determinadas, sin más aplazamientos, sin descanso, sin excusas y sin límites

imaginarios. Eso sí, este "gran propósito", merece el primer lugar en mi lista de prioridades, y principalmente, me exige que lo blinde de mi eterno enemigo: el miedo, ese al que siempre le permito sabotearme.

Por fin llegaron noticias de Esperanza. Ernesto recibió una carta manuscrita en la puerta de su casa y encontró en la bandeja de entrada de la cuenta que habían creado para comunicarse exclusivamente entre ellos dos, el primer correo electrónico remitido por Esperanza.

"Rincón del alma" fue el nombre que le dieron a este espacio virtual en el que compartirían sus pensamientos, sentimientos, vivencias y emociones (rinkondelalma@gmail.com). Además, la agencia de viajes inauguró el blog de Esperanza: "Abriendo Caminos".

Ernesto se sintió como un niño en Navidad. Abrió el sobre con cuidado y parsimonia, ignorando a propósito el grito interior que lo incitaba a despedazarlo para conocer lo que albergaba en su interior. Pero decidió prolongar cuanto pudo la felicidad que le producía ese momento y saborearla en pequeños bocaditos.

Era una carta extensa, escrita en algunas hojas arrancadas de la libreta que él le había regalado. El sobre contenía además, una pluma gris pequeña y los trozos de una rama que

Esperanza le había arrancado a uno de los setos del cementerio de Tulcán.

Al leerla sintió lo mismo que Esperanza al escribirla. El pecho oprimido, dificultad para tomar profundamente el aire y el vacío que esa inmensa ausencia le producía. Leyó emocionado solamente la primera página, lo demás, prefirió reservarlo para deshojarlo lentamente en sus noches insomnes y solitarias.

Ernesto esculcó en su "Rincón del alma" para leer ese primer mensaje de correo electrónico remitido por Esperanza. Asunto: Lo que mi alma guarda. En él, la muchacha empezaba contándole que Marcelo, su jefe, le había planteado algunas de sus expectativas sobre los temas en los que el blog debía hacer énfasis. Él esperaba que estuviera salpicado con referencias publicitarias sobre hoteles, restaurantes y servicios para viajeros con la intención de cobrar a estos establecimientos por esas menciones. Ella entendía perfectamente que para la agencia, todo este proyecto tenía que traducirse en dinero, pero que si le dieran a escoger lo que consideraba mejor, hubiese preferido concentrarse solamente en lo emotivo.

Tenía confianza en que sin necesidad de ser explícita, podía crear suficientes expectativas y despertar el interés de los viajeros por visitar los lugares descritos. Le preocupaba que ese tipo de contenido generara distancia entre ella y sus lectores.

Ernesto quiso quedarse en la casa hasta leer por completo la carta, el correo electrónico y rematar con el blog. Lo tentaba la idea de sumergirse en ese universo paralelo en que su cuerpo y mente se situaban cuando estaba junto a Esperanza

159

o cuando leía lo que ella escribía. Pero se sobrepuso a sus deseos y enfermiza curiosidad. Alargaría por algunas horas más la incertidumbre que lo acompañaba desde que ella había partido.

La primera publicación de Esperanza en el blog fue ampliamente visitada. Los comentarios al pie, sugerían que lo narrado había calado entre los lectores: "De un lugar ordinario, frio y en apariencia sin nada deslumbrante que mostrar, extrajiste su esencia, su atractivo oculto. Quiero experimentar si al conocer ese o cualquier otro lugar, tal y como te pasó a ti, también logro conocer algo importante sobre mí mismo": @sofikleta; "Definitivamente la belleza sí está en los ojos de quien la mira.....": @yayis; "Te acompañé en tu primer viaje Esperanza y te acompañaré el resto del camino. Espero de corazón que así lo hayas sentido": @trhumanjp.

Marcelo no cabía de la dicha, y aunque hacía su mejor esfuerzo, todavía no alcanzaba a intuir los alcances del inusitado éxito de "Abriendo caminos", ni los beneficios concretos que obtendría la agencia con la creciente popularidad de Esperanza. Pero solo podía presentir cosas buenas.

Desde que Esperanza vio en el mapa la provincia de Santo Domingo de los Tsáchilas se propuso descubrir la historia detrás del peculiar nombre. Se encaminó hacia la ciudad de Santo Domingo de los Colorados, pero su menuda humanidad se resintió duramente con la larga jornada que demandó el viaje.

Llegó maltrecha a un modesto hotel ubicado en los extramuros de la ciudad. Allí se registró, y tan pronto como tuvo en sus

manos la llave de la habitación entró en ella y se tumbó en
la cama de la que no encontró fuerzas para salir sino hasta
haber dormido por más de doce horas continuas.

El clima tibio y una lluvia menuda y permanente, arrullaron
su sueño hasta instalada la tarde de su segundo día de perma-
nencia en el lugar. Cuando se levantó, sintió la cabeza pesada,
las fuerzas mermadas y el cuerpo en rebeldía. Se obligó a
levantarse y se bañó con agua fría. El temblor del escalofrío
le impedía gobernar sus extremidades, y sus dientes, que se
estrellaban rítmicamente entre ellos, producían un sonido de
galopes. Tuvo que meterse nuevamente en la cama.

Cuando sintió que su cuerpo nuevamente le pertenecía se paró
y se vistió. Los violentos espasmos que sacudían con fuerza sus
entrañas le exigieron que se alimentara de inmediato. Salió a
la calle y buscó el antídoto que apaciguaría la protesta que con
justicia hacían sus tripas, pues hacía ya muchas horas que no
recibían ningún alimento.

El brillo del atardecer resintió sus ojos, y el viento hizo que se
le desgajaran algunas lágrimas. Su cuerpo estaba extraño y ni
su buen ánimo ni su actitud, por costumbre positiva, lograron
disipar los síntomas que anunciaban una enfermedad. Entró
a un restaurante amoblado con no más de diez mesas rústicas,
cada una con cuatro butacas de madera. Se sentó en una que
daba contra la ventana.

El menú decía "Ayampaco y nada más", así que fue eso lo que
pidió a la jovencita que se acercó a atenderla. Unió la punta de
sus dedos índice y pulgar para darle a entender que quería la

ración más pequeña. Su estómago volvió a retorcerse cuando los olores de la cocina invadieron el lugar. Esperanza no toleró el olor a pescado que llegó como un golpe demoledor a su nariz. Abrió la ventana para respirar el aire de la calle y aliviar las náuseas que el olor a comida le había provocado.

Unas gotas de sudor frio que se escurrieron desde su cabeza hasta la espalda y empaparon su ropa en cuestión de segundos. La oscuridad borró por completo el brillo reposado de la tarde. Unas voces angustiadas la alentaban para que se despertara, mientras Esperanza recobraba la conciencia confundida y turulata. Trató de sentarse y sintió cómo, desde su cabeza, le escurría el agua que la mesera le había vaciado encima para reanimarla. Cuando abrió los ojos se encontró con otros claros que la miraban compasivamente. Estaba tendida sobre el piso frio y sucio del restaurante, y su cabeza reposaba sobre las piernas del joven dueño de esos ojos verdes grandes.

El largo viaje hecho de un solo jalón, la privó de conocer más y mejores lugares y personas, agotó su energía y resintió su salud. Aunque se esforzó por recobrar la compostura, no lo logró. Su estado de postración la avergonzaba, pero ni el pudor le confirió la fuerza necesaria para incorporarse, así que cerró nuevamente los ojos y se abandonó al sopor que arrastró por completo su energía. La confusión reinaba en su cabeza. No estaba ni dormida ni despierta. Escuchaba las voces alteradas de quienes trataban de ayudarla y las decisiones que sobre su suerte iban tomando.

Las voces se iban tornando ininteligibles y ya no hablaban en español sino en francés, y Esperanza, extrañamente, podía entender lo que decían. Llenas de angustia, entre sollozos desesperados, se recriminaban por vivir en un lugar tan apartado de todo.

La mujer maldecía el invierno, maldecía la nieve y maldecía su suerte: "No me perdonaré si algo le pasa a mi bebé. Cómo es que no hay forma de llevarla hasta el hospital, ¡hagamos algo!", clamaba desesperada y frustrada. El hombre que estaba con ella contestó a su suplica con un pragmatismo crudo y cruel: "Si salimos en medio de esta tormenta de nieve, no habrá un muerto sino tres". La mujer dejó escapar un gemido de angustia, se arrojó al piso de rodillas y se abrazó a las piernas de su esposo. Él se sujetaba con fuerza a una baranda. Hacía su mayor esfuerzo por no entregarse también al desconsuelo y a la devastación, se esforzaba por no quebrarse, pero su cara adusta no podía disimular el sufrimiento, estaba totalmente transfigurada por el dolor.

Esperanza se despertó y se encontró ocupando una cama y una habitación que no eran las del hotel. Estaba vestida, pero no tenía puestos los zapatos, y alcanzaba a ver su mochila que reposaba sobre una silla. Se sentó en la cama y aguzó el oído para tratar de entender lo que decían las personas que estaban al otro lado de la puerta, que se abrió de golpe, espantándola.

— Ah, qué bien, ya está despierta —dijo con cara sonriente "ojazos verdes"—. ¿Cómo se siente?

Esperanza trató de pararse rápidamente, pero se encontró todavía sin la fuerza suficiente para concretar la ínfima meta.

— No se levante, tranquila —le dijo el portador de las cuencas que albergaban esas dos lagunas color aceituna—.

— Me llamo Rafael y espero que no le moleste que leyera en su manilla que no puede hablar, que se llama Esperanza, que trabaja para una agencia de viajes colombiana y sus datos de contacto en caso de emergencia —dijo el joven esperando ser refrendado—.

Esperanza asintió.

— Tan pronto como se recupere y se sienta lista podrá reanudar su viaje. Desde este mismo instante me declaro su cuidador y solo hasta ver que puede hacerlo sola, la cuidaré yo.

Esperanza meneó tímidamente la cabeza en rechazo a la amable imposición, pero Rafael la ignoró.

— Ni se le ocurra negarse y no se preocupe que aquí va a estar segura, está entre viajeros, entre amigos. Hoy por ti, mañana por mí. Recuéstese que ya hago que le traigan una sopa levanta muertos.

La muchacha obedeció resignada, además, no tenía energía para imponerse ni para contradecir la orden.

Volvió a dormirse y retomó su extraño sueño, justo en donde lo había dejado… Sentía un frío que penetraba sus músculos hasta calarle los huesos. Su cuerpo temblaba violenta e involuntariamente. El escalofrío, con el que su cuerpo buscaba

calentarse, lo que hacía era elevar aún más la altísima fiebre que la incendiaba por dentro. De pronto, sintió cómo la mujer la tomaba entre sus brazos. Ella, Esperanza, era la criatura cuya vida pendía de un hilo y por quienes esos padres suplicantes rogaban al cielo, a Dios, un milagro.

Los borbotones de agua salada que emanaban de los ojos de la mujer, de su madre, caían en su rostro y lo empapaban. De sus tibios labios recibía amorosos besos en la frente. Sentía el temblor desesperado de ese cuerpo entregado por completo al dolor, y el latido de sus corazones al unísono.

La mujer expelía un olor dulce, como el de la miel de maple extraído de la savia hervida de los arces. Tenía las manos blanquísimas y suaves, y con sus largos dedos, recorría el contorno de su pequeña cara. Las delicadas caricias que su madre le prodigaba, la invitaban a abandonar toda lucha y a dejarse arrastrar hacia la luz brillante y cálida que destellaba a unos pocos metros de distancia, y eso hizo.

La despertó la sensación de estar cayendo en un pozo profundo. El vacío en el estómago la dejó sentada en la cama con los ojos extraviados en las paredes de esa habitación, en donde todo le era extraño.

Se abrió la puerta nuevamente. Tras de ella apareció una señora gorda y baja de estatura que preguntaba a grito herido quién era la muerta a la que había que revivir. En sus manos cargaba una bandeja con un caldo humeante, que esparcía su glorioso aroma por todas partes y que de inmediato avivó el apetito de Esperanza.

— Qué cara muchachita. Veo que alguien por aquí me necesita con extrema urgencia —dijo la mujer sin abandonar su modo exagerado, ni modular el volumen innecesariamente alto de su voz—.

Quitó el morral de Esperanza de la silla y la acomodó enfrente del escritorio en donde estaba el plato con la sopa calientísima.

— Tómesela toda, hasta que yo pueda ver las florecitas que están pintadas en el fondo del plato, no admito menos, ¿oyó? —Dijo con amorosa firmeza la carnuda anfitriona—.

Esperanza obedeció entre agradecida y avergonzada.

La señora salió de la habitación arrastrando los pies y bamboleando su inmensa retaguardia. Mientras, Esperanza paladeó el líquido salado y caliente, haciendo un esfuerzo por recordar y retener los detalles de su confuso sueño. Concentrada en sus propios pensamientos desocupó sin dificultad el plato y devoró la masa de harina aplanada que lo acompañaba.

Se sintió revitalizada, pero todavía somnolienta. Se calzó los zapatos. Miró a través de la ventana y vio que ya era la noche de ese día que se había perdido por completo entre los ires y venires de su consciencia. Se puso de pie, pero sin tener noción de qué hacer ni para dónde ir. Fue Rafael quien decidió por ella.

El joven entró en ese instante a la habitación tras tocar rítmicamente una seguidilla de golpecitos en la puerta. Al verla lista para partir, le dijo:

— Esperanza, no tiene que irse. Me imagino que se siente insegura y desconcertada, pero le aseguro que entre todas las posibilidades que tuvo hoy para terminar su día, esta es la mejor, modestia aparte. Yo he dedicado muchos años de mi vida a viajar y sé lo expuestos que podemos llegar a estar cuando aparecen los inconvenientes. Creo que tuvo suerte de desmayarse en donde yo me como mi ayampaco de pescado —bromeó Rafael—.

— Voy poco por allá, pero cuando me entran las ganas no dudo ni por un momento en hacer el viaje hasta ese restaurante, que era famoso desde antes de que yo naciera. Preparan el mejor ayampaco de esta ciudad.

El destino obra de una manera misteriosa mi querida Esperanza. Hoy era el día de conocernos, así estaba escrito —sentenció el joven en tono ceremonial—.

Esperanza pidió con qué escribir.

— "Ya me siento mucho mejor, muchas gracias" —puso en el papel—.

— "Me considero muy afortunada de contar con una mano solidaria. Discúlpeme si me percibe desconfiada, no es eso, más bien sí, me avergüenza importunarlo y alterar su rutina y la de su familia."

Rafael leyó en voz alta y le aclaró:

— Entienda esto como un acto de reciprocidad Esperanza. En algunos de mis viajes conté con la fortuna de salvar el pellejo gracias a la ayuda desinteresada de extraños,

167

algunos a quienes ni siquiera tuve la oportunidad de agradecerles su generosidad. Hoy es usted quien necesita una mano amiga y yo quien tengo la oportunidad de brindársela.

Soy de los que creen que la vida es una sucesión de hechos ligados entre sí por unos propósitos, en principio incomprensibles, superiores a nuestro propio entendimiento, pero cuyo significado se revela en el momento justo, no antes. Para mí, todo pasa por y para algo.

Esperanza sonrió y escribió:

— "Creo lo mismo Rafael. Confíe en que si la vida me lo permite, replicaré su acto generoso con usted o con quien lo necesite, para continuar con esta cadena solidaria."

— La veo agotada Esperanza. Trate de dormir, y si mañana se siente mejor, vamos a algunos lugares que creo le pueden gustar. Si quiere empezamos en donde se quedó, en "Ayampaco y nada más", y después, seguimos hasta donde nos lleven los pies. La dejo sola para que duerma. El baño está por el pasillo —le indicó Rafael, antes de retirarse—.

Esperanza puso en alto su pulgar y esforzó una sonrisa. Se sentó en una esquina de la cama y se descalzó. Su mirada quedó clavada en la nada. Sus ojos estaban abiertos, pero no capturaban las imágenes del entorno. Su mente trajinaba entre las vagas escenas que componían el sueño que por capítulos había venido soñando.

Extrañó a Ernesto. Quiso estar con él, refundida en uno de sus cálidos abrazos. Entonces decidió dormirse para encontrarlo en ese lugar imaginario en donde entre ellos no se interponían ni la edad ni la distancia.

Terminada su jornada de trabajo, Ernesto llegó con hambre de palabras a su solitario cuarto. Se despachó una modesta cena y se desvistió sin cuidado, dejando regadas por el suelo las prendas de las que se iba despojando. Cogió la carta que había empezado a leer en la mañana. Sacó la pluma y la ramita de seto y las metió entre las páginas del libro que estaba en su mesa de noche, separando con ellas las páginas leídas de las que le faltaban por leer.

Esperanza, sin proponérselo, encontró cómo hablar con una voz diferente en el correo, en el *blog* y en las cartas. Estas últimas eran más íntimas. Su contenido atendía más a la expresión de sus sentimientos y tenían una alta carga de romanticismo. Bien podían ser recopiladas y usadas por enamorados a quienes les son esquivas las palabras.

El correo, en cambio, lo usaba para temas más coyunturales, para expresarle a Ernesto los temores y dudas que le surgían de las vivencias cotidianas. Este era el espacio en que Esperanza urgía su consejo y aliento, cuando sentía que le faltaban.

El *blog* era un compendio de observaciones y experiencias, y la interpretación de la influencia que estas obraban en su carácter, emociones y perspectivas. Parecían las memorias de una alumna que asistía todos los días a la escuela. Pero en este caso, el aula era el camino, cada experiencia una enseñanza y la escuela era la vida.

La lectura de la carta producía en Ernesto, algunas veces emoción, y otras, sufrimiento. Podía sentirse como un adolescente totalmente alucinado con el amor y a renglón seguido, fenecer ante el implacable veredicto que anulaba su derecho de agotar los sentimientos y deseos que esa mujer le despertaba.

Con plena conciencia, Ernesto decidió que para él bien valía la pena dejarse bambolear por ese torbellino de emociones y arrojarse en caída libre en ese abismo, tal vez sin fondo. Sabía que esta era su conexión con el amor, con el mundo y con esa vida atiborrada de experiencias no vividas. Así amaba, así aprendía, así viajaba, así sentía.

Pudo entrever en las palabras de Esperanza, cómo crecía con cada paso que daba. Pudo sentir que el amor que le prodigaba, lejos de debilitarse, se fortalecía. Pudo apreciar la templanza de su carácter y contrastarla con la humildad con que la jovencita admitía su insignificancia ante la inmensidad que se abría paso ante sus ojos.

"Viejo, todavía no he recorrido casi nada del camino, pero he llegado más lejos de lo que creía, podía hacerlo. Al sobrepasar mis propios límites me encuentro con que siempre hay algo más allá de ellos. Aun así, ya sé que no quiero desgastarme en búsquedas eternas, porque si así lo hiciera, estaría permanentemente insatisfecha. Ahora sé que no debo buscar nada. Convencida como estoy, de que lo único que existe es este minuto en el que

estoy viviendo y de que todo lo demás son espejismos, voy a enfocarme solo en eso: en mi presente.

Con esto que te digo no quiero que creas que dejé atrás lo que amo o de lado mis sueños y las muchas expectativas que he construido. Todo sigue intacto. Quiero hacer de ellos mis motivos para ir cada vez más lejos, pero no voy a permitir que la luz que sigo me deslumbre y me impida ver la exuberante belleza del camino.

Quiero explorar qué hay más allá de los límites de la incertidumbre y del miedo, y estar siempre un paso adelante de ellos."

X

¿De qué te arrepientes?

Interpretaciones de cómo debería ser una vida para considerarla plena y realizada, deben haber tantas como personas existen sobre la faz de la tierra. Me imagino que habrá coincidencias en lo estructural: que se dé en un entorno amoroso y protegido con oportunidades para que el individuo se desarrolle física, emocional e intelectualmente. Pero a partir de lo básico y elemental, lo que se perfila hacia adelante son posibilidades infinitas.

En lo que sí pueden hallarse coincidencias es en lo que impide que una vida sea más o menos satisfactoria.

Alguna vez leí una historia en la cual un enfermero de un centro de atención a pacientes con enfermedades terminales, durante sus jornadas de guardia, paleando los dolores y

soledades de estos enfermos, los indagaba sobre sus temores
y sobre los sentimientos que en ellos despertaba la inminencia
de la muerte.

Al hombre le llamó poderosamente la atención que al
plantearles el hipotético caso de que pudieran regresar en el
tiempo para corregir los errores que habían cometido en el
pasado, muchos de ellos, la mayoría, coincidieron en decir
que no cambiarían nada.

Sus remordimientos no tenían nada que ver con lo que habían
hecho mal, y más bien sí, con lo que habían dejado de hacer:
viajar más, por ejemplo, o haber trabajado menos para
compartir más tiempo con sus parejas, hijos, familias y amigos;
no haberle expresado a sus seres queridos sus sentimientos
con mayor frecuencia e intensidad; no haber aprendido otro
idioma; no haber estudiado la profesión que de verdad les
gustaba; no haber abandonado ese trabajo que odiaban y que
los hacía sentir miserables día tras día; no haber cultivado
sus talentos por temor a la opinión o el juicio de los demás; no
haber sido más auténticos; no haber perdonado, etc.

Y es que si nos detenemos a pensar en eso podemos concluir,
que la vida no puede ser una serie de concesiones para con los
demás y de renuncias para con nosotros mismos.

Es cierto que por naturaleza somos seres sociales obligados a vivir respetando los límites que esta realidad nos impone, pero con la capacidad de utilizar la libertad que hay entre esos límites, y pese a ellos, realizarnos completamente.

Esta oportunidad que tenemos hoy de estar aquí, conscientes de nuestras necesidades y aspiraciones, puede ser la única que tengamos de ser y hacer de nuestra vida un suplicio o un disfrute.

Escribo para cumplirle a Ernesto la promesa que le hice, pero principalmente, para cumplirme la promesa que me hice: ir más allá de mis temores y no tener que arrepentirme de no haberlo hecho por miedo a fracasar.

Otra vez, las tumbas que Ernesto acicalaba reflejaban que en ellas reposaba alguien que se merecía más que olvido y soledad. Otra vez, había dolientes que encontraban consuelo en las palabras de un extraño al que la muerte le había enseñado más que la vida. Y otra vez, Ernesto estaba solo, atravesando una jornada infinitamente repetida, esperando que las experiencias de Esperanza le dieran vida a su vida. Hacía ya un tiempo largo que Ernesto no se veía tan retado por el dolor de alguien. Hannah Ditrich lloraba inconsolable frente a la bóveda en donde reposaban los restos de Rick

Friedel Ditrich, su hijo, que en un arranque de profunda frustración se quitó la vida de un disparo en la sien izquierda. Esto era todo lo que Ernesto conocía de su historia.

Hannah hubiese preferido una tumba bajo tierra. La bóveda que visitaba estaba en la hilera más alta del mausoleo, y sola, le era imposible depositar el ramillete que cada semana llevaba para dejarle a su hijo la constancia de su visita. Para ello, dependía de la ayuda de alguno de los trabajadores del cementerio.

Esta vez, como otras antes, Ernesto acercó la escalera de madera, la apoyó en la pared y trepó hasta alcanzar el florero de bronce incrustado en la lápida de mármol. En él depositó el ramo de margaritas blancas. Después trató, como siempre, de persuadir a Hannah para que se sentara en una de las bancas cercanas, pero ella se negó, también como siempre. Decía preferir estar parada frente a la tumba y orar mientras leía el nombre de su hijo tallado en esa piedra, para así forzarse a aceptar, más temprano que tarde, su infame realidad.

Le decía a Ernesto que oraba con la mirada fija en la inscripción, obligándose a mantener la cabeza en alto por largo tiempo, para, a propósito, causarse dolor en el cuello. Para asegurarse de que también le dolieran las piernas, permanecía varias horas de pie frente a la tumba, y como si todo ese dolor en el cuerpo fuera poco, ni siquiera alcanzaba a rozar el que sentía en el alma, cuando caía en cuenta de la certeza de que su muchacho, nunca más la esperaría al llegar a casa. Ese dolor físico y emocional, según ella, era el recordatorio, el bien

merecido castigo por no haber sido buena madre. Por ahora, para ella, solo había lugar para el dolor, una pena así, no deja espacio para nada más.

Su mente y cuerpo le exigían auto infringirse castigos. Entonces, se sometió al hambre, al cansancio, a la soledad, al desafecto, a la intranquilidad, al aislamiento. Sentía que había perdido todo derecho a la alegría.

Desde que se despertaba le atormentaban los recuerdos que sin lógica ni orden se juntaban sin permiso en su cabeza. Su mente no lograba procesar el marcado contraste entre sus momentos de mayor felicidad y aquellos que impregnaron su vida de infinita tristeza. La alegría que compartió con su niñito, se enrareció con las demandas del adolescente que exigía la libertad de ser él mismo.

Ernesto veía reflejado en la cara de Hannah, el rastro del sufrimiento que ella le narraba. Era el rostro de una mujer todavía joven y de rasgos delicados y hermosos, pero prematuramente envejecido y ensombrecido por los remordimientos y el dolor. Serían la cruz que decidida cargaría por el resto de su vida.

Ese día se cumplía el primer aniversario de la muerte de Rick, que al morir, apenas acababa de cumplir diecinueve años.

— Sabe Ernesto, mi muchacho era hermoso por dentro y por fuera. Tenía grandes ojos de color almibarado, iguales a los de su abuelo paterno. Era rubio y su pelo liso le caía con gracia sobre la cara, incomodándolo. La forma como se lo retiraba de la cara se convirtió en un rasgo muy propio. Era una batalla permanente hacer que se lo cortara.

Su nariz era igualita a la mía, pero a él sí le lucía —dijo Hannah, esbozando una sonrisa que reprimió de inmediato. Sin embargo, Ernesto no cohibió la suya—.

Era alto, más bien altísimo. Si quería que me saludara con un beso, tenía que halarlo del brazo para que se inclinara, ahí me prendía de su cuello y aprovechaba para besuquearlo muchas veces, porque ya cada vez menos me permitía hacerlo.

Narraba Hannah con la mirada perdida en el vacío, rebuscando entre sus recuerdos esa imagen que adoraba.

— Era delgado, pero tenía una musculatura bien marcada. Hacía ejercicio para mantenerse en forma, era extremadamente vanidoso. Se exigía mucho en todos los aspectos de su vida. Se esmeraba por colmar nuestras expectativas, las de su papá y las mías, quiero decir. Y lo hacía, o lo hizo hasta aquel día —dijo la mujer descolgando su cabeza—.

Tras una larga e incómoda pausa, Hannah se cubrió la cara con las manos. Ernesto no dijo ni hizo nada, porque supo que lo siguiente en esa historia era el punto de quiebre, el momento que marcó el antes y el ahora.

— Sigo sin poder decirlo en voz alta. Me avergüenzo de mí misma, de mi infinita cobardía —dijo Hannah entre sollozos—.

— No lo haga. No haga nada que le cause sufrimiento —le contestó Ernesto—.

Ella prosiguió haciendo un gran esfuerzo por reprimir el llanto.

— Me merezco todo este dolor, más otro poco.

Nadie se merece el sufrimiento Hannah. Este solo es una parte de la vida, no lo puede convertir en el todo.

— Rick fue un hijo más que perfecto. Nos dio todas las alegrías y satisfacciones posibles. Era buen estudiante, generoso de corazón, pulcro en su actuar y amoroso. Ponía todo su empeño para adaptarse a las reglas y se sometía con nobleza a nuestros, cada vez más altos estándares morales y sociales. Pero llegó el momento en que ya no pudo hacerlo más, porque eso implicaba ir en contra de su naturaleza, de sus deseos más íntimos. Además, ahora que lo pienso, de pronto en el fondo de su corazón sabía que rasguñar los límites de la perfección le garantizaba nuestro amor, y tristemente, pudo comprobar que si no se parecía a nuestra "idea de él", sufriría las consecuencias.

No le conocí ninguna novia. Creía yo que estaba demasiado ocupado con sus estudios, con los deportes y con su afición por la música. Tocaba hermosamente el piano. Además, me engañaba pensando que era tan amado por nosotros que no tenía necesidad de más amor. ¡Qué absurda conclusión! ¿No cree Ernesto?

Ernesto no contestó nada.

179

— Una tarde, Rick llegó de la universidad inexplicablemente ansioso. Yo estaba ocupada en mis asuntos rutinarios y no indagué por el motivo de su excitación. Sin embargo, él me perseguía por los rincones de la casa estorbando mi paso y mi ritmo de trabajo. Cuando me sentí exasperada lo increpé y fue cuando me pidió que me detuviera porque quería hablar conmigo y con su papá sobre algo importante.

De mala gana dejé de lado mis oficios y lo seguí por el pasillo hasta el estudio. Me senté en una poltrona frente al escritorio en donde Robert, mi esposo, organizaba algunos documentos.

Rick se sentó en otra silla y llamó la atención de su padre, que hasta ese momento no se había dado cuenta de la improvisada reunión que estaba por empezar y de la que formaría parte. Ya estaba yo bastante extrañada por su actitud, pero no presentía nada malo.

— Mami, papi —nos dijo en tono bajo y actitud extremadamente solemne—. Yo sé que lo que les tengo que decirles no va a ser fácil de digerir para ustedes. Este tema nunca ha sido parte de la agenda familiar, pero a todo le llega su momento.

Robert y yo nos miramos, y antes que aprehensión nos causó algo de gracia su tono grave.

Continuó:

— Me resulta un poco incómodo hablarles de mis asuntos personales, pues no acostumbro a hacerlo, pero creo

que es el momento de que se enteren que estoy profundamente enamorado —nos dijo mirándonos y auscultando nuestra reacción ante el inusual anuncio—.

Otra vez nos miramos con Robert y él tomó la vocería por los dos:

— Pues bien por ti Rick, incluso, creo que te habías demorado.

La respuesta de Robert nos causó gracia a los tres y le restó la innecesaria tensión con que Rick había ambientado el momento.

Rick volvió a su tono casi sombrío y nos soltó sin más preámbulos la noticia:

— Estoy enamorado de un hombre.

Tras el anuncio ya no hubo intercambio de miradas, no hubo gestos ni palabras. Todo el espacio a nuestro alrededor quedó penetrado por un silencio densísimo que me causaba una presión insoportable en los oídos. Rick nos examinaba tratando de predecir nuestras reacciones. Pasaron lentos algunos minutos, tras los cuales, Robert se paró y nos rodeó haciendo un recorrido lento por la habitación. Yo no fui capaz de mirar a la cara a ninguno de los dos. Me quedé sentada, incapaz de pensar o sentir nada. Tenía vacío el pensamiento y nublada la mirada.

Robert rompió el silencio con un grito:

— ¡Ahora resulta que mi hijo se volvió marica! Está bueno eso.

El corazón se me iba a salir del pecho y mi lengua se entorchó hasta hacerse un nudo. No dije ni hice nada. Extravié la mirada para evitar la de mi hijo y lo castigué con mi total indiferencia.

Sin embargo, Rick no se quebró. Seguramente, dentro de sus cálculos, este era uno de los escenarios posibles, el más probable, diría yo. Nos conocía bien, venía preparado para capotear nuestra embestida.

— Soy homosexual, sí señor, pero no me volví, siempre lo he sido —le dijo Rick a su papá—.

— No me venga con estupideces. Esas son vainas que se ponen de moda entre los jóvenes. Usted no tiene de donde torcerse, nosotros nunca le hemos dado mal ejemplo —Dijo Robert sin ponerle mucho cuidado a sus palabras— fue una respuesta más instintiva que intuitiva.

— Uno nace homosexual papá, solo es que hasta que pasa el tiempo uno lo entiende, lo asimila y en el mejor de los casos, lo acepta. Pero mi esencia permanece intacta, al igual que mis sentimientos y anhelos. Los homosexuales pensamos igual que los demás, sentimos igual que los demás, solo es que amamos a personas de nuestro mismo género —dijo Rick convencido—.

— No quiera teorizar y aleccionarme. Qué quiere que le diga, que me alegro, que lo felicito. Quiere que me muestre feliz y comprensivo. Quiere que sea muy civilizado, moderno y de mente abierta. Pues vaya

desechando esas ideas. No lo acepto. Lo que me dice solo me causa repulsión y vergüenza —dijo Robert con beligerancia y soberbia—.

— No papá, lo que espero es que pueda verme como la persona que siempre he sido. Esto no debe cambiar en nada nuestra relación. Tenía claro que no iba a ser fácil para ustedes, como tampoco lo fue para mí. Aunque soy consciente de mi condición desde hace varios años, solo hasta ahora cobra verdadera importancia para mí ser sincero con ustedes. La felicidad que este amor trae a mi vida no está completa si no la comparto con los seres que más amo. No quiero construir mi futuro sobre mentiras. No voy a vivir entre las sombras porque no me avergüenza lo que siento.

Yo seguía callada, casi ausente. Dejé que Robert contestara por los dos y con mi silencio, avalé su reacción y sus respuestas. Rick continuaba confiado, seguro, inquebrantable.

— Mami, papi, no permitamos que nuestra relación cambie. Nuestro amor mutuo, nuestra admiración y confianza siempre han sido grandes, fuertes. Sé que pese a que las cosas no hayan resultado ceñidas al plan, unidos, somos capaces de superar este y cualquier otro reto que se nos presente. Perdónenme si con esto los decepciono y les causo pena o angustia, no es mi intención, pero si los engaño, solo le estaría poniendo una trampa a mi felicidad.

— No diga más sandeces. No lo tolero Rick. Claro que con esto todo cambia por completo, la imagen que tenía de usted, mi admiración y confianza quedaron hechas trizas. No me pida que vea grandeza en tal abominación. No puedo.

— Mami, mírame —me imploró mi muchacho—.

Continué ignorándolo.

— Todo esto puede resultar difícil, pero por el amor que nos tenemos, por defender nuestra familia, es muy importante para mí saber que no me van a dejar solo. Ustedes han sido unos padres amorosos e incondicionales, yo los quiero en mi vida. Esto no tiene por qué separarnos. Mis aspiraciones, mi visión del futuro está perfectamente alineada con los planes que trazamos juntos. Pero tengo que ser totalmente franco con ustedes, no estoy dispuesto a renunciar al amor que siento por Esteban.

— No Rick, no acepto su chantaje. No voy a compartir mi techo con alguien que me resulta tan extraño, que representa todo aquello que rechazo con vehemencia, que va en contra de lo que considero correcto. La verdad, la sola imagen me repulsa. Si su condición para que sigamos siendo la familia que hemos sido hasta hoy es que aceptemos su, su… como le digo a esa bellaquería, su estilo de vida, entonces la respuesta es que no, no lo acepto, no lo admito.

Se queda en esta casa el muchacho que crie, que conocí, no este que pretende darle entrada a este hogar a un mundo torcido y aberrado.

Solo hasta ese instante miré los ojos de Rick y vi cómo se ensombreció su siempre transparente mirada. Él también me miró, anhelando una palabra que nunca llegó. Me las tragué todas. Fui pusilánime, completamente cobarde.

En ese momento los ojos de Hannah dejaron escapar algunas lágrimas espesas y su pecho se ahogó en un lamento que desnudaba su profundo e inútil arrepentimiento. Cuando tuvo suficiente aire en los pulmones y pudo articular de nuevo las palabras, continuó:

— Él esperaba mi voz de apoyo, mi aceptación. Necesitaba la certeza de lo que siempre le dijimos, pero que llegado el momento no le demostramos: la incondicionalidad de nuestro amor. En cambio, lo que recibió fue mi indiferencia y el rechazo de su papá.

No estábamos pensando en él sino en nosotros, en nuestras ilusiones rotas, en nuestro orgullo mancillado, en nuestra prejuiciosa visión del mundo y de la vida.

Permanecimos ahí parados por algunos minutos más. Creo que Rick nos estaba dando tiempo para digerir la noticia, esperaba, siquiera, un sutil indicio de que una vez mermada la tormenta, acabaríamos aceptando la situación porque se impondría la majestad del amor filial que habíamos construido desde que él había llegado a nuestras vidas.

Yo, en cambio, esperaba una estruendosa carcajada, previa al anuncio de que todo se trataba de una pesada broma que nos había querido jugar.

Pero Robert se encargó de decidir el destino de los tres, dictó el veredicto y la sentencia. Y yo no dije nada, nada, nada.

— Váyase Rick. No cuente con nosotros para esto. Escoja entre esa vida oscura y sórdida o nosotros. Ni por todo el amor que le tengo voy a renunciar a mis principios, ellos me han traído hasta el lugar en el que estoy y me han ayudado a conseguir todo esto que construí para ustedes, no voy a pasar por encima de ellos para complacerle sus caprichos de mariquita.

Vi como Rick se mordió los labios para no decir nada que empeorara aún más la ya espinosa situación.

— No se trata de escoger entre nada papá, pero tampoco le puedo imponer esta realidad que le resulta tan repulsiva. Me voy, sí señor. Pero en donde esté, estarán conmigo, porque son parte inseparable de lo que soy y nunca podría renunciar a ustedes, porque los amo profundamente.

Habiendo dicho eso, salió de la habitación sin recibir nada de mi parte, solo indiferencia.

Otra vez gimió con dolor y lloró, pero esta vez sin lágrimas, porque ya las había agotado todas.

— Pasaron algunos meses entre el anuncio de Rick y este fatídico desenlace. Yo no tenía vida sin saber en qué circunstancias vivía mi muchacho, pero es que Robert había sido contundente y me lo había advertido. Me amenazó con que si se enteraba de que yo estaba acolitándole las vagabunderías a Rick, mejor me fuera a vivir con él y su noviecito. Que si nos manteníamos unidos y radicales en nuestra decisión de no aceptar la imposición del Rick, él recapacitaría y pronto dejaría de lado su embeleco.

Aunque yo sabía que eso no era así, cedí ante la amenaza. No quería complicar aún más las cosas.

No sabe usted Ernesto cómo me arrepiento de no haber escuchado a mi corazón de madre. Él me gritaba que buscara a mi hijo y le brindara mi amor y comprensión. Pero no lo hice y hoy pago con soledad y dolor no haberlo hecho.

Robert y yo pasábamos los días vagando por los rincones de la casa. Nos habíamos convertido en unos seres sin ningún propósito en la vida. No hablábamos entre nosotros, salvo para hallarle solución a algún tema doméstico. No éramos capaces de sostenernos la mirada.

Una mañana regresaba del supermercado y Rick me cerró el paso. Me había estado esperando cerca a nuestra casa para hablar conmigo.

— Hola mami, no sabes la falta que me has hecho —me dijo y me abrazó fuertemente—.

Estaba tan hermoso como siempre.

— También te he extrañado —le dije—.

— Mami, tengo algo que contarte, me siento confundido. ¿Vamos a un cafecito y hablamos?

Dudé mucho y al final le dije que no. Que él ya sabía lo que opinábamos sobre el tema y que si se trataba de eso, ya tenía clara cuál iba a ser mi respuesta.

— Pero es que las cosas no son blancas o negras mamá —me dijo alterado—. Por qué no podemos hablarlo y entre todos ver cómo podemos asumir esta nueva etapa de nuestras vidas, sin renuncias, sin condicionamientos, con generosidad y comprensión de parte y parte.

— No tengo nada más que decirte —solté secamente—. Él volvió a abrazarme y no dijo nada más. Se fue. Le negué los besos que antes le robaba al inclinarse. Lo vi caminar por la calle con los hombros agachados y la cabeza descolgada entre ellos, totalmente derrotado. Los sentimientos se me revolvieron entre el pecho y la cabeza. Llegué a la casa, me fui a su cuarto, me senté en su cama, me abracé a su almohada y aspiré de ella su olor, que permanecía intacto. Vinieron a mi memoria los recuerdos de mi vida y pude ver claramente que sin él, vivirla, carecía totalmente de sentido.

Busqué a Robert y le dije: "No estoy dispuesta a perder a mi hijo".

No esperé a que me dijera nada, no estaba buscando su aquiescencia.

Me sentí perdida, no sabía dónde buscar a Rick. Cuando se fue no se llevó nada, ni su teléfono celular. Decidí que a la mañana siguiente iría a la universidad para intentar un encuentro.

Esa noche decidí dormir en su cuarto. Quería evitar a Robert. No quería entablar ninguna discusión, pues ya estaba resuelta a aceptar a mi muchacho y sus decisiones.

Robert entró a la habitación a la madrugada, prendió la luz, se abalanzó sobre mí y me abrazó sin medir sus fuerzas, lastimándome. Yo apenas si podía moverme y mis ojos no lograban acostumbrarse a la luz. Escuche los gemidos ahogados de mi esposo que apenas pudo articular dos palabras antes de volver a desplomarse sobre mí:

— ¡Se mató!

Esa noche se acabó todo para nosotros. La vida, tal y como la conocíamos, se había extinguido para siempre.

Ernesto cerró el puño de su mano derecha, lo apretó contra su boca para ocultar el terror que se dibujó en su cara. Apretó los ojos y contuvo sus ganas de soltar una palabrota. Tomó por el brazo a Hannah y se lo apretó.

— Qué tragedia Hannah —fue lo único que atinó a decir—.

— Después de encontrarse conmigo en la calle, Rick se fue para el apartamento de Esteban, su pareja, quien también lidiaba con su propia tragedia.

En el funeral de Rick, Esteban se acercó a mí destrozado. Me dijo cuánto lo amaba y cómo le dolía este fatídico desenlace. No me recriminó nada, porque él también sabía que le había fallado. Rick le había apostado todo a ese amor y se quedó aislado, despreciado, sin nada.

Ese joven era el padre de un niño pequeño, fruto de una relación fugaz con una novia que había tenido en el colegio. Por varios años trató en vano de establecer relaciones con mujeres para encarrilar su vida hacia la "normalidad" y evitar el difícil tránsito por una, expuesta a los señalamientos y al rechazo. Pero al conocer a Rick y ver que mi muchacho estaba dispuesto a enfrentarse al mundo por ese sentimiento mutuo, se ilusionó con que unidos podrían contra el mundo. Pero era imposible para ellos dimensionar los alcances de su decisión.

Ya sabes la pared con la que Rick se tropezó. Esteban, por su parte, se encontró con que su familia y la de la madre del niño, apelarían a un arma ruin y repugnante para "enderezarlo": el chantaje. Lo amenazaron con iniciar un proceso legal para retirarle los derechos sobre su hijo si él persistía en mantener una relación homosexual con Rick.

Los dejamos sin alternativas. Nos tomamos atribuciones a las que no teníamos derecho. Solo ellos tenían la potestad de decidir cómo querían vivir su vida y con quien compartirla. Les condicionamos nuestro amor y aceptación a que hicieran lo que para nosotros era lo correcto. Ellos merecían nuestra coherencia y que les cumpliéramos la promesa, tantas veces repetida, de la incondicionalidad de nuestro amor, que resultó una falacia.

Esteban le dijo a Rick que no iba a hacer pagar a su hijito por sus malas decisiones. Que no sometería al abandono a ese niño que apenas se asomaba a la vida. Él había experimentado en carne propia el daño irreparable que se le infringe a una persona cuando, de quienes espera amor y apoyo, solo recibe rechazo y marginación. No estaba dispuesto a fallarle a su pequeñito. Con el alma rota y muy a pesar de sus sentimientos y deseos, terminó su relación con Rick.

Ya sabes lo demás Ernesto. Ahora visito a mi muchacho aquí en el cementerio y me sobra lo que me queda de vida, porque no merezco ni quiero vivirla. Asumo cada nuevo día como una penitencia, como el justo castigo por no haberlo amado por sobre mis prejuicios. Me arrepiento de las palabras que no pronuncié para apaciguar su alma. Me arrepiento por no haberlo escuchado. Me arrepiento por no haberle advertido que todos los obstáculos son superables. Me arrepiento de no haberle demostrado que con persistencia y fe, tarde o temprano habría logrado poner las adversidades a su favor, y también me arrepiento por haber condicionado mi amor por él. Fui buena madre mientras él cumplió con mis expectativas, pero cuando fue tras su propia identidad, a vivir de acuerdo con las suyas, le di la espalda.

Ernesto escuchó a Hannah sin intención alguna de interrumpir su retahíla de arrepentimientos, de pronto porque sentía que sí tenía muchas razones para estar arrepentida.

Acostumbrado como estaba a consolar a quienes sufrían por la muerte de sus seres amados, rebuscó entre su arsenal de consolaciones algunas palabras que aliviaran el dolor que tan profundas heridas le causaban a esa madre. Pero no encontró ninguna.

Pensó en Luciano, la luz de sus ojos, la alegría de sus días vacíos, el sentido de su vida. No podía ni imaginarse cómo sería perderlo. Sin él, todo alrededor carecería de sentido. Fue duro ponerse en los zapatos de esta madre y admitirse que no había manera de consolarla.

Ella tomó rumbo a la salida prometiendo una nueva visita la semana siguiente. Él acompañó con la mirada los tortuosos pasos de Hannah, cuyo cuerpo menudo, apenas si podía con el infame peso de su dolor y arrepentimiento.

Y tú, ¿de qué te arrepientes?

XI

Solo por el placer de intentarlo, me decidí a vivir un día bajo una perspectiva diferente a la de siempre. Doté a lo común, a lo normal, de un sentido especial.

Tras el fastidioso ruido de la alarma del reloj, esta vez, no añoré más horas de sueño ni repudié el frio que me engarrotó el cuerpo al salirme de la cama. En cambio, agradecí por la oportunidad de vivir ese nuevo amanecer prematuro y helado.

Antes de abandonar la cama pedí al cielo por la felicidad de las personas que amo y por poder ser útil y oportuna para ellas. También, por lograr aceptarlos como son y por valorar lo que tienen para dar. Esta vez, no salté de la cama como una autómata. Me abracé unos minutos a mi esposo y poco a poco, con mi estrujón, le fui espantando el sueño.

195

Abrí las cortinas y miré por la ventana. Quise descubrir algo nuevo en esa imagen de todos los días. Vi que la oscuridad permanecía y que aún sin sol, los pájaros cantaban anunciando la mañana. No sé hace cuánto tiempo no los escuchaba.

Fui a la habitación de mi hija. Me acosté a su lado, le masajeé la espalda y enredé mis dedos en su pelo ondulado. La acaricié y le dije palabras suavecitas, todas en diminutivo, para animarla a dejar la cama. Me aproveché de su inconciencia, pues en sus cinco sentidos no tolera tal grado de melosería.

Hice lo mismo con mi hijo. Él disfruta más de mis ataques de ternura y se abandona totalmente a disfrutarlos. Me metí en sus cobijas para con sobijos, despertarlo sin traumas, de a poquitos.

La siguiente hora pasó entre carreras y contratiempos, hasta que nos despedimos con los besos afanados, típicos de las mañanas. Me quedé viendo cómo otra vez se iban y yo me quedaba, pero esta vez, con la conciencia de que esta rutina forma parte de la recapitulación de los días felices de mi vida.

Como lo he hecho diariamente, por varios años, me dediqué a trabajar en mis pequeños proyectos, que por lo general se ajustan a las cambiantes demandas de mi hogar. Son un sinnúmero de quehaceres que la mayoría de las veces pasan desapercibidos y que paradójicamente, son más notorios cuando

196

dejo de hacerlos, porque impactan directamente en el bienestar de mi familia y pueden expresar desinterés o descuido.

Son tareas autoimpuestas, cuyo valor radica en que con cada uno de estos actos construyo, hablo de mí, de lo que soy, de lo que tengo para dar. Son mi expresión de compañía, de amor, de cuidado, de apoyo. Son mi presencia, mi esencia y mi huella en la vida de los demás, de los que amo.

Este esfuerzo por valorar mis empeños diarios, por insustanciales e inocuos que a veces puedan parecer, me deja satisfecha. Reconocer la pequeña grandeza que encierran mis faenas cotidianas, me permite valorar su efecto constructivo.

Pude transformar mí, por momentos, monótona realidad, con el simple hecho de otorgarle sentido y valor a cada uno de mis actos, con no permitir que se redujeran a hechos triviales y mecánicos.

Cada día y cada una de nuestras obras merecen estar impregnados de pasión y mística para que no naufraguen en la intrascendencia. Hoy fui un paso más lejos en este camino de autodescubrimiento. Cambié mi día, traduciendo cada intención en un acto y valorando este como parte esencial del todo.

¿Cuántos más estarán por ahí viviendo en automático, sin valorar sus grandes y pequeñas obras?

197

Antes de que aclarara la mañana, Esperanza ya estaba lista para afrontar el día. Se sentía aliviada y con ganas de continuar su viaje. Al salir del baño se encontró con Rafael, quien acababa de despertarse.

— Buenos días Esperanza. Ya tiene otro semblante. ¿Cómo se siente? —Le preguntó animado—.

Ella le respondió haciendo un ademán de fuerza con el brazo y dibujando una amplia sonrisa.

— ¡Uy!, entonces deme algunos minutos para alistarme y salimos. Tengo planeado que veamos el amanecer desde el cerro Bombolí y el atardecer en alguna playa de Manabí. Si hay algo especial que quiera hacer entre el uno y el otro, escríbalo.

Ella asintió.

Llegaron a un mirador en el cerro a bordo de la moto de Rafael. Se sentaron en unos troncos a esperar que el sol ascendiera y despejara las sombras reticentes. El cerro boscoso que poblaba la cúspide de la montaña, emanaba su olor a hierba húmeda. Desde allí se divisaba la ciudad que apenas empezaba a despertar. Rafael le señalaba a Esperanza las cúpulas de las iglesias que, todavía entre sombras, se erguían por sobre las casas más bajas e iba bautizando las que podía reconocer.

Viajarían en la moto algo más de 100 kilómetros en la dirección opuesta al nacimiento del sol y cuando este alcanzara su cenit, ellos ya estarían tirados sobre la arena de alguna playa.

Esperanza le pidió a Rafael, que antes de emprender el viaje, quería recoger lo que había dejado en el hotel, porque después de que vieran la caída del sol, ella seguiría su camino.

Se cumplieron la deuda del ayampaco, recogieron las pertenencias de Esperanza y se pusieron en marcha.

El camino fue divertido. Se detuvieron frente a cada paisaje y cada lugar que Rafael consideraba que Esperanza debía conocer. Le contó cómo y por qué había dedicado cinco años de su vida a viajar y lo que le significó como experiencia de crecimiento personal haberlo hecho. Fue un largo pero entretenido y oportuno monólogo, que le permitió a Esperanza conocer e identificarse con su compañero de viaje.

— Tenía dieciocho años recién cumplidos cuando decidí irme de la casa. De eso harán ocho. Los necesarios para que mis papás, que estaban aterrados con la idea y furiosos porque abandonaba la universidad, pudieran impedírmelo. Me vieron tan determinado que entendieron que no estaba esperando su aprobación o su permiso, que con o sin ellos, me iría.

No acepté su dinero y me lancé a la aventura. Quería recorrer en paralelo, de norte a sur, los bajos de la cordillera de los Andes, algo más de siete mil kilómetros. Sin plazos. El tiempo que la travesía demandara. No quería hacer cálculos ni planear nada, solo ir por el camino y resolver sobre la marcha los retos que se me presentaran.

La mayoría del tiempo viajé pidiendo aventones por el camino y recogí dinero cantando y tocando mi ukelele. Aunque era más diestro con la guitarra, este era más fácil de llevar conmigo. Con muy poca ropa, apenas tres cambios y un par extra de zapatos, empecé a andar.

Creo que de entre todo lo que llevé conmigo, el ukelele acabó siendo lo más importante. Los músicos despertamos confianza y empatía, y andarme por el camino haciendo música me significó forjar innumerables amistades y conseguir lo necesario para llevar mis pasos cada vez más lejos.

La música se convirtió en mi más importante herramienta y compañía. Cada trayecto me daba material para escribir una canción, que después compartía en los lugares a los que llegaba. La gente, con generosidad extrema, me escuchaba y me devolvía a cambio aplausos, sonrisas y algún favor o moneda, y cada una de esas cosas solventaba alguna necesidad de mi cuerpo o de mi alma.

En ese cancionero, y en mis recuerdos, se resumen esos cinco años de mi vida, porque ni siquiera tengo fotos de todo aquello. Tengo la tonta idea de que las fotos, por buenas que sean, distorsionan la realidad, no capturan la verdadera esencia de los lugares, de las personas o de los momentos, e inducen a engaño. Yo prefiero retratar con la memoria, con la letra de mis canciones, con el tacto, con el gusto y con el olfato.

Cosas mías para salirme del molde, ¿no cree Esperanza? La verdad es que prefiero no trivializar lo que para mí es tan indescriptible, que no se puede condensar en una simple imagen.

Ayer, mientras usted dormía, leí su blog. Quería darme una idea de sus motivaciones, de por qué se decidió por esta forma de vida. Pude entender que más que conocer lugares, quiere conocerse, y que viajar no es el fin, sino el medio que utiliza para hacerlo.

Sí que la puedo entender, porque solo hasta que dejé atrás todas las falsas seguridades en que había sustentado mi vida, fue que de verdad pude ver de lo que era capaz y entender lo que verdaderamente quería hacer con mi vida.

Usted y yo nos parecemos en eso. Tenemos que poner tierra de por medio para encontrar respuestas a las inquietudes sobre nuestra identidad, sobre lo que queremos y sobre nuestro propósito en la vida. Otros, más afortunados o más lúcidos, logran hacerlo sin tantos aspavientos. Afortunados ellos, pero también nosotros, porque aunque no tenemos esa claridad, no nos quedamos con la duda.

La experiencia, como era de esperarse, estuvo llena de altibajos, me reservó los inconvenientes necesarios para que ese camino de conocimiento no resultara estéril. Viví angustias, hambre, miedo, soledad y tristeza. Hasta que enfrenté las dificultades solo, sin mi

201

familia y amigos haciéndome de sparrings, supe de verdad su impacto y alcances. Los únicos recursos de que disponía para enfrentar esos demonios eran los que me quedaban después de maldecir mi suerte, lamentarme y darlo todo por perdido.

De pronto, ante el desespero y la frustración, de mi interior emanaba una fuerza que yo mismo desconocía y que solo aparecía en escena ante ese último clamor desesperado que antecede la claudicación.

Fue así como, incluso cuando me creí en los límites de mi aguante y de mi creatividad, encontré una solución para cada problema y cuando no, convivía con el problema. Hay cosas con las que simplemente uno aprende a coexistir.

Cuando repasaba mis pasos me daba cuenta de que lo vivido superaba todas las preconcepciones que tenía. Que era imposible concebir tanta riqueza de recursos personales como la que me proporcionaba ese camino de incertidumbres.

Me sorprendía cómo cada día vivido me dejaba enseñanzas que en mi vida "normal", hubiera tardado años en aprender, o que simplemente nunca lo hubiese aprendido si no me hubiera aventurado a cambiar lo conocido por lo que me era extraño.

Cuando volví a mi casa, contra los pronósticos de todos, retomé mis estudios o más bien, los reinicié.

Creo que mi familia temía que todos los kilómetros de recorrido y esa vida errante, me revolucionaran al punto que abortaría mis planes de estudiar y de tener una "vida normal". Y aunque sí cambié radicalmente mi perspectiva, esta vez basé mi decisión de qué estudiar, pensando en cómo ser útil haciendo lo que me gusta y para lo que soy bueno, que en obsesionarme con alcanzar el éxito profesional.

La profesión entonces, pasó de ser un fin en sí mismo, a ser un medio para desarrollar mi talento y estructurar mi propósito. El título realmente era algo con más valor para otros que para mí, pero capacitarme para hacer un trabajo que transformaría realidades, adquiría ahora una importancia incalculable.

Me gradué como ingeniero civil y me dedico a construir obras de infraestructura en comunidades olvidadas por Dios: puentes, escuelas, espacios deportivos, centros de salud, parques. Lo que necesiten. Los recursos los obtengo con cooperación internacional. Es un continuo acto de fe que va tomando forma en la realidad.

Antes del viaje entendía el asunto de estudiar una profesión como cumplir con un requisito para lograr independencia, para recompensar a mis padres sus esfuerzos y colmar las expectativas que habían depositado en mí. Era el camino cierto y corto para encajar socialmente, para quedar sin deudas con quienes esperaban algo de mí y se esforzaban por enrumbarme hacia lo que ellos creían, sería un éxito asegurado. Pero elegí otro, un poco más largo.

Primero, quise romper ese cascaron que habían construido a mi alrededor para protegerme. Quería trasgredir ese esquema en el que, para evitarme frustraciones o decepciones, me allanaban el camino y tomaban decisiones sobre mi futuro, sobre lo que consideraban era lo mejor para mí.

Hasta ese punto, todo lo que hacía, tenía para mí un sabor a falso logro. Todo parecía una pantomima en donde yo actuaba, ciñéndome a un libreto preestablecido: estudiaba para ser el mejor, pero me quedaba la duda de si en realidad aprendía algo importante para mi vida. Me formaba para interpretar un instrumento, pero disfrutaba cada vez menos las tediosas clases de música clásica, tan lejana a mis verdaderos gustos. Hacía deporte porque tocaba desarrollar el "espíritu de la sana competencia" del que ya estoy convencido, carezco de fábrica.

Quise cortar con eso, pero sin agredir, sin menospreciar, sin enfrentarme, no lo encontraba necesario. Era consciente de que la única pretensión de mis padres, de mis profesores y hasta de mi novia, era mi bienestar. Una vez trepanada esa corteza, me salí y constaté que aún sin la comodidad a la que estaba acostumbrado y el valioso apoyo de mis papás, era capaz de sortear los obstáculos que se me iban presentando. Para hacerlo,

me descubrí recursivo, astuto y saboreé la infinita satisfacción que me produjo hacerlo por mis medios.

Me eché a andar para indagar qué había más allá de esas fronteras imaginarias a las que el amor y protección de mi familia me habían circunscrito, y para ello, no sin algo de desconsideración de mi parte, me concentré solo en mí.

Me marginé de las presiones, a veces sutiles y otras veces directas, de quienes me rodeaban. De no haberlo hecho así, seguramente estaría viviendo una vida ajena a mis expectativas.

Viajar, alejarme, me proveyó de todo lo que buscaba: la independencia necesaria para reconocer el límite de mis capacidades, el silencio para escuchar mi voz interior, mis demandas; la soledad que me hizo ansiar y apreciar lo que significa el contacto y el afecto, y lo más importante, viajé a lo más profundo de mí mismo y cuando me conocí un poco más, decidí serme fiel, desarrollar mi propósito y usarlo para influir positivamente en la vida de los demás.

Ese es, a grandes rasgos, el resumen de mi experiencia y de lo que ella ha significado para mí, y el pequeño "todo" con el que me conformo.

Esperanza estaba ansiosa. No hallaba la hora de llegar para escribirle a Rafael y contarle que ella también había antepuesto su sueño de viajar a lo único cierto que tenía: su amor por Ernesto. Que también el camino, cada paso recorrido, eran una oportunidad para expandir sus límites físicos y mentales. Que ella, a diferencia de él, no pretendía conocer facetas desconocidas de su personalidad, sino todo sobre ella: quién era, de dónde venía y la razón de esta segunda oportunidad en la vida.

Llegaron a una playa de arena finita circunscrita a una bahía poblada de manglares y a un espeso bosque tropical. Cerca, se mezclaban en su desembocadura el agua dulce y oscura de un río con la verde y salada del mar.

Esperanza se quitó los zapatos y se mojó los pies en la orilla. La extasió tanta belleza acaparada en un solo lugar. Rafael se quitó la ropa y la arrumbó sobre la arena. Solo se quedó con unos pantalones cortos. Se metió en el mar hasta desaparecer entre las olas apaciguadas de ese medio día. Se internó en el agua hasta que su imagen desapareció del alcance de la vista de Esperanza. Ella se devolvió a hurgar entre sus pertenencias, buscando su bañador, se ocultó tras unos árboles y se cambió.

Con menos ímpetu que Rafael, camino hacia el agua midiendo sus pasos hasta que sus pies dejaron de sentir el fondo. Una ola chocó de frente contra ella y algunas gotas de agua salada se colaron en su boca. Antes de sumergirse por completo, inhaló profundamente esa mezcla de algas, pescado, salitre y arena mojada a que huele el mar.

Nadaron por unos minutos y después se encontraron en la orilla. Tal como lo habían planeado se tiraron sobre la arena buscando resguardarse del implacable sol del mediodía con

la escasísima sombra que proyectaban las ramas de un árbol sobre el suelo. Estuvieron en silencio por largo rato. Ninguno quiso interrumpir las armonías creadas por las olas y el viento. Cuando el sol le dio una tregua, Esperanza sacó su libreta de la mochila y escribió. Se sintieron íntimamente unidos al conocer sus historias, coincidentes en tantos aspectos, al saber que otros, como ellos, andan errantes por los caminos en busca de respuestas, de pistas que les ayuden a disminuir la incertidumbre del presente y del futuro, y que les permitan hallar su lugar y razón.

Esperaron a que el sol descendiera e incendiara el horizonte. Muertos de hambre, decidieron buscar un lugar para comer. Recogieron sus cosas y abandonaron la playa en busca del quiosco en el que vendían el caldo de bola que Rafael le describió a Esperanza como la octava maravilla del mundo. Lo devoraron y cayeron, cual anchos eran en unas hamacas donde reposaron su indecorosa comilona.

Cuando iban al lugar en donde pasarían la noche, Rafael le expresó a Esperanza sus intenciones.

— Esperanza, quiero acompañarla durante un tramo del camino, solo hasta que abandone este país. Cuando lleguemos a la frontera me doy media vuelta y me regreso. Piénselo esta noche, consúltelo con su almohada y mañana me dice si está de acuerdo o no.

La petición tomó por sorpresa a Esperanza, pero como se lo sugirió Rafael, se tomaría la noche para pensarlo. Durmieron en unas cabañas hechas con caña, madera y techos de moriche que quedaban a medio camino entre la playa y la carretera.

"Amadísimo viejo:

Ya completo más de un mes viajando, y como habrás podido notar, ya no soy la misma muchacha desesperanzada que llegó a tu vida para ponerla patas arriba (me disculpo por eso). Ahora me encuentro plena de sentido y de propósito, y si bien, aun no recupero mis recuerdos, cada camino, lugar y persona que he conocido, me han permitido entender, en alguna medida, de qué estamos hechos los seres humanos en conjunto y en particular, y de qué carecemos.

Como te he venido contando en mis últimas cartas y correos, Rafael estuvo conmigo por más de veinte días. Me compartió parte de su experiencia en estas lides, pero tuvo mucho cuidado en dejar que fuera yo quien decidiera el rumbo y en no interferir en los mandatos de mi instinto, que creo, no me ha traicionado hasta ahora. El último tramo que recorrimos juntos fue difícil. Nos separamos prematuramente tras sufrir una caída al salir de Machala, al sur del Ecuador.

Llovía copiosamente y con la tormenta, la noche se instaló más temprano de lo habitual, obligándonos a romper nuestra regla de no viajar durante la noche. Fue una conjunción de hechos que dificultó nuestro tránsito.

En una curva cerrada la moto perdió estabilidad y patinó sobre el asfalto húmedo. Caímos aparatosamente. Rafael, un poco frustrado por la alteración de nuestros planes, tuvo que regresar a Santo Domingo antes de lo planeado con el cuerpo, la moto y el orgullo magullados. Pero él sabe lidiar con lo que vale la pena lidiar y no se desgasta innecesariamente con lo que no la vale.

Al final, salimos bien librados del accidente. La maleta amortiguó mi golpe contra el pavimento, y salvo algunos raspones en brazos y piernas, no sufrimos lesiones de consideración.

Pasamos más de cuatro horas a la orilla de la carretera. Algunas personas se detuvieron para ofrecernos ayuda, pero a pesar de su insistencia, me negué a dejar solo a Rafael y él no quiso abandonar la moto en medio del camino y la oscuridad. Así que esperamos juntos a que llegara la grúa, que el conductor de un camión nos prometió enviarnos tan pronto como llegara al pueblo más cercano. Permanecimos sentados a la intemperie, bajo la lluvia, hasta que la grúa llegó.

En realidad, suena peor de lo que fue. Durante la espera, Rafael empezó a componer una canción cómica del episodio. Él cantaba y yo lo acompañaba golpeando arrítmicamente el sillín de cuero de la moto, improvisando un tambor.

Arreglar la moto demandaba tiempo y dinero que no teníamos, así que aunque faltaba poco para cumplir nuestra meta juntos, llegar hasta Macará, en la frontera con el Perú, le pedí que se devolviera en la grúa que trasportaría la moto de vuelta al sitio del que partimos. Así lo hizo.

Viejo, ha sido tan valiosa esta experiencia que me cuesta trabajo escoger por dónde empezar a enumerar todo lo que ha significado para mí.

Rafael supo cómo caminar a mi lado llamando mi atención hacia aspectos que estaba ignorando, pero también, dejando que me equivocara y corrigiera. Sabe por experiencia que se aprenden más y mejores lecciones de una historia vivida que de una contada.

Vi su capacidad para identificarse con las necesidades ajenas y sin servilismo ni afán de reconocimiento o protagonismo, se brindaba por completo a causas en las que veía, podía corresponder.

En una zona rural de Santa Elena, región costera por la que pasamos, brincaban niñitos por todas partes. Es un lugar particularmente bendecido por sus pequeñas presencias. Después de sus horas de escuela, los niños repletaban las calles. Algunos dedicaban varias horas a patear un balón desinflado que apuntaban a una cancha improvisada con arcos hechizos, construidos con palos y piedras.

Las niñas simulaban una vajilla con tarros y recipientes plásticos en los que convidaban galleticas de arena apelmazada, mezclada con agua, pasto y piedritas. Esta

comunidad comercia con materiales de demolición reci-
clados que clasifican, acopian y después venden.

Un día que me dediqué por completo a escribir, no vi
a Rafael. A la mañana siguiente, me extrañó no encontrarlo en la playa como lo hacíamos temprano en las
mañanas durante los días que permanecimos allí.
Cuando lo encontré en el comedor del hostal, vi como
la piel de su cara y brazos estaba quemada por el sol.
Le señalé las quemaduras con un gesto de extrañeza.
Emocionado, me dijo que después del desayuno entendería por qué estaba achucharrado.

Me llevó con prisa algunas calles abajo y lo primero que
vi fue un letrero de madera pintado torpemente que
decía: "Parque de la Esperanza". No entendía nada. Me
contó, con la cara iluminada por una sonrisa permanente, que el día anterior, con algunos habitantes de la
zona, habían construido un parque de diversiones.

Me mostró la tirolina hecha con una polea que patinaba
por un lazo. Rafael cogió el arco metálico, corrió hasta la
parte más alta y desde allí se lanzó al vacío. Gritaba de
alborozo, mientras suspendido, hacía el recorrido de más
de cien metros. Después, corrió por una pista de obstáculos hecha con llantas y redes de cabuya entretejida, y
terminó montado en uno de los columpios que amarraron
en los árboles; había un sube y baja construido con una
biga y un laberinto de lazos adornado con banderitas de
telas de colores. Construyeron los arcos de la cancha de

fútbol con maderos amarrados y una casita de muñecas con los paneles modulares de una oficina desmantelada. Yo me llevé las manos a la cara totalmente maravillada con lo mucho que habían logrado en un solo día, y halagada por el nombre que Rafael le había puesto a ese lugar diseñado para brindar alegría. Supe otra vez, como el primer día en que escogimos mi nombre, que así quería llamarme, aun si algún día logro descubrir mi verdadero nombre.

Cuando llegaron los niños lloré emocionada al ver sus caritas felices y escuchar su algarabía. Nos quedamos viéndolos hasta que llegó la noche, y con ella, la despedida de este nuevo episodio de mi tiempo extra en este mundo, que no tengo como retribuirle a la vida.

Abracé a Rafael con fuerza y gratitud por la alegría que cargaba en los bolsillos y que repartía a manos llenas, y de la cual, a mí también me había correspondido un poco. Los dueños del hostal eran gente amable, humilde y trabajadora. No quisieron recibirnos el pago por los días de nuestra estadía. Yo repartí allá algunas cosas que cargaba de más en mi maleta y partimos satisfechos, livianos y felices.

Rafael y yo nos despedimos intercambiando promesas: Yo le di mi palabra de no dividir mi vida entre los momentos que creo que vale la pena disfrutar y los que no. Según él lo ve (y yo quiero hacerlo igual), la vida

toda, cada instante que la compone, importa, y tiene un sentido y un valor.

Si creemos que la felicidad es posible solo a veces, pues así lo será. Me dijo que si me convenzo de que solo puedo ser feliz cuando estoy en modo diversión, relajación y contemplación, como cuando viajo o voy a una fiesta, y el resto del tiempo "apago" mi sensibilidad, mi espontaneidad y mi capacidad de disfrute, haré de la felicidad un bien escaso. Si por el contrario afino mi percepción y no me rutinizo, podré ver que cada día tiene un amanecer celebrado con el canto de las aves, un cielo azul o gris que lo cubre todo, brisas cálidas o frías, y románticos atardeceres para contemplar, así sea desde la ventana de una oficina.

Para vivir así se necesita determinación, consciencia. Se requiere de un esfuerzo permanente para mantener una actitud positiva, inmune a tanto vampiro energético que nos rodea y a las dificultades, que al final, son una constante con la que nos toca aprender a convivir.

No podemos darnos el lujo de aplazar la felicidad o condicionarla, ni creer que solo se halla en lugares o momentos específicos. Ni menos creer que es o depende de otra persona.

Rafael la definió como omnímoda, omnipresente y omnipotente: está representada en cada momento, lugar, persona y cosa que nos rodea, y prevalece por sobre todo si nos empeñamos en que así sea.

213

Una vez que entendemos que, en gran medida, tenemos en nuestras manos la llave de nuestro bienestar (estar bien), las soledades no nos enloquecen porque las acompañamos con libros o con música; la sensación de inutilidad no nos invade, porque siempre tenemos algo para dar: amor, compañía, apoyo, una enseñanza que transmitir. Hasta cuando la vida nos golpea despiadadamente y nos sentimos adoloridos y desesperanzados, ese dolor nos hace más conscientes, y a la fuerza, nos obliga a valorar y añorar la felicidad que reside en lo cotidiano, en lo que a menudo despreciamos por resultarnos tan desabrido y ordinario.

Con amor,

Esperanza."

XII

 consciencia

Hace ya varios meses trabajamos con Ernesto en la reconstrucción de los días en que la presencia de Esperanza impactó todas las dimensiones de su vida. Él extrae de cada hecho su significado y me pide que lo plasme en lo que escribo, y que además, aprenda de ello.

Me pregunto, por qué yo sí y él no. Por qué con sus historias pretende rescatarme a mí y a quien me lea de una existencia estancada y vacía, y mientras tanto, él pone entre un paréntesis la suya.

Desea para mí lo que desecha para él ¿es acaso una muestra más de su ya probada generosidad? Me queda la duda y el temor de que no es así, porque creo firmemente en que no podemos dar de lo que carecemos. Así lo pienso, pero no me siento con la suficiente autoridad moral para decírselo, solo sigo...

Escribo y reflexiono, escribo y borro hasta que las palabras consigan reflejar con exactitud mis pensamientos, mis sentimientos, y los suyos.

Él solo quiere protegerme, a todos, y que a través de su experiencia o de las de sus muertos salvemos el pellejo. Ignora el hecho de que difícilmente alguien aprende de oídas y de que nadie llega a viejo sin sus propias cicatrices.

He querido convencerme de que muchas de las cosas malas que me pasan y que caprichosamente se repiten en mi vida, en diferentes momentos y con distintos protagonistas, no tienen que ver, necesariamente, con algo que hago mal. Prefiero creer que son parte de la vida, y que en algún momento, todos, sin excepción, nos vemos enfrentados a ellas. Pero esta es solo una verdad a medias, conveniente.

"¿Por qué esperas resultados diferentes si siempre haces lo mismo?" Me preguntó en esta ocasión Ernesto, al escuchar que me quejaba por lo que yo definía como, mi "karma".

Suelo achacar a una extraña predisposición "kármica" (si es que eso existe), mi idea de que cierto tipo de personas y situaciones "me persiguen". Pero la pregunta que me hace Ernesto, aunque me choca por la crítica implícita, me obliga a una reflexión más profunda.

En retrospectiva, mirando con franqueza algunos de los malos momentos que viví, revisando el porqué del fracaso de algunas de las relaciones interpersonales que establecí, y reflexionando sobre algunas de las pésimas decisiones que tomé, veo que se ciñeron a un patrón perverso que yo misma establecí:

Cada vez que tuve claro que la respuesta era 'no', pero dije que 'sí', o viceversa, y lo hice por temor o complacencia; cuando preferí no intentar algo y me negué esa oportunidad por miedo o facilismo; cuando por esa compulsión casi enfermiza que acostumbro de presentarme ante los demás como generosa e incondicional, pero padezco y castigo duramente la deslealtad, la hipocresía y la ingratitud; cuando por mi perfeccionismo patológico idealicé las relaciones en vez de aceptar el hecho de que con heridas abiertas, vacíos y resentimientos no resueltos, no se pueden establecer sobre bases firmes; cuando por no mostrarme desconfiada, permití que otros me impusieran sus reglas, a sabiendas de que trasgredían mis gustos, convicciones o conveniencias.

Y aunque sé que el azar también juega un papel importante en nuestras vidas, y que muchas veces, "los astros se alinean a nuestro favor o en nuestra contra", no me engaño.

Los resultados de mis acciones, el estado de mis relaciones y las consecuencias de mis decisiones guardan mucha

217

coherencia con el grado de consciencia con el que los concebí y los realicé.

Siempre habrá personas y situaciones complejas, oscuras, retadoras y desgastantes que surgen y se asocian, como si las unas atrajeran a las otras en lo que, a veces, parece una conspiración orquestada por el destino para poner a prueba toda nuestra resistencia, resiliencia y fe. Las tres, palabras fáciles para el discurso, pero abstractas, ininteligibles y difíciles de llevar a la práctica cuando nos enfrentamos a la adversidad.

Cada uno de nosotros tendrá que sufrir una decepción tras otra, lidiar con un dolor que nos parece insoportable hasta que es desplazado por otro mayor, que asombrosamente, también somos capaces de resistir; convivir con una soledad más agobiante que la vieja conocida, y comprobar a qué saben el desamor, la frustración, la desesperanza, la deslealtad, el fracaso y la pérdida.

No me queda más que hacerme responsable de mis actos y decisiones, buenas y malas, y de sus consecuencias; aprender de ellas, asumir las ganancias y las pérdidas, vivir con mayor autonomía mi presente y tomar nuevas y mejores, o por lo menos, más conscientes. Debo seguir mi camino procurando ir más liviana, sin culpas, sin resentimientos, sin (tanto) miedo.

Con los ojos inundados por el verde de La Pampa uruguaya, Esperanza, alucinada por tanta belleza, escribía para los lectores de su blog sus más recientes experiencias:

"...extensas llanuras onduladas que separaron para siempre las bajas sierras de disímiles relieves, son recorridas por tropas de jinetes lugareños y foráneos. Los de aquí, viven dentro de la perfección, tal vez sin percatarse de ella, y los que llegamos, sacudidos por la majestuosidad con la que la naturaleza bendijo esta porción de tierra, ingenuos, tratamos de capturar para el recuerdo y conservar para nosotros lo que los lentes de las cámaras, los ojos y la memoria alcancen a abarcar y retener.

Una vez al año, estas tierras, por lo general húmedas, en un momento se resecan, y en otro, se inundan dejando en la superficie la huella de los ríos sin cause que se forman y después se extinguen.

Su suelo es dador en abundancia. La vida encuentra aquí su cuna, pues nace y crece en él todo lo que se cultiva, tal cual quisiéramos que fuera la existencia: tierra fértil para nuestros sueños.

Creo que en un lugar así, dentro de nosotros, es donde habita el alma.

Memorias de Esperanza sobre La Pampa
uruguaya para 'Abriendo Caminos'."

Ernesto, en el cementerio, acostado sobre la hierba, la olía y la acariciaba. Cerraba los ojos y se imaginaba a Esperanza acostada junto a él, con el pelo largo suelto enredado con espigas de pasto seco. Se inventaba en su mente los remolinos de polvo que se levantaban al paso galopante de los caballos que atravesaban las llanuras uruguayas.

Estaba con ella sin hacer caso a la distancia. Sus sentidos reproducían vívidamente cada imagen, aroma, textura y color descrito por ella, y experimentaba como propias las emociones que le narraba.

La dueña de la casa rural a la que por consejo de un viajero llegó Esperanza se llamaba Blanca Pereyra Techera. Era una mujer que acumulaba treinta y tantos años en el cuerpo y varias vidas en el alma. Cargaba con una amargura tirana.

Para las cuestiones cotidianas, la señora se valía de Cecilia Sosa, la hija treintañera de Pastor Sosa, un señor de sesenta y pico, según los cálculos que para cada uno hacía Esperanza. Él se encargaba de los mandados y de las labores más pesadas. Los dos eran serviciales, silenciosos y en extremo reservados. A pesar de que Blanca parecía despreciar la presencia de los huéspedes en su casa, a quienes ignoraba por completo, mantenía abiertas las puertas del lugar que permanecía lleno de viajeros durante todas las épocas del año. No interactuaba con nadie, les dejaba esa tarea a Cecilia y a Pastor, con quienes a duras penas intercambiaba algunos murmullos inaudibles, que excluían de tajo de sus asuntos a todos quienes les rodeaban.

Los llamados para desayunar, almorzar o comer los hacía tocando una campana. Sus días transcurrían deambulando

por los rincones de la casa, maldiciendo todo lo que se encontraba a su paso: la silla con la que enredó un extremo de su saco, la puerta que el viento azotó violentamente, el manojo de llaves en el que no conseguía hallar la que abría el candado de la alacena, el sol picante, la lluvia, el ruido y el silencio. Para ella nada parecía estar en su lugar ni en su momento.

Esperanza, ignorada como todos los demás por su anfitriona, oculta detrás de su silencio, dedicaba horas enteras a observarla. La obsesionaba entender la razón para tanta insidia. No concebía una vida tan desdeñosa sin una razón de peso que la motivara.

En los días previos a abandonar la casa, cuando ya había recorrido todos los lugares que se había propuesto, Esperanza se instaló en el quiosco de techo bajo de paja ubicado en el centro del jardín interior de la casa. Desde allí, por momentos escribía, y en otros, perseguía con la mirada a Blanca, que mientras agotaba su jornada, balbuceaba ininterrumpidamente un rosario de palabras cargadas de veneno. Nada apaciguaba su ingrata perorata.

Ignoraba los saludos y las despedidas de los huéspedes. El ceño y la boca siempre fruncidos, el cuerpo seco, tieso y un poco encorvado, de pronto, por el peso del martirio que cargaba —según las especulaciones que mentalmente hacía Esperanza—. No la relajaban ni los días soleados ni la brisa tibia de la tarde ni las noches con cúpula estrellada. Hacía lo mismo el viernes, que el jueves, y que el miércoles. Los martes y los lunes, lo mismo, y estos, exacto a lo que hacía los fines de semana.

Por los más de veinte días en que Esperanza se hospedó en su casa, no la vio nunca desarmar su espíritu. Sintió pena por ella y entendió, observándola, lo que significaba "ser un prisionero de sí mismo".

Vivía con tres gatos tan repelentes como ella, pero la casa, muy a pesar de sus antipáticos ocupantes, era un lugar amplio, acogedor, limpio y organizado, lejos de todo, ubicado donde una amplia, verde y húmeda llanura se estrechaba. Un refugio bendecido por la naturaleza y por Dios.

En el pasillo de la entrada, la dueña exhibía en carteles las reglas, los horarios y los servicios que prestaba con sus respectivos valores. Su saludo de bienvenida se limitaba a señalarlos para que los huéspedes supieran a qué atenerse mientras estuvieran en su casa.

Dormía en una de las ocho habitaciones que tenía la casa, la más grande de las tres que quedaban en la segunda planta. Esperanza dormía en la contigua, y la otra, sin huéspedes, tenía clavada una viga atravesada que la clausuraba.

Todos los días, a media tarde, Blanca se daba una tregua en su infame guerra interna. Se sentaba en una mecedora instalada frente a una ventana grande que daba vista hacia el imponente horizonte, que ella ignoraba por completo. Bebía mate mientras los gatos se peleaban por un lugar en su regazo y después, se quedaba dormida acariciándoles el lomo.

Sus sueños tampoco parecían apaciguarla. Entre los dientes y con esfuerzo, mascullaba palabras incongruentes. Apretaba los puños y bamboleaba su cabeza de un lado a otro.

A Esperanza la desesperaba ver cómo la mujer capoteaba, tanto dormida como despierta, batallas que no le permitían disfrutar de la vida en medio de ese paraíso. Pero preguntarle no estaba entre las opciones que tenía contempladas. No quería juzgar ni suponer ni inventar historias que justificaran las actitudes antisociales de Blanca, pero le parecía egoísta ignorarla y abandonarla a su atormentado destino, sin siquiera intentar una ayuda para reconciliarla con su alma.

Algunas ideas rondaban a Esperanza y la hacían dudar de si sus intenciones de ayudar (a quien además, no se lo había pedido), eran convenientes o no. Sabía por experiencia que la actitud con que cada uno encara su vida está basada en la libertad de elegir, de decidir de manera personal e íntima, de entre toda una baraja de opciones posibles, la forma como cada quien quiere afrontar la propia. Era imposible para Esperanza saber si Blanca, simplemente había tomado la decisión de vivir así la suya o si no era consciente de semejante desperdicio.

¿Cómo saber si Blanca anhelaba una vida menos amarga, más feliz? La mera suposición de que debería ser así hacía sentir a Esperanza un juez impertinente. ¿Qué le otorgaba la autoridad para determinar la forma "correcta" como los demás deberían plantarse frente a la vida? ¿Qué la hacía pensar que lo que estaba bien para ella, estaría bien para Blanca o para cualquier otro?

Y aunque confundida, entre las muchas razones que contempló para decidir cómo actuar, hubo una que trazó su norte. Pensó que si sus intenciones eran buenas, como en efecto lo eran,

Blanca apreciaría su intento por rescatarla de su insustancial vida y sabría disculpar su impertinencia.

Así que hizo lo que sabía con los recursos de que disponía: escribió unas palabras que remitió a Blanca por intermedio de Pastor.

"Mi viejo, hoy te escribo algo frustrada. Pero como mi compromiso contigo (y conmigo) es el de encontrar siempre el lado positivo de las cosas y extractar de cada dificultad la enseñanza que esta entraña, voy a empezar por contarte los mejores apartes de esta etapa de mi viaje.

De mi paso por Uruguay me quedan infinidad de momentos gratos. El encanto de La Pampa me atrapó por varios días. Encontré refugio en un rinconcito del cielo decendido hasta el suelo.

Debes haber escuchado la frase: "las palabras convencen, pero el ejemplo arrastra". Ahora entiendo bien la sabiduría y certeza de esa cadena de palabras.

Los uruguayos del común, con los que conviví y compartí por algunos días, me dan la impresión de vivir inspirados, motivados, positivos, dueños de su presente e ilusionados con el futuro. Dirás que es una impresión mía, pero salvo Blanca, con quien me llevé una de las mayores lecciones de mi vida, hasta el momento, lo que percibí de la mayoría es que, sin importar si eran niños, jóvenes o viejos, su conciencia colectiva había alcanzado la mayoría de edad.

Lo resumo en una palabra: Inspiración.

Su líder, un señor con pinta de abuelo bonachón, que apelando a la sencillez, a la austeridad, a la lógica y el valor de lo simple, al sentido común, al amor al prójimo, a la generosidad, a la capacidad de creer, de soñar les devolvió la fe en sí mismos, la fuerza para recuperar el poder de decidir su destino, que entendieron, nunca debieron cederle a nadie.

Hoy son como debieron ser siempre: artesanos de su presente y de su futuro. Abandonaron la idea de que otros (los políticos, el gobierno, los empresarios, los industriales, etc.) harían por ellos, lo que ellos no.

Destruyó los estereotipos y venció los prejuicios que pretendían categorizar y predestinar a los ciudadanos a vivir sometidos al trabajo por intereses ajenos.

Ahora, encuentran una realidad antes inimaginable, un espacio de tiempo y un lugar para erguirse como iguales, para que su trabajo sea valorado y entendido como indispensable en la construcción individual y colectiva. Entendieron que pensar en grande es un derecho y un deber, y hallaron la ruta para llegar tan lejos como trabajen por hacerlo.

Ver a su líder tan cercano y tan parecido a ellos, les ha permitido entusiasmarse con la idea de que alguno, cualquiera de ellos que se lo proponga, es capaz de asumir y perpetuar ese liderazgo.

Él los apartó de esa distorsión que los resignaba a ser de tal manera o tener tales o cuales particularidades, y ambicionar conforme a eso. Los despertó. No les permitió más creer que las oportunidades son exclusividad de unos pocos, porque si un espíritu es combativo y se las apropia, las convierte en herramientas de crecimiento personal y social.

Los llamó a vivir a tope, a darle valor a cada momento de la vida, a concentrarse en vivirla plenamente y que la dedicaran a la concreción de los sueños. A otorgarle a estos, el poder que tienen de llenar de propósito la existencia.

Paradójicamente, en este lugar en donde el optimismo cunde, fue donde aprendí que nadie puede restaurar un alma abatida, salvo sí misma. Entendí que las buenas intenciones con las que actuemos ante otros, no constituyen una garantía de que impactemos positivamente su vida.

Actué movida por la ilusión de que Blanca bajara la guardia y permitiera que la abundancia, la belleza y la tranquilidad que la rodean, la permearan y la llenaran de paz (y de felicidad de ser posible). Le escribí, pues es la única forma como sé y puedo hacerlo, contándole los sentimientos y emociones que la estadía en su casa y en estas tierras tan privilegiadas, habían despertado en mí. Le expresé mi intención de que nos conociéramos. Su reacción fue desconcertante para mí. De pronto me he acostumbrado a los 'sí'. Hasta ahora no me había topado con alguien que ignorara mi mano extendida.

Esa noche, después de la cena, que habitualmente consistía en una torta frita con café, para quienes no nos acostumbrábamos a la amargura del mate, le entregué a Pastor una hoja que decía: "Para Blanca", escrita con mis ideas e intenciones. La recibió y me miró. Se la metió en el bolsillo de la camisa sin soltar ni una sílaba, solo asintió.

Estuve inquieta gran parte de la noche inventando algunas escenas de mi "terapia de sensibilización". Me imaginé la cara de Blanca sin el entrecejo surcado y con una leve sonrisa delineada que lograra borrar por completo la dura expresión que acostumbraba.

En mi mente, Blanca erguía su cabeza y levantaba la mirada, buscando ese horizonte que yo le describía y que ella ignoraba. Al hacerlo, la mujer alcanzaba algunos centímetros más de estatura y su rostro se iluminaba con la luz que entraba por la inmensa ventana de la sala.

Me vi sentada a su lado, esperando el ocaso, escuchándola reemplazar sus maledicencias por una de las cientos de historias que debían haber quedado atrapadas en las paredes de esa casa, y que esperaban ser contadas. Hasta llegué a imaginarme su sonrisa comprensiva al leer mi carta y entender lo mucho que me importaba llamar su atención hacia las maravillas que la rodeaban.

El siguiente día, último antes de mi partida, no pasó nada diferente a los diecinueve anteriores que duró mi estadía. No recibí de parte de ella ningún gesto que me permitiera intuir si mis palabras le habían agradado o no.

Me fue difícil sobrellevar la incertidumbre. Estuve ansiosa todo el día. Para hacerme notar, invadí cada espacio de la casa que ella ocupaba, y de esa manera presionar alguna respuesta de su parte. Pero todo fue en vano, ese día, como los anteriores, no existí para ella.

Igual que siempre deambuló por los rincones de la casa mascullando sin tregua su cháchara rabiosa. Ignoró otra vez el paisaje que majestuoso se imponía ante sus ojos, y durmió su atribulada siesta, infestada (creo yo) de espantosas pesadillas. Nada, nada, nada que ayudara a desvanecer mi creciente frustración.

Mis últimas horas en esa casa parecían saltar de dos en dos y después de tres en tres. Perdía mi oportunidad de ayudarla, de influirla. Nada. Ni una señal de que había leído mi carta y de que le había gustado, aunque a esas alturas, me conformaba, al menos, con saber que la había aborrecido.

Partí de allí, y una sensación de inutilidad me invadió mientras caminaba hacia mi próximo destino. Mi mente estaba totalmente ocupada con la imagen de esta mujer que vivía sin vivir. Cada tantos pasos que me alejaban de su casa, volteaba para encontrar que no estaba llamándome para decirme algo, cualquier cosa. No sabía bien si lo que me molestaba era no haberle podido ayudar a cambiar su vida o saberme ignorada. Pastor me alcanzó en su vieja camioneta e insistió en llevarme a la terminal de buses. Me preguntó si mi estadía en estas tierras y en la casa de Blanca había sido de mi agrado. Me era más fácil resumir todo asintiendo que tratar de explicarle mi frustración.

— Señorita Esperanza, quise venir a decirle que la señora Blanca no recibió su carta, no se la entregué —me admitió Pastor, a quien respondí abriéndole

exageradamente los ojos, evidenciando así mi asombro y disgusto—.

— Mire, yo soy quien recibe la correspondencia y le informo sobre las cosas importantes, lo demás lo deshecho, según las instrucciones que ella misma me ha dado.

Arrugué la frente, evidentemente molesta por la impertinente declaración de Pastor.

— No señorita, no se cargue conmigo, no quise decir que su carta no fuera importante, lo que no es, es oportuna, puede causar más mal que bien. Déjeme trato de explicarle:

La seño Blanca vive para llevar adelante el negocio que fundaron sus papás, y lo hace, muy a pesar de sus limitaciones y de su dolor físico y moral.

Lo miré intrigada.

— Ella es la única sobreviviente de una terrible tragedia...
Esa casa grande y bonita en la que usted se hospedó, no es ni la sombra de lo que fue cuando don Francisco Pereyra y doña Clara Techera vivían.

En ese lugar se llevaban a cabo los eventos más importantes de la gente de por aquí. Los casamientos, los bautizos, los aniversarios o los cumpleaños de los pampeanos, se celebraban allí.

Mis patrones eran amables, alegres y en extremo generosos. Atendían a conocidos y extraños por igual, y sabían lo afortunados que eran de vivir en un lugar tan bendecido de la mano de Dios, y que debían compartir dicho privilegio. Pero una noche de horror acabó con la vida, tal y como la conocíamos todos los de aquí. Sin explicación precisa, la segunda planta de la casa se incendió y cuando nos dimos cuenta, ya solo pudimos sacar viva a la niña Blanca, pero a sus papás no. Fue terrible. Todos sufrimos esas pérdidas como propias. Con ellos se murió una parte importante de nuestros recuerdos más felices.

Las llamas destruyeron todo el segundo piso y la niña sufrió quemaduras en los brazos, las piernas y el tronco. El golpe de una biga de madera en la cabeza dañó su nervio óptico, lo que la dejó viendo solo bultos y sombras. Como si eso no fuera suficiente, a sus oídos llegaron los infundios de la gente sin oficio, que se inventaban teorías para encontrarle alguna explicación a lo que allí había sucedido. Inventaron que el fuego pudo ser provocado por alguna travesura de la niña Blanca, quien para ese momento tenía solo doce años, de eso hace ya veinticinco, y que seguro, por el remordimiento de conciencia, se mantiene sumida en la amargura. Esos rumores acabaron con su amor propio, que era lo único que le quedaba.

Nunca pudimos saber qué causó el fuego y yo no quise ponerme a adivinarlo, para qué, si eso no cambiaba la terrible realidad a la que en adelante tendríamos que acostumbrarnos.

Mantener las puertas de la casa abiertas le dio un propósito a su vida. Ella, aunque encerrada en ese cuerpo martirizado, vive de los recuerdos de aquellos días mejores y comparte la belleza, que aunque ya no puede ver, sabe que la rodea. Su alegría se extinguió al mismo tiempo que la vida de sus padres, pero a su manera, supo seguir hacia adelante.

Que la casa esté llena y que quienes pasan por allí encuentren gozo y paz, le dan un motivo diario para levantarse. Además, tiene todo el mérito que haya querido continuar con el negocio.

Por eso al leer su carta, en donde usted le hace un discreto llamado a dejarse contagiar por la belleza que la rodea para que mejore su actitud, es de pronto, pedirle demasiado. Primero, porque al no poderlo ver, no puede más que recordarlo, y segundo, porque ahí donde la ve, aunque refunfuñe por todo, desde que empieza el día hasta que termina está vigilante del bienestar de sus huéspedes y se vale de mi hija y de mí para esos fines. Yo entiendo sus buenas intenciones señorita Esperanza, pero yo que se lo digo, ella es tan feliz como puede ser y no ignora para nada el hecho de que vive en un lugar único, por eso abre la puerta y permite que la naturaleza haga lo demás.

Si pudiera hablar no hubiera podido encontrar ninguna palabra que describiera lo estúpida que me sentía, viejo. Me inventé una idea de Blanca, que me impidió verla como era en realidad. Ni siquiera me di cuenta de que estaba casi ciega.

Ahora que lo pienso, me doy cuenta de que quise enmarcarla en mi idea de felicidad, ignorando que cada quien la encuentra y la expresa a su manera. Que algunos, como Blanca, no la hallan en lo que reciben sino en lo que dan. No se pasan la vida en búsquedas permanentes, que muchas veces, lo único que logran es aumentar su vacío e insatisfacción. La construyen con lo que tienen a la mano.

Blanca cambió la felicidad que conoció en su niñez, cuando recibía de sus padres compañía, amor y cuidado, por la de compartir sus privilegios con quien quiera apreciarlos.

Esta etapa de mi viaje me enseñó a ver más allá de las trampas de mi mente. Entendí que el contenido de un libro es difícil de juzgar por la apariencia de su portada, y que suponer no basta para hacerse una idea precisa de algo o de alguien. Que para saber cómo es, es necesario tomarse el tiempo y el trabajo de abrir sus páginas y leerlo, de abrir su corazón y entenderlo, de constatar que mi idea acerca de ese algo o de ese alguien, es fiel a su verdadera esencia.

Aquí, como en todo, es el instinto el que nos alerta, el que nos hace ese primer llamado a indagar. El resto, ya corre por nuestra cuenta.

Con amor,
Esperanza."

XIII

El hastío puede ser incluso más poderoso que la fuerza de voluntad, cuando esta no nos alcanza para eliminar de nuestra vida toda la basura que cargamos.

Me he demorado mucho en dejar de hacer cosas que detesto, y que generalmente hago, por obedecer la implacable demanda de esa parte de mí que no me permite fallarle a nadie, excepto a mí misma. Me ha tomado tiempo entender que las relaciones no funcionan como una transacción de obligaciones de los unos para con los otros, en la que, de lo que invertimos, recibimos.

Si mi prioridad ha sido satisfacer las necesidades ajenas antes que las mías, debí saber que esto no supondría, necesariamente, alguna contraprestación por parte de los depositarios de mis atenciones y cuidados. En cambio, lo que veo, es que cada quien va por lo suyo, y puedo quedarme en lamentaciones, alimentando la idea de que tienen una deuda de gratitud conmigo, o mejor, reflexionar sobre la forma en como he planteado mi deber ser. Debo aceptar que los réditos de lo que di solo deben traducirse en la satisfacción de haberlo hecho y en lo que aprendí con ello, en nada más.

Reaprender a hacer las cosas desde una perspectiva más individual no me resulta nada fácil, porque implica romper por completo con la forma en que hasta ahora concebí las relaciones interpersonales.

Quiero una vida más "rentable", es decir, que lo que obtenga de invertir mi tiempo y esfuerzo en cuidar de alguien, o en esforzarme por establecer relaciones armoniosas, o en vivir nuevas experiencias, guarde relación con mis expectativas. Por eso, estas no pueden sustentarse en manipulaciones.

De ninguna manera mi conformidad puede volver a depender de la reacción que mis actos motiven en los demás. Me bastará con haber actuado bienintencionadamente. Así que debo hacer inversiones más inteligentes, y esas empiezan por capitalizarme, por invertir primero en mí, en estar bien, en obrar bien.

Ver satisfechos a los que amo cuando sacio su hambre y sed de comida y bebida, o de compañía, apoyo, caricias o amor, es uno de los pocos milagros que mis manos pueden obrar, pero no puede ser mi única causa.

En la vida adulta, el primer paso hacia terrenos desconocidos puede llegar a ser aún más difícil y aterrador, que los que dábamos cuando de niños experimentábamos las "primeras veces" de algo. En ese entonces, enfrentábamos los retos sin mayor consciencia de los riesgos y las consecuencias inherentes a ellos. Es necesario empezar a andar con la certeza de que no escaparemos a uno que otro golpe en donde más nos duele (el ego), ni al escepticismo, ni a las dudas, ni a la incomprensión, ni al (auto) sabotaje, ni al infaltable miedo.

Percibo este cambio de rumbo en mi vida como una bocanada de aire fresco, después de aguantar la respiración por mucho tiempo.

Con las expectativas sobre el futuro controladas por la convicción a la que llegué de concentrarme solo en el presente, ando cada paso a un ritmo tal, que me permita avanzar mientras admiro el paisaje. Camino apenas con lo estrictamente necesario, con lo poco del pasado que me sirve y sin deslumbrarme con la idea de un futuro laureado.

No fue por determinación propia que me le medí a escribir este libro, cierto. Lo hice empujada por Ernesto. Él se aseguró la victoria al desafiarme. Le apuntó directamente a mi orgullo al insinuar que, seguramente otra vez, encontraría una excusa para evadirme por temor a fracasar.

Lo cierto es que, sin importar la razón que me motivó, hoy, la punta de mis dedos golpea con fuerza las teclas y obligan a mis ideas a existir.

Alicia y Luciano emboscaron a Ernesto en la pensión. Debió ser así, porque desde hacía ya varios meses que su costumbre de verse a menudo, había dejado de serlo.

Aunque no acostumbraban criticarse, Alicia no se esforzó en disimular la decepción que le producía ver que Ernesto no mostraba ningún interés por concretar sus habituales encuentros. Ese aislamiento al que se había circunscrito era incomprensible para ella. Mientras acomodaba las flores que le llevaba, como era su costumbre hacerlo, clavó su mirada en Ernesto.

— Esa mirada casi que causa que me duela algo Alicia —dijo Ernesto en tono de burla—.

— Entonces escogí la justa. Tengo ganas de castigarlo —.

— Pues lo consiguió, ya me siento culpable por algo, pero no sé exactamente por qué —

— ¡Hola papá! Lo extrañaba. Espero que sea por una buena causa que me priva de su compañía —saludó Luciano a Ernesto abrazándolo y suavizando cuanto pudo su reproche—.

— Me alegra mucho ver a mis dos amores. Yo estoy bien, sin mucho para contarles, mi vida es la misma historia mil veces repetida ¿ustedes cómo están?

Alicia, exasperada, se puso de pie, caminó a lo largo y ancho de la habitación masticando sus ideas. La hirió la actitud ligera con que Ernesto le restaba importancia a sus reclamos, y explotó:

— No sé esperar tan poco de alguien que me importa tanto, de alguien a quien quiero. Es difícil dar sin recibir nada a cambio —reflexionó Alicia en voz alta—.

El aire de la habitación se condensó tras sus palabras. Ernesto y Luciano quedaron clavados en sus asientos.

— Entre más espacio le he cedido para que viva tan libremente como ha anhelado, parece que más espacio necesita —dijo Alicia, al tiempo que las lágrimas se le desgranaron. La boca se le secó, y su cara adquirió una expresión en la que se confundían la tristeza y la rabia. Continuó.

Mi complicidad con sus causas ha llegado a límites inimaginables Ernesto. Y claro que lo he hecho porque he querido, porque así lo decidí, pero ahora siento que ha sido un error ser tan incondicional. Creo que me ha faltado exigir algo a cambio, porque ahora resulta que me quedé sin nada.

Lo siento Ernesto, pero sí que deseo algo a cambio de mi amor, de mi complicidad, de mi compañía, de mi amistad, de mi apoyo, ¡claro que sí!

¿O ha visto que algo en esta vida se escape a esa dinámica; hay, acaso, efecto sin causa o causa sin efecto? Pues no, es física elemental. ¿O es que su estilo de vida, sus expectativas y sus anhelos no están, como las de todos los demás, supeditados a las reglas universales?

Los gestos exagerados y los bruscos movimientos de las manos, imprimían mayor vehemencia al discurso de Alicia.

A estas alturas del monologo, era Ernesto quien tenía la cara bañada en llanto, mientras Luciano, incomodo, refundía la mirada en los rincones de la habitación para no encontrarse con la de sus padres. Nunca los había visto pelear ni reprocharse. Alicia se sirvió agua, y con la boca otra vez húmeda, prosiguió.

— No Ernesto, no se puede, por más que se quiera, ignorar que quienes nos aman merecen de nosotros un esfuerzo por demostrarles que nos importan, que valoramos sus sentimientos. No puede solo sentarte a esperar a que lo asumamos, a que lo demos por sentado. He podido arreglármelas muy bien sin usted en el día a día, pero se me olvidó trabajar en esa parte en la que debía dejar de importarme. Asumí que éramos capaces de vivir al margen de las reglas preestablecidas, que seríamos diferentes a quienes prefieren detestarse, como lo hacen muchas de las parejas que se separan, para de ahí en adelante sentirse en libertad de rehacer sus vidas sin esperar contraprestaciones ni cargar con complejos de culpa al ignorarse, al olvidarse de sus momentos juntos.

Ernesto trató de hablar, pero Alicia puso en alto su mano y se lo impidió. Todavía no había terminado.

Bebió otro sorbo de agua y prosiguió:

— Hasta hoy me detengo a pensar en esto. Créame si le digo que no venía con la intención de reprocharle nada, vine porque lo extraño, pero al notar que solo yo, o más bien, nosotros, tenemos esta necesidad, hace que estos sentimientos reprimidos quieran salir, y voy a permitir que lo hagan. Espero que cargados más de verdad que de rabia.

Ernesto suspiró. Con resignación y vergüenza recibió palabra por palabra, lo que consideró un escarmiento justo.

— No pensé que esto me hacía tanto daño. Fui aprendiendo a amarlo más allá de los convencionalismos. Entendimos que no seríamos felices obligándonos a vivir una vida de renuncias, empeñándonos en enmarcar nuestra relación en lo que la sociedad esperaba de nosotros. Por el contrario, preferimos tomar rumbos diferentes, convencidos de que desistíamos de la convivencia, pero no del amor, no de nuestra familia. ¿Será que solo yo lo entendí así?

Sé que no. Sé que no había reglas ni pistas que nos indicaran el rumbo. Sabía que iniciábamos un camino de incertidumbre. Tampoco me planteé expectativas concretas, y por mucho tiempo, no esperé nada más de lo que recibí. Me he adaptado poco a poco a sus demandas mudas. Creo que en muchos aspectos hemos construido algo que es importante para los tres. Pero ya no voy a ocultar más que muchas veces esperé de usted más de lo que nos daba, solo que exigir no estaba en nuestro léxico.

Quería que estuviera con Luciano en su cama cuidándolo durante esas noches eternas en que algún dolor del cuerpo o del alma lo aquejaban. O que me acompañara a esas reuniones con antiguas amigas a las que todas llegaban del brazo de sus maridos, menos yo. Pero pensé que cada uno tiene derecho a elegir cómo quiere vivir, y mis necesidades me parecieron muy egoístas y superficiales frente a esa posibilidad de encarar la vida, según nuestra perspectiva individual.

Asumí en silencio el precio de decidir que nuestra libertad era más importante que todo lo demás. Me conformé con la idea de que, a pesar de no ser esposos en el sentido literal, nos amábamos más y éramos más incondicionales que muchos que sí lo son.

Solo que no pensé que para estar presente, que para que participara de nuestras vidas, tendríamos que acercárselas a estas cuatro paredes. Que nuestro universo iba a ser tan reducido. Eso me frustra enormemente. Perdóneme que solo se lo diga hasta ahora.

Poco a poco nos fue resignando a acompañarlo en una vida de anciano, sin serlo todavía. Y yo, equivocada como estaba de que debía aceptar ciegamente sus deseos, porque así me ganaría el espacio para que aceptara los míos, nunca le dije que lo quería y

necesitaba más presente, más ambicioso, más activo, más "normal".

Me siento muy estúpida Ernesto. Esto llega demasiado tarde.

Dichas estas últimas palabras, Alicia se sentó en la poltrona, agachó la cabeza y con el brazo como muralla, ocultó su cara de la mirada de Luciano y Ernesto para que no la vieran transfigurada.

Después de que estuvo seguro de que Alicia había terminado, Ernesto se puso de pie y deambuló algunos minutos por el cuarto tomándose la barbilla, peinando sus cejas con las uñas y meditando bien las palabras que iba a decir.

Luciano en cambio permaneció sentado en una de las sillas del improvisado comedor, y siguió enrollando los pedacitos de papel que le iba arrancando a una servilleta, para después acumularlos en el centro de la mesa.

— Alicia, mi amor, mi amiga, mi cómplice. Ha sido tanto para mí. Perdóneme por el dolor y la decepción que mis actitudes le causan.

Ninguna palabra que pronuncie le devolverá lo que perdió por mi desidia y falta de talento para vivir la vida. Nada quisiera más que echar el tiempo para atrás y llevarla de mi brazo a esa fiesta en la que, seguro era de las más bonitas y agradables, y a pesar de ello, no tuvo con quien bailar. O cuando agotada por el trabajo tuvo que duplicar su jornada para palear los dolores o las tristezas de Luciano. Tampoco puedo devolverle

241

los años en que ingenua e ilusionada, estuvo a mi lado esperando en vano a que yo me adaptara a los cambios y demandas de   mi nueva familia, a que priorizara sus necesidades sobre las mías. Pero ahora ya lo sabe y no me queda más que admitirle que soy un fraude, que no lo hice antes y no sé cómo hacerlo ahora.

Lo único cierto es que ¡los amo tanto!

Al decir esto sintió que las piernas se le aflojaron y tuvo que sentarse. Miró hacia arriba, como suplicándole al cielo palabras certeras, capaces de aliviar su dolor y el de Alicia.

Si bien Ernesto era dejado en su manera de amar y de vivir, también era incapaz de hacer sufrir a alguien a propósito.

— Alice, Luciano. Yo los amo, los necesito. Sí, cierto que me puede bastar con tener esa certeza. Con que ocupen mis pensamientos y mis sueños me satisfago. Saberlos bien y felices, estén cerca o lejos, me tranquiliza y es suficiente para hacerme feliz.

Solo ahora que lo dice pienso que era importante mi presencia. Nunca lo creí así. Solo me dispuse a estar para ustedes cuando me requirieran, pero no me sentí tan útil como para marcar una diferencia en su vida.

La vi siempre tan satisfecha de su labor, tan completa en su papel, tan capaz, que me relajé. Me dediqué a ser lo estrictamente necesario en el ejercicio de sobrevivir, y nada más que eso, pero conté con la inmerecida suerte de tenerlos a ustedes, que lograron que mi vida no fuera como la de un vegetal.

No sé en qué parte del camino refundí mis ambiciones, creo que nací sin ellas. Lo cierto es que todavía puedo rescatar una, y con esa me conformo: vivir mis días sin causarle daño a quienes amo.

Perdóneme Alice, y usted, Luciano. Yo sé bien que no me merezco su presencia constante, su ternura infinita, su aceptación, y que para hacer las cosas bien no basta con no hacer el mal. Sé que el amor debe alimentarse, que las intenciones sin acciones son espejismos inútiles.

Mi libertad no valía el precio de vivir mi vida sin ustedes, y aun así, por la benevolencia caprichosa del universo, disfruté de las dos al mismo tiempo, en la medida que mi conformismo me dictó que era necesario y suficiente para satisfacer mis paupérrimas ambiciones.

Sin consciencia de que lo hacía, me aproveché de su capacidad inagotable de alcanzar todos sus propósitos, y del amor desinteresado que me han prodigado cada día hasta hoy, sin condiciones.

Me dediqué, ciego de egoísmo, a ampliar indiscriminadamente los límites de mi libertad, sin darme cuenta de que lo que en realidad hacía era reducir mi existencia a la soledad y circunscribirla a la distancia que hay entre estas cuatro paredes y la que separa esta casa de las puertas del cementerio.

Y lo peor no se los he dicho aún. Ya la vida me había confrontado con esta realidad. Ya sabía que repartir mis pertenecías y compartir mis alimentos con quienes menos tienen, no es más que una fachada de hombre generoso. La dura lección me fue propinada por quien vino a mi vida a revelarme lo que había estado haciendo con ella. Solo cuando renuncié definitivamente a replantear mi rumbo, comprendí que ser generoso tiene más que ver con ser reciproco que con compartir lo que me sobra.

Así y todo, mi decisión fue la de seguir mi camino tal cual lo he hecho desde que escogí esta, como mi forma de vida. No sé vivir de otra manera. No tuve y no tengo más que mi amor para retribuir el suyo. Ustedes se merecen cerca a quienes sepan escuchar sus anhelos más íntimos, a quienes los animen y los acompañen a alcanzarlos. Yo seguiré siendo el puerto al que arriben, el refugio en la ruta. El mundo ya es demasiado extraño para mí como para intentar conquistarlo.

Ustedes, Esperanza y todos esos seres anónimos que tras confrontarse con la pérdida me han confiado sus dichas y sus penas, todos quienes han compartido conmigo sus vivencias, sus aventuras, sus experiencias, me han permitido viajar hacia lo más profundo de sus emociones y tan lejos como ellos lo han hecho. Y me declaro satisfecho con ello.

Me duele mostrarme cínico, pero prefiero serlo antes que alentar en ustedes falsas expectativas. Nunca voy a mentirles.

El silencio imperó desde ese momento hasta que Luciano tomó la palabra.

— Bueno, terminemos con esto. Ya estuvo bien.

Ser testigo de esta avalancha de sinceridad de parte y parte, me produce admiración. Ni siquiera cuando era un niño pretendieron disfrazar la realidad de nuestra familia, que no se parecía a la de nadie más que conociera.

Siempre hemos sabido que amarnos y aceptarnos tal cual somos, ha sido nuestro patrimonio. Los escucho y creo que sus argumentos han sido muy precisos y describen bien lo que fue y lo que nunca llegó a ser esta familia, y pienso que en eso no somos tan diferentes a los demás como lo hemos creído. Nuestras historias también hablan de amores eternos y efímeros, de sueños rotos y cumplidos, de expectativas falsas y reales, de promesas quebrantadas y consumadas, de verdades y mentiras.

Con lo que les digo no pretendo salvarme o salvarlos de responsabilidades ni consentir o reprochar sus acciones, no me corresponde hacerlo. Solo quiero que sepan que superado el morbo y las dificultades que en su momento enfrentamos por vivir según nuestras propias reglas, me siento feliz y satisfecho de que privilegiáramos nuestra libertad de enfrentar la vida según nuestros deseos individuales, a la de vivir según las expectativas sociales.

Como en toda apuesta, abrir nuevos caminos implicaba encontrarse con obstáculos, algunos superables, y otros, con los que entendimos que era mejor aprender a convivir. Y claro que por momentos tuve ilusiones que nunca vi concretadas, pero que a la postre entendí, que fueron reemplazadas por otras, que ni siquiera en mis sueños más ambiciosos hubiera imaginado.

Me hubiera gustado que fuera más aventurero papá, haber recorrido con usted las primeras rutas que me llevaron lejos de la casa. Sin embargo, mis caminos siempre estuvieron llenos de su presencia viejo y aun sin estar de cuerpo presente, su amor me sostuvo a cada paso.

Y usted, mami guerrera, a quien vi tantas veces batallando sola. Ha dado el doble en todo, y eso no ha sido por azar o por la forma en que se presentaron las circunstancias, ha sido porque la justicia divina reparte las cargas según nuestra capacidad de soportarlas.

Somos tres y somos uno. Tres mentes y corazones unidos por el amor y la sangre, pero solo uno en ese universo personal en el que cada uno construye su ideario de lo que quiere en la vida y lo que espera de quienes nos acompañan a compartirla. Compatibilizar estas ideas con el pragmatismo de la realidad, determina en gran medida nuestra satisfacción o frustración. Es fácil concluir que existen tantas posibilidades de que las cosas resulten muy diferentes a como las

imaginamos, algunas veces muy lejanas a nuestros deseos, que las que hay de que se ajusten o superen nuestras expectativas, así que para qué rasgarnos las vestiduras por lo que no fue, si contamos con la fortuna de tenernos.

Nuestro tiempo juntos ha sido perfectamente imperfecto, hermosos viejos míos.

Lo que siguió a las palabras de Luciano fue un silencio feliz. Sus palabras disiparon la tensión de la atmosfera. Ahora, todos se sentían complacidos, livianos y agradecidos con el resultado de las cosas.

XIV

Algunas personas pasan por nuestra vida y la influyen de maneras insospechadas, ya sea por su carisma, temperamento, personalidad, actitud, sapiencia o por ser el reflejo de todo eso que es importante para nosotros. Pero también los hay, quienes de una manera más modesta, nos dan inolvidables lecciones de dignidad, humildad, resistencia o determinación, tan o más importantes que cualquier otra.

Otros más, nos marcan, nos dejan huellas imborrables, pero no necesariamente por lo que hacen o por su forma de ser, sino por lo que despiertan en nosotros, por cómo nos hacen sentir.

Las falsas apariencias, los estereotipos y los paradigmas pueden confundirnos y alejarnos de la verdad o de la posibilidad de conocer nuestra propia esencia y la de los demás. Acostumbramos valorar la fuerza, el poder y el éxito, olvidándonos de la materia prima a partir de la cual se edifican y sin la que es imposible consolidarlos. Es por eso que creo que reconocer el origen de nuestra fuerza, es indispensable para utilizarla a nuestro favor.

Entender que puede ser más elocuente el silencio que las palabras. Que la fragilidad y la humildad pueden ser armas o herramientas más poderosas que la beligerancia o el carácter recio, por lo general usados como fachada para ocultar inseguridades y miedos. Sabernos vulnerables tiene un mayor efecto protector que creernos invencibles. Aceptar el error es más enriquecedor que ignorar las fallas, porque al hacerlo nos negamos la oportunidad de corregir y mejorar.

Nuestro mayor talento puede tener más que ver con quiénes somos que con lo que hacemos o sabemos, pero persistimos en valorarnos según nuestros títulos, posesiones, posiciones y apariencia, menospreciando esos valores, dones y cualidades que constituyen nuestro verdadero capital.

Por fin llegué al convencimiento de que lo que hago tiene importancia, de que lo que soy tiene valor, y de que si engrano lo uno con lo otro tengo garantizada, por lo menos, la satisfacción.

"Amado viejo:

Mi encanto por La Pampa me llevó a internarme en ella. Empecé mi recorrido por el este, en donde La Pampa uruguaya y la Argentina, se vuelven una sola.

Como sabes, evito detenerme en las ciudades. Su ajetreo y ritmo desenfrenado me impiden acercarme y conocer a la gente como me gusta hacerlo. Sin embargo, cuando son paso obligado, me siento en cualquiera de sus calles, y me limito a ver pasar la gente sin que se percaten de que lo hago. Trato de adivinar en sus rostros y en su actuar si van arrastrando alegrías o tristezas. Lo que ya no hago, desde mi experiencia con Blanca Pereyra Techera, es inventarle una historia a cada uno.

Mis jornadas de andariega son cada vez más largas. Ahora camino tanto como las piernas me lo permiten. Mi equipaje se ha reducido a su mínima expresión y esa liviandad acelera mis pasos y la agradecen mis huesos.

No me quejo de absolutamente nada de lo que vivo a diario. No puedo sino estar satisfecha. Pocos tienen el privilegio de devorarse el mundo a cada paso, como lo hago yo. Cada kilómetro de recorrido me significa una experiencia nueva, un paisaje por admirar o un amigo por conocer.

Ahora estoy en la región central de Argentina, en Santa Rosa. Llegué después de hacer un trayecto en tren desde Buenos Aires, donde estuve apenas ocho días. No prolongué allí mi estadía.

251

Puedo parecerte mediocre, pero justamente por intentar no serlo, preferí no inundar a los lectores del blog con una narración repleta de lugares comunes. Comprendí que me iba a ser imposible proporcionarles una visión de la ciudad, diferente a cualquier otra ya descrita.

Ya todos saben que en sus callejones coloridos se quedan bailando tango para siempre las almas de quienes los recorremos.

Que el tango y la milonga cuentan las historias de los ebrios de amor, de los devastados por el despecho, de los decepcionados con la vida o los ilusionados con ella. Sus compases ambientaron épocas pasadas, que al primer sonido del bandoneón, reviven.

Que Carlos Gardel, Libertad Lamarque, Julio Sosa, Astor Piazzolla, Tita Merello o Roberto Goyeneche por mencionarte solo algunos de quienes con sus dulces versos y sobrecogedores lamentos impregnaron cada rincón de esta ciudad, siguen siendo los cómplices o artífices de las historias de amor y despecho que a diario empiezan y terminan.

Que su ambiciosa arquitectura moderna convive en armonía con la antigua, y las dos se complementan, y cada una resalta la belleza de la otra. Que sus gentes bellas son mezcla de todo lo bueno que tenían los de aquí cuando llegaron los de allá.

Dime viejo, ¿qué podía decir que no se haya dicho ya? Y todo cargado de verdad.

De Santa Rosa me fui a Saladillo, y aunque pude haber escogido cualquier otro lugar, tenía que llegar allá, por aquellas manipulaciones del destino de las que nadie se escapa y que solo cuando el tiempo pasa, comprendemos su razón de ser.

Saladillo es el hogar de no más de 30 mil habitantes. Pero a quien yo tenía que conocer era a uno de sus más ilustres hijos adoptivos. Su magnífica historia personal y la mía, que apenas estoy reconstruyendo, se cruzaron, por lo que podemos suponer como una casualidad y que ya sabemos que no existen como tal.

Estábamos predestinados a encontrarnos para mi fortuna, de eso no me cabe duda. Me llevó a su taller, mismo que convirtió en su hogar, en su razón de existir, en su excusa para eternizarse. Te hablo del señor Augusto Cicaré: Pirincho.

'Pirincho', como me dijo que lo llamara, es ante todo un soñador. Su vida parece una de esas historias inventadas por una mente enajenada por el idealismo y encaprichada con perseguir los sueños. Cada invento suyo es una huella de su recorrido desde una idea hasta su fruto. Hoy vuela en el Cicaré CH-12, un helicóptero para dos tripulantes, su más reciente creación. Pero antes de construirlo, su mente ya volaba más allá de los límites que le dijeron que existían.

Su prestigio lo antecede. Cada persona en Saladillo lo siente como si fuera su abuelo, su padre o su hermano.

Es un ícono del lugar, del país y sin exagerarte, del mundo entero.

Cuando supe de él me obsesioné con conocerlo. Fui a su casa a presentarme y a pedirle que me permitiera pasar algunas horas en su compañía. Aunque en muchos lugares públicos de la pequeña provincia se pueden leer extractos de su historia, sabía que nada como escucharla de sus propios labios. No me negó la oportunidad.

Me citó tempranísimo una mañana de viernes. Pirincho tenía programada una salida con algunos extranjeros para enseñarles los alrededores. Me hicieron campo en uno de los automóviles y partimos hacia la laguna El Potrillo. Nos detuvimos al final de un camino veredal y allí, a la orilla, descargamos nuestras pertenencias y nos quedamos en silencio por algunos minutos contemplando el paisaje.

Se veía la bruma que apenas empezaba a levantarse, y la humedad, de la que todo a nuestro alrededor estaba impregnado, emanaba su olor fresco. Los pies se nos hundían en la yerba virgen y se hacía un charco en las huellas que dejábamos a nuestro paso.

Él tomó la palabra para ilustrarnos sobre los detalles del lugar, salpicando la historia con anécdotas personales que todos escuchábamos complacidos. De pronto, ya no me sentí extraña, y rodeada por el grupo, quedé como ellos, absorta en el relato.

Me abstraje del entorno para concentrarme por completo en sus palabras que tenían una suerte de poder hipnótico. Su historia daba saltos del pasado al presente y de nuevo al pasado, atrapándonos a todos en esa marea de experiencias fantásticas.

Su espíritu joven no le hace caso al hecho de que habita en un cuerpo de casi 80 años.

Don Augusto Cicaré se ha dejado guiar por su instinto desde que era apenas un niñito. Su genialidad se evidenció desde su primera década de vida. Desbarataba cuanto aparato encontraba en su casa, y con las piezas, creaba sus propias herramientas, alguna máquina o parte de ella, para solucionar alguna necesidad que surgiera en su casa o en el taller. Abandonó los estudios una vez terminó la escuela primaria y desde ese momento, el empirismo fue la ruta por la que continuó su camino como inventor.

Muy pronto en su vida se vieron los frutos de su trabajo. Aunque construyó todo tipo de artilugios, fueron los helicópteros, cuyos modelos fue bautizando con su apellido, los que le valieron su prestigio y reconocimiento mundial. A los veintiún años voló en su primer modelo de helicóptero, el Cicaré CH–1. Ese momento resumió todas sus luchas y le dio sentido a las incontables dificultades que había tenido que enfrentar. Recordó cómo empezó, sin nada más que su gusto por desbaratar en todas sus partes los aparatos que se le atravesaban, para con sus piezas, armar otro.

Al elevarse sobre el suelo evocó el día en que se vio en la necesidad de vender el primer motor que construyó para con esos pesos, comprar las piezas que le hacían falta para concretar ese sueño en el que ese día volaba.

Pensó en los momentos en que el fantasma del fracaso lo atormentaba, y cuando los sacrificios superaban a las satisfacciones con ventaja.

La tertulia de la laguna terminó en su casa.

Estas son las cosas que me pasan Viejo, y que me llevan a concluir que mi vida tendrá sentido mientras camine. Porque fue andando que llegué a Saladillo ese día, a ese lugar, para tener el privilegio de conocerlo y hacerlo formar parte de mi aún pobre, historia personal.

Me confeccioné una escarapela en la que escribí mis datos básicos de presentación: nombre, lugar de procedencia, nombre de la agencia para la que trabajo, lo que hago allí y una breve explicación sobre el blog. También, advierto que no hablo, pero que escucho a la perfección (es broma). Fue una buena manera de resumirles a todos, por qué aparezco de la nada y quiero saberlo todo. La gran mayoría de personas me abren las puertas, me permiten conocerlos, se esmeran por compartir conmigo sus conocimientos y recuerdos, además de darme recomendaciones y consejos. Eso me facilita mucho la vida Viejo.

En la casa–taller de Don Augusto compartimos un pecaminoso asado argentino. Ni te puedo describir todo lo que había sobre esa mesa; carnes de diferentes cortes, queso provoleta, morcillas, chorizos y achuras que no sabía que existían o que eran comestibles. Sin embargo, comí poco, no me sentía muy bien. No acabo de reponerme del todo de una infección respiratoria, que se reagudiza cuando el día empieza a enfriar.

Al caer la noche, mis molestias físicas empezaron a hacerse más evidentes, por lo que preferí despedirme, pero el anfitrión ya había hecho los arreglos necesarios para que me quedara a dormir en su casa. Acepté complacida, no me encontraba en condiciones de negarme.

Antes de dormirme le escribí una nota a Don Augusto, que le entregaría a la mañana siguiente. En ella le agradecía por su generosidad, por compartir conmigo, una completa extraña, su casa, su tiempo y sobre todo, su historia. Conocerlo en el mismo escenario en donde su determinación lo condujo a materializar sus sueños, significó para mí todo un privilegio.

Esa noche soñé despierta imaginándomelo ahí, en ese garaje que yo ya conocía, cuando de niño jugaba al inventor y echaba a andar el motor de un lavarropas creado por sus inexpertas manos, y después, cuando tripulaba su primer modelo de helicóptero, y en él volaba más allá de lo que su propia imaginación intuyó que podría hacerlo.

Fue una lección de humildad escucharlo hablar tan desprevenidamente sobre lo que para mí son grandes hazañas, y que él, sin falsa modestia, entiende como su obligación de poner al servicio de los demás sus habilidades y talentos.

En la cartica le conté también algo sobre mí, que había elegido viajar para, en algún lugar, hallar las respuestas a las miles de preguntas que a diario me planteo; para encontrar mí propósito y explicación a una vida, que como todas las demás, carga con la incertidumbre del futuro, pero que a diferencia de la mayoría, no tenía consciencia de su pasado.

Temprano en la mañana lo busqué y le entregué la carta. Cuando estuve lista para irme, me acerqué a Pirincho por la espalda y lo abracé sin pedirle permiso. Él, se giró y retribuyó mi gesto con uno más cálido y amoroso.

¿Ya te vas Esperanza? —Me dijo—.

Yo le hice entender que sí.

Ya tu cara refleja fatiga y tu cuerpo pide a gritos un descanso, no le exijas más allá de sus propios límites, aprende a escuchar sus demandas. Acuérdate que todo viaje debe tener un plazo y un punto de retorno. No puedes divagar como un alma en pena, ni hacer del tuyo, un espíritu errante.

Los sacrificios valen la pena si tienen un propósito, si son el precio que debemos pagar por ir detrás de lo que

es importante para nosotros, y que la satisfacción será directamente proporcional a ese esfuerzo.

Con otro abrazo le confirmé que haría caso a sus consejos. Sus palabras fueron una evocación de las que me dijiste el día que inicié este viaje que hoy termina. Ahora solo puedo pensar en regresar. Nada me emociona más que volver a verte, volver a escucharte, volver a refundirme en uno de tus cálidos abrazos, volver para compartir contigo un café cada mañana.

Esperanza."

Al recibir la carta, la excitación abrigó a Ernesto, quien desechó sin intención la bella historia que contenía, pues su atención quedó concentrada en las dos líneas en las que Esperanza le confirmaba su regreso desde Argentina. Paradójicamente, nada podía explicar mejor lo que sintió en ese instante que la letra del tango que dice: "Tengo miedo del encuentro con el pasado que vuelve a enfrentarse con mi vida…". La había extrañado tanto desde el mismo día en que se fue.

En cualquier momento, Esperanza tocaría a su puerta, y Ernesto, debatiéndose entre la alegría y la ansiedad, haría hasta lo imposible por conservar la lucidez que lo exhortaba a mantener gobernados los sentimientos y aterrizadas las expectativas.

La inminencia de ese regreso, tan anhelado y temido, le causaron de nuevo palpitaciones y esa detestable sensación de vacío en el estómago que estrenó cuando los sentimientos por

Esperanza se intensificaron más allá de lo que lograban sus esfuerzos por dominarlos. Fracasaba en su lucha por mantener la calma. Sentía que iba a flaquear tan pronto como tuviera en frente esa presencia que lo perturbaba tanto para bien como para mal.

En los días que transcurrieron entre la noticia y el regreso de Esperanza, Ernesto preparó cada detalle con el que le daría la bienvenida. Se encargó de organizar una de las habitaciones que estaba disponible en la pensión; ubicó sobre la mesita del cuarto una pila de lápices con la punta perfectamente afilada, una nueva libreta de apuntes, un fajo de hojas blancas sueltas y los impresos del blog, que encuadernó para regalárselos a su añorada viajera.

Se sentó en su poltrona a esperar ese regreso que en sueños había recreado incontables veces. Cerró los ojos buscando apaciguar su desasosiego con el sueño, pero fue inútil, nada en él, consciente o inconscientemente, le ayudaba a escapar de sus propios sentimientos.

La idea lo hacía sentir felizmente aterrado y también, un poco egoísta con todos aquellos quienes no tuvieron la dicha de volver a ver a los que un día partieron.

Entre dormido y despierto recordó a Javier, un jovencito idealista que yacía en una de las tumbas que él cuidaba con celo. Su historia, entre heroica y trágica, irrumpió en su mente para recordarle, que a pesar de sus obstinados intentos por evadir la realidad, los únicos que logran hacerlo son quienes ya no habitan en ella.

Con la falsa idea de que su juventud, plena de vigor y entusiasmo, lo blindaría contra los males del mundo, Javier
prefirió no ignorarlos y se decidió por enfrentarlos y, de ser
posible, resolverlos.

Ernesto acompañaba las visitas al cementerio de Luz, la
madre del muchacho. Le llevaba agua desde la pileta para
que regara el ramo que ella armaba con magistral destreza.
Escucharla hablar lo dejaba admirado. Ella había reempla-
zado las lágrimas por el orgullo que le producía el valor con
el que su pequeño gran guerrero luchó por esa causa que consideró, valía cualquier riesgo. Las tardes de domingo, que
en días más felices acostumbraban compartir juntos, ahora
estaban reservadas para evocar recuerdos.

Con la resignación de haberle encontrado sentido a lo que
parece no tenerlo, esa madre, recordaba el momento cuando
su muchacho, que acababa de abandonar la adolescencia,
carraspeaba aclarándose la voz para proyectarla con tono más
grave, y hacía su mayor esfuerzo por convencerla a ella, y a
Enrique, su papá, de que era su deber proteger a quienes car-
gaban como herencia la marginalidad, la pobreza y el olvido
de un mundo para el que eran insignificantes y al que habían
sido abandonados a su suerte.

Argüía no poder permanecer indiferente ante la precaria situación de esos desafortunados, contra quienes las injusticias y la
violencia se ensañaban descarnadamente. Actuó siguiendo los
dictados de su consciencia, muy a pesar del inconmensurable
precio que al final pagó y que dejó abierta una herida eterna

en todos quienes lo amaron y que ahora, padecen la soledad de su ausencia.

El reloj, ese tirano aparatejo, torturó a Ernesto con saña. La lentitud con la que se movían sus manecillas le hicieron pensar que había sacado la mano, y que por eso, el tiempo no corría como acostumbraba hacerlo. Entonces, comparó la hora que daba su reloj de pared con la que daba el de pulso, y esta con la del de su celular para comprobar que, en efecto, todos se habían contagiado del mismo mal.

XV

o inexorable

Frecuentemente me debato entre ese sentimiento absurdamente optimista de que mientras estemos vivos podremos hacer posible lo imposible, y el muy realista de aceptar que hay cosas que se escapan de nuestro control y suceden o no, porque así tiene que ser.

Conforme pasan los años y maduro (o por lo menos, envejezco), más me convenzo de que el espíritu humano es poderosísimo. Veo evidencias de eso a granel: Cómo muchos se enfrentan a retos que parecen insuperables o soportan martirizantes cruces, pero rehúsan reconocer las imposibilidades como tal, y se reinventan las veces necesarias de los pedazos en los que se quebraron tras enfrentar la adversidad. Y encuentro tanta grandeza en ellas, como en las personas que aprenden a convivir con la certeza de que, no obstante lo inconquistable, lo doloroso y lo imperfecta que se presenta la vida, pueden satisfacerse con lo poco o mucho que logran, sin por eso sentirse resignados o frustrados.

Quienes no creen en sentencias irrevocables encuentran que hasta la irrenunciable muerte, que se presenta tan todopoderosa, no alcanza su victoria definitiva si nos negamos al olvido.

Encontrar satisfacción en el esfuerzo invertido en una tarea, más allá de si con ella logré el objetivo que me propuse al emprenderla, todavía me cuesta trabajo. Soy de la vieja escuela en la aprendí que si mis resultados no reciben elogios, no despiertan admiración y reconocimiento, no producen dinero ni me acercan al éxito, o no generan, por lo menos, algo de envidia en los demás, entonces no son realmente valiosos. Sin embargo, ya mayorcita, me matriculé en esa otra en la que lo único que me define y me satisface es actuar con coherencia entre lo que deseo y lo que hago por conseguirlo, y en disfrutar tanto del proceso como del resultado, sea este el esperado o no.

Quitar de mis hombros ese peso de pretender hacerlo todo bien, de no defraudar a nadie, de ser un referente o un modelo a seguir, me deja en libertad para elegir de entre todas las opciones que se me presentan, no las que creo correctas, porque quién puede determinar si lo son, sino las más fieles a mis deseos. Así, si me equivoco al escoger, no buscaré culpables

para repartir el peso del fracaso, más bien, de entre todo, desecharé lo que no me aportó nada y con lo que me quede, que en el peor de los casos será experiencia, me aventuraré con más confianza, tras una nueva conquista.

La vida es el escenario en donde todas nuestras experiencias se desarrollan, entonces, sin importar las veces que tengamos que reescribir el libreto, que repetir la historia o que improvisar, si es que hemos agotado todo nuestro repertorio, la fórmula será seguir intentándolo las veces que sea necesario hasta obtener la mejor representación posible de nuestra obra.

Claro que a veces cansa empezar una y otra vez, pero solo nuevos comienzos abren posibilidades a finales diferentes, de pronto, mejores, más felices.

Para sorprenderlo, Esperanza enrolló un papelito que había escrito y trató de meterlo en el pequeño bolsillo del peto de uno de los overoles de tela impermeable con los que trabajaba Ernesto. En él le agradecía por todos los detalles que desde el día de su regreso le había preparado con tanto esmero.

Algo en el bolsillo le impedía introducir la nota, entonces hurgó dentro de él para abrirse camino. Encontró una fotografía antigua en blanco y negro, un poco estropeada. En ella se observaba a un hombre maduro con lentes circulares, ataviado con un grueso abrigo, guantes, sombrero bombín y un gran portafolio. Estaba parado al lado de un extraño vehículo acondicionado para andar sobre la nieve. Las llantas delanteras habían sido reemplazadas por lo que parecían unos esquíes, y en la parte de atrás, tenía eslabones rodeados por una banda con aspas, semejante a los de los tanques de guerra. Tras del hombre se veía el esqueleto de un árbol deshojado por el invierno, y al lado, la fachada de un edificio de ladrillo. La nieve lo cubría todo.

Esperanza la detalló con curiosidad. Nada en esa imagen se parecía a algo que hubiera visto hasta ese momento en alguno de sus viajes y sin embargo, todo le era familiar.

Terminó de introducir la nota en el bolsillo y se sentó a observar nuevamente la fotografía. En cada nueva ojeada encontraba algo que no había visto antes. A pesar de tener perfecta su agudeza visual, tuvo que acercar la imagen a sus ojos para entender si lo que se dibujaba en la cara del hombre, debajo de su nariz, era una sombra o un pequeño mostacho. Decidió que era esto último, no porque quedara claro al mirar la foto, sino por una especie de convicción extraña que no le permitía dudarlo.

Ernesto entró al cuarto y la encontró distraída repasando la imagen.

Ella se la entregó indagándole sobre esta con un gesto.

Él se sentó a mirarla tratando de recordar dónde la había visto antes.

266

— A ver, a ver ¿qué es esto?, ¿quién es este señor? —Dijo
     mientras la miraba—.

Arrugó el ceño y la detalló con cuidado. Se cogió la barbilla y
levantó una ceja. Dudó, pero al momento recordó la primera
vez que vio esa imagen.

— Me había olvidado por completo de esta foto. ¿De dónde
     la sacó?

Esperanza le señaló el bolsillo del overol.

— Claro, ya sé.

Se sintió incómodo. Nunca había vuelto a hablar con Esperanza
de ese día en que la encontró sepultada y la sacó de la bóveda.
Se puso de pie y deambuló por la habitación mientras organizaba sus ideas. No quería perturbar a la muchacha con
los amargos recuerdos de ese día, pero solo la verdad era
admisible.

— Es imperdonable que me olvidara de la existencia de
     esa foto Esperanza —dijo en tono grave—.

Ella hizo un gesto de extrañeza al escucharlo y su curiosidad
se agudizó.

— Mire, aquel día en que escuché su llamado desesperado
     pidiendo ser liberada de esa bóveda, y logré sacarla, esa
     fotografía se quedó refundida entre los maderos rotos
     de lo que fuera el ataúd donde usted estaba metida.

La cara de Esperanza expresó sin disimulo su desconcierto y
enojo. ¿Cómo era posible que Ernesto se hubiera olvidado de
algo tan importante?

— Entiendo su molestia, perdóneme mi niña, perdóneme.

Qué torpe y egoísta he sido al olvidarlo —.

Se arrodilló frente a ella, la tomó de las manos y le pidió nuevamente perdón. Ella lo abrazó comprensiva.

Esperanza miró por enésima vez la imagen para obtener de su contenido alguna respuesta, pero no encontró nada en ella, diferente a lo que ya había visto antes. Juntos se sentaron a mirarla y cada uno trataba de sacar sus propias conclusiones. No hablaron más del asunto.

Pasadas dos semanas de haber regresado, ya la rutina de antes de irse de viaje se había instalado de nuevo en su vida con Ernesto. Tomaban el café por la mañana, leían la prensa y Ernesto le contaba alguna de sus historias de muertos. Esperanza cumplía con su horario en la agencia y él en el cementerio. Después pasaba a recogerla y hacia el final de la tarde, daban un corto paseo por cualquier parque o calle bogotana. En las noches, terminada la cena, resumían para el otro sus jornadas. Antes de acostarse, Ernesto leía la carta que Esperanza sin falta le escribía, y cerraba los ojos para encontrarla en sus fantasías.

Los dos se iban a la cama con ansias de compañía, pero ninguno hacía nada por alterar el orden, al que sin consensos, se habían subordinado. El miedo de que por ambición se quedaran sin el pan y sin el queso, desestimaba cualquier intento de avanzada.

A pesar de que cada día se parecía en mucho al inmediatamente anterior, la aparición de la foto sembró en Esperanza

un desasociego con el que nunca antes había tenido que lidiar. Era la única conexión con su pasado, en el que por la convicción de su inutilidad, había decidido no pensar.

Marcelo tenía grandes planes para Esperanza. Dedicaba una hora de cada mañana para que juntos diseñaran el nuevo proyecto. Tenía planeado que en los próximos meses viajara hacia el norte del continente. A ella le entusiasmaba la idea, pero tenía claro que esta vez haría hasta lo imposible porque Ernesto la acompañara en el recorrido. Aunque en su cabeza retumbaban con claridad los argumentos con los que él había defendido su derecho a vivir su vida a su manera. Estaba claro que Esperanza, quien cada vez se tomaba más confianza, esta vez no se permitiría pensar en imposibles.

En algún lugar de los caminos que recorrió, se quedó la joven que clamaba a la muerte para que la redimiera de esa vida que se mostraba sin sentido ni propósito. Ahora, sus convicciones eran de acero. Ya, por cuenta propia, había sido testigo de cómo mujeres y hombres comunes eran capaces de concretar sus ambiciones a partir de un, aparentemente insignificante acto de fe. Estaba determinada a que su nombre no solo la identificara, sino que reflejara fielmente los rasgos de su carácter.

Mientras Marcelo le hablaba de metas, de seguidores y del número de visitas al blog, ella no podía apartar su mente de la idea de vivir junto a Ernesto lejos de lo predecible. Su imaginación se desbordaba y por unos momentos la llevaba a una playa en la que, sentada junto a él, enumeraba y nombraba los colores en los que el horizonte se pintaba durante el atardecer, y en otros, a un sendero atravesado por un riachuelo que los obligaba a cambiar de rumbo para acompañar su cauce hasta llegar, en lo alto de una montaña, al manantial de donde brotaba.

Veía a su amado viejo nutriéndose con las historias de todos quienes el destino les cruzaba a su paso, y a Ernesto retribuyendo con su sabiduría y calidez cada acto generoso. Soñaba despierta con las noches en las que agotados por la jornada, se dormirían abrazados, extasiados con las imágenes de sus recién estrenadas experiencias.

El sábado en la mañana, después de que terminaron su café, Ernesto puso sobre la mesa dos boletos de tren. Quiso sorprender a Esperanza con un viaje por los alrededores de la ciudad.

— Alístese para salir a conocer la Sabana mi joven trotamundos —le dijo Ernesto—.

Ella, feliz, corrió, y en menos de quince minutos ya estaba parada frente a su puerta, lista para salir.

Llegaron hasta una pequeña estación en la que otros viajeros esperaban la llegada del tren. Era un edificio de estilo colonial con pasillos amplios, tejas de barro terracota, paredes de bareque blancas, bien tenidas, barandales y portentosas bigas de soporte de madera pintadas de color verde oscuro de las que colgaban materas con helechos y flores multicolores.

El lugar, al borde de la carrilera, permanecía detenido en otro tiempo mientras la modernidad avanzaba su alrededor a un ritmo desenfrenado.

La ruidosa locomotora a vapor, con sus no más de seis vagones, atravesaba la ciudad de sur a norte, y visitaba los pueblos vecinos a la capital que aún no habían sido devorados por la megalópolis. Su paso apenas si era advertido por algunos niños que aún conservaban su capacidad de asombro y se admiraban al verlo pasar. Desde las ventanas, los viajeros respondían a los emocionados saludos de los pequeños.

En cada estación ocurría un intercambio de viajeros. Los que desembarcaban para quedarse en alguno de los pueblos atravesados por su trayectoria y los que se subían para dirigirse a otro lugar.

Esperanza y Ernesto aprovechaban cada parada para hacer un breve recorrido y escuchar a los improvisados guías locales, que por algunas monedas contaban a los turistas una síntesis de los momentos históricos más importantes y algunos datos particulares de la población.

Antes del mediodía el tren llegaba hasta la estación de Zipaquirá, desde donde hacia el final de la tarde iniciaba el viaje de regreso a Bogotá.

La pareja se internó en los socavones de la catedral de sal que descienden a más de ciento ochenta metros de la superficie, siguiendo la ruta del viacrucis. Cada una de las catorce estaciones que relatan el martirio de Jesús está tallada en piedra, y al igual que los techos y paredes, están cubiertas de salmuera. La iluminación, el olor a sal y la acústica del lugar, que hace eco hasta de los sonidos casi imperceptibles, alimentan una atmosfera sobrenatural.

Unos parlantes camuflados en las paredes de roca socavada transmiten uno tras otro milenarios cantos religiosos que estremecen a quienes se permiten un momento para el recogimiento y la contemplación.

Uno al lado del otro, se apartaron del grupo tomados de la mano para en esa soledad acompañada, sentarse en una banca de la nave central de la catedral a escuchar la música de esos ángeles terrenales. Estuvieron ahí hasta que el ajetreo de los monaguillos que alistaban los ornamentos para la misa, los sacó de su ensimismamiento.

La luz de la tarde les lastimó los ojos al salir de las entrañas de la tierra. Esperanza recordaría este día como uno de los más felices de su vida.

El domingo era el día escogido por Esperanza para enterar a Ernesto de sus intenciones, de sus deseos. Como nunca antes, renegó de su garganta y boca estériles. Alistó la carta que le daría voz a sus más íntimos anhelos y se propuso entregársela cuando estuvieran compartiendo el café en la sobremesa del almuerzo. Se vistió bonito. Se peinó diferente. Se maquilló las mejillas. Se calzó unos tacones que aún no había estrenado.

— ¿Estoy olvidándome de algo importante, a qué se debe tanta elegancia? —

Ella apaciguó su curiosidad con una señal.

El timbre de la pensión chilló y Ernesto predijo la llegada de Alicia y Luciano.

— ¿Le conté que vamos a tener visitas hoy mi niña?

Esperanza negó con la cabeza ocultando su decepción. Esto alteraba por completo sus planes.

Los visitantes llegaron con las viandas que iban a compartir y las flores acostumbradas, y tras un saludo emocionado y afectuoso de los anfitriones, que salieron a su encuentro, se dirigieron a la habitación de Ernesto. Unos y otros se pusieron al tanto de lo que había ocurrido en sus vidas durante los últimos meses y Ernesto contó, como si él mismo las hubiese vivido, las experiencias de Esperanza.

Después de comer, cada uno eligió compañía.

Ernesto y Luciano se entretuvieron con un tema de deportes, mientras Alicia acompañó a Esperanza a su habitación para ver algunas fotografías del viaje.

Aunque en su última conversación con Ernesto y Luciano parecían haberse zanjado todas las controversias para siempre, llegar a esa pensión le recordaba a Alicia lo que ella guardaba para sí como una derrota: haber permitido que Ernesto se abandonara a una vida solitaria y sin mayores aspiraciones. No tenía claro si algo que ella hizo o dejó de hacer en los años en que vivieron juntos, determinó el estado actual de las cosas. En su monologo le admitía a Esperanza que, aunque era feliz en su matrimonio con Sergio y al terminar su relación con Ernesto se había concentrado en criar a Luciano y en trabajar en lo que la apasionaba de verdad, nunca había podido entender que amando tanto como amaba a Ernesto y con la consciencia de que él la amaba igual, no hubieran luchado por compatibilizar sus intereses, al tiempo que consolidaban su hogar.

Haberlo dejado abandonado a sus precarios intereses, no haberlo inspirado a asumir ningún riesgo, causaban una fractura en su ego que hasta ese momento no había podido cicatrizar. No era una mujer que aceptara un 'no', sin haber hecho hasta lo imposible por obtener un 'sí'.

Esperanza la escuchaba con sorpresa. La boca de Alicia traducía sus propios pensamientos, le prestaba voz a sus temores y articulaba con precisión los sentimientos de impotencia que juntas compartían.

Le avergonzaba que Alicia le abriera su corazón sin saber lo que ella sentía por Ernesto ni sus intenciones con él. Se sintió indigna de este gesto de confianza, y egoísta, porque mientras escuchaba a Alicia, no podía solidarizarse con sus sentimientos sin pensar primero en los suyos.

Alicia siguió haciendo catarsis aprovechando aquella interlocución vacía que le permitía deshacerse de todas sus cargas sin ser interrumpida.

— Para no ir más lejos Esperanza, recuerda que a pesar de que tu presencia trajo felicidad y un nuevo aire a la vida de Ernesto, él halló la manera de que, al tiempo que te proveía un medio para que subsistieras y te impulsaba a desarrollar tus potenciales y alcanzar tus sueños, inventándose ese empleo en la agencia y

pagándolo de su propio bolsillo, con tu partida se aseguraba regresar a su inalterable estado de siempre.

Él se engaña y todos le seguimos el juego. Ernesto no le hace caso a los límites cuando se trata de impulsar a otros, pero él encuentra una excusa tras otra que justifique sus renuncias a todo y a todos —concluyó—.

Alicia no evaluó el impacto que sus palabras causarían en la vida de Ernesto y Esperanza. Las dejó salir de su boca sin la pretensión de dañar a nadie. No sabía que con esa revelación, con la que solo tenía la intención de reafirmar sus argumentos, acababa de clavar una daga envenenada en el corazón de Esperanza.

Por primera vez en su nueva vida, Esperanza se veía enfrentada a lo que sentía como una traición. En un mismo instante conoció cómo se sentía el miedo, la incertidumbre, el dolor y la decepción. Los ojos se le enlagunaron, pero ocultó su cara de la de Alicia, quien aún concentrada en sus imprudentes palabras, refundía la mirada en las imágenes que tenía en las manos.

Esperanza quedó totalmente perturbada con la revelación. Una avalancha de sentimientos le nubló la mente. Los descubrimientos laceraron sus entrañas y destruyeron una a una, todas sus ilusiones.

¿Que qué? ¿Qué Ernesto se había maquinado todo esto de su trabajo en la agencia?, ¿que con premeditada intención la había alejado de él?, ¿que esto era lo que hacía cada vez que alguien amenazaba con alterar su estilo de vida?, ¿que atrincherado en el amor y las intenciones generosas, convencía a todos de dejarlo, a cambio de venderles la ilusión de ir tras la conquista de sus sueños?, ¿que absolutamente nada lo había motivado a cambiar, a querer compartir las ambiciones y anhelos de quienes lo amaban?, ¿que ella tampoco sería con quien compartiera una vida llena de nuevas experiencias?

Tuvo que aunar todas sus fuerzas para reprimir el dolor que la destrozaba en mil pedazos.

Confundida por todas estas preguntas sin respuesta, dejó que su cuerpo, al que el alma acababa de abandonar, se prestara para rematar la interminable jornada.

Con la noche encontró la soledad que necesitaba para escuchar su voz interior. Solo una eternidad le alcanzaría para pensar en lo que tendría que hacer en adelante con esas verdades que cambiaban por completo el panorama de su presente y su futuro.

Evaluó todas sus opciones: Eludir la realidad. Hacer de cuenta que nunca escuchó esas palabras de la boca de Alicia. Convertir esas verdades en argumentos poderosos que le permitieran torcer el destino hasta encarrilarlo por la ruta que a ella le ilusionaba transitar. Entender y respetar las decisiones de Ernesto. Desenmascararlo y reprocharle sus maniobras, que aunque altruistas, se sustentaban en entuertos.

Es que sentía que le debía todo a Ernesto. Por él se había convertido en quien era y conseguido todo lo que tenía hasta ese momento, y con él quería compartir y disfrutar lo uno y lo otro.

Con los primeros rayos de sol del amanecer, que pusieron fin a la peor noche de su vida, Esperanza miró por la ventana y trató de imaginarse cómo sería vivir en ese mundo tras las decisiones que había tomado durante esa noche eterna.

XVI

Materia prima

Somos una intrincada reunión de sistemas biológicos que trabajan con magistral sincronía, amalgamados con una incontable cantidad de creencias, valores, sentimientos, pensamientos, conocimientos, acciones, virtudes y defectos. Ese es el capital con el que contamos para hacerle frente a la vida, y que estamos obligados a acrecentar y a robustecer.

Vivimos sin mucha consciencia de que somos una obra inconclusa, en la permanente construcción del ser humano que queremos llegar a ser. Ese proceso, por momentos se centra en lo físico. Priorizamos en vernos mejor para sentirnos mejor, y paradójicamente, lo hacemos en los momentos en donde resultaría menos necesario, porque placemos con la belleza de la juventud.

En otros momentos, en cambio, tal vez después de entender lo efímero de la juventud y sus bondades, es cuando empezamos a revolcar dentro del alma, mente y espíritu, en nuestro interior, para entender quiénes somos en verdad. Si somos ese cuerpo que cambia dramáticamente con el paso de los años, o esa intelectualidad, espiritualidad y emocionalidad que nos hace únicos e individuales. El conjunto de todo, es la respuesta. Lo que pasa es que cada aspecto cobra relevancia en momentos diferentes, y equilibrarlos es, sin duda para mí, lo realmente complejo, pero totalmente necesario para sentirse satisfecho.

Algunos rasgos físicos y de la personalidad permanecen inmunes al paso del tiempo, "genio y figura...". El brillo, profundidad o expresión de la mirada; la forma de torcer los labios, arrugar la nariz; el arrastre de los pies al caminar; la amabilidad, la risa fácil o la frialdad. Eso que nos hace únicos, reconocibles y recordables.

Con cierto grado de decepción observo también que mientras envejecemos, nuestros defectos se acentúan, y desafortunadamente, no en la misma magnitud que nuestras cualidades.

Dejamos de ser políticamente correctos y estrenamos un estado de superioridad moral en el que opinamos sobre todo y sobre todos como si fuéramos los dueños absolutos de la verdad, completamente encaprichados con nuestras teorías, algunas de las cuales están sobrevaluadas o comprobadamente fracasadas.

Nos mostramos autosuficientes, incapaces de analizarnos, auto-censurarnos y cambiar. Nos volvemos más sordos, más ciegos y más tercos. Vivimos a nuestro modo e imponemos ese modo a los demás, así estemos insatisfechos y nos sintamos infelices.

Desafortunadamente, no es una introspección profunda lo que me permite sacar estas conclusiones, sino una observación de quienes me rodean. Lo que quiere decir, que soy como ellos, y que me resulta más fácil ver sus torpezas, incongruencias y desaciertos, y no las mías.

Aunque lo intento, me cuesta hacer consciencia de mis propios defectos, pues llevo tanto tiempo conviviendo con ellos, excusán-dolos y admitiéndolos, como si de otro rasgo de mi personalidad se trataran, que ya confundo mi carácter con las meras ganas de imponerme y de no perder alguna pírrica batalla.

Entonces, pienso que no quiero conformarme, que no voy a excusar en mí, actitudes que reprocho en los demás, porque para nada son una herencia a la que no puedo renunciar.

Yo quiero seguir evolucionando, cambiando, mejorando. Quiero que mi capital físico, emocional, espiritual e intelec-tual sea cada vez más abundante y vigoroso; quiero renovar indefinidamente mis recursos personales para adaptarme a las siempre cambiantes demandas de hoy y del futuro.

Mantenerme motivada es fundamental. Ni la rutina ni el inconformismo ni los problemas cotidianos pueden seguir siendo el eje alrededor del cual gravito. Debo abandonar para siempre ese estado de egocentrismo que me impide ver en perspectiva.

Mis decisiones y mis actos ya no estarán determinados ni por las circunstancias ni por las conveniencias. Si me esmero, su coherencia estará salvaguardada desde que los conciba hasta que pueda evaluar su impacto en mi vida y en la de los demás.

Mis valores y convicciones serán tan fuertes como los dientes de las lapas, así trasgredan el orden o las sensibilidades ajenas; mis sentimientos, fieles y sinceros, así destruyan cualquier expectativa que otros se formen sobre ellos, y mis pensamientos, tan libres como mis actos y tan ambiciosos como mis sueños, continuamente renovados.

Soy al mismo tiempo la escultora y el mármol. Una artista que trabaja en su obra magna, desde adentro. La fuerza de mi espíritu golpea el extremo romo del cincel, cuya punta afilada por mi confianza va eliminando todo lo que sobra, lo que estorba, lo que oculta la belleza.

Con fe, soplo y disperso el polvillo incómodo que lo cubre todo y que me impide ver mi obra, y descubro, que muy a pesar del miedo que me produce echarlo todo a perder, mi materia prima

se subyuga totalmente a mi voluntad y va tomando la forma
que quiero darle, y me siento completamente feliz y agradecida
de que así sea.

Ese lunes parecía igual a cualquier otro día. El inalterable
ritual de la mañana se llevó a cabo. El café caliente, el periódico. Pero esta vez el hasta pronto de Ernesto sería un adiós
para Esperanza. Ella, sentada en su silla de siempre, lo
examinaba en detalle, mientras él, como de costumbre, des-
prevenido, leía los obituarios.

Lo acariciaba con la mirada despidiéndose de sus manos
grandes, de sus parpados pesados entreabiertos, de las arrugas
que se le dibujaban en el entrecejo y de los surcos profundos
que le nacían a cada lado de la nariz, se arqueaban, y luego
desaparecían por encima de las comisuras.

Solo hasta ese día descubrió la gran longitud de sus pestañas
y las canas que crecían desordenadas y que le pintaban de luz
las cejas.

Se prometió recordar el degradé de los tonos de su piel curtida
y bronceada en las manos, la cara y la nuca, y que aclaraba
en la parte del pecho que se le alcanzaba a ver arriba de los
botones desabrochados de su camisa de trabajo.

Cuánto iba a extrañar ensortijar sus dedos en los remolinos
que se formaban en su cabellera gris rebelde y el vaivén de su
pecho al exhalar con vigor su aliento tibio; ese abrazo amplio,

cálido y reconfortante con el que la saludaba y la despedía; sus historias, sus cuidados, sus detalles.

Cada imagen, cada olor, cada movimiento, cada idea de no volver a verlo, olerlo, sentirlo o escucharlo le producían un dolor insoportable en el cuerpo y en el alma. Ese día se abandonaba al sufrimiento con la firme promesa que desde el día siguiente, nunca más volvería a sentirlo.

Esperanza hizo un fiero esfuerzo por disimular su tristeza. Aunó de donde pudo todas las fuerzas de las que disponía para soportar esos instantes que la separaban del momento en que cada quien tomaría su propio rumbo para siempre, eternos cuando se sufre, como ella en ese momento, pero exiguos, si son los últimos al lado de quien se ama.

Salieron juntos para el trabajo. Esperanza iba colgada del brazo de Ernesto.

Llegado el momento de dividir sus pasos se despidieron con un abrazo. Esperanza hundió su cara entre el pecho amplio y tibio de Ernesto, e inhaló profundamente su olor para impregnarlo indeleblemente en sus sentidos.

Él la besó en la frente, y aunque la percibió distinta, no podía sospechar nada.

— Que tenga un día muy feliz mi niña. La quiero mucho—. Esperanza sonrió como el payaso, que lo hace aun con el alma invadida de tristeza.

Se quedó de pie mirándolo alejarse. Cuando lo perdió de vista se mordió los labios para aguantar las ganas de llorar y dudó de su capacidad de llevar a término los planes que se había trazado durante sus horas insomnes.

Entró a la agencia y se dirigió a la oficina de Marcelo, que al verla se puso de pie y la saludó efusivamente.

— ¿Qué dice mi súper Estrella? —Preguntó, cayendo en cuenta de su torpeza inmediatamente, y para disimularla, lanzó él mismo una respuesta, por demás desacertada—.

— Claro que estás bien, se te nota en la cara.

Sin embargo, Esperanza sabía rescatar de sus palabras, sus siempre buenas intenciones.

— Siéntate, por favor —le pidió Marcelo, señalándole la silla que se encontraba frente a su escritorio—.

— ¿Algo especial de lo que quieras hablarme? —Pregunta tras la cual, Marcelo emitió una regurgitación y se estiró la piel de la cara con las dos manos, denotando la desesperación con la que se declaraba derrotado en sus esfuerzos por iniciar el silencioso encuentro con las palabras adecuadas.

Con una sonrisa nerviosa que antecedió a un silencio incómodo, esperó a que Esperanza expusiera las intenciones de su visita. Ella, en efecto lo hizo, sacando de su bolso una hoja de papel para entregársela. Marcelo la leyó en voz alta, como lo hacía siempre:

"Señor Marcelo:

Antes de cualquier otra cosa, quiero darle las gracias por lo que entiendo como un acto totalmente generoso de su

285

parte: permitirme trabajar en esta agencia, aun cuando no tenía ninguna experiencia previa e ignorando las dificultades que mi mudez podrían haberle suscitado. Además, no satisfecho con ese voto de confianza con el que cambió mi vida por completo, amplió su apuesta en mí y me abrió las puertas a un mundo del que desconocía por completo todas las maravillas que tiene para ofrecer. Y a pesar de haber obrado esos milagros en mi vida, también se encargó de conseguirme apoyo y compañía para el camino.

Espero no decepcionarlo con lo que aquí voy a explicarle, porque ni usted ni quienes acompañaron mis pasos, se merecen que les cause ninguna desilusión.

En este momento de mi vida me veo obligada a iniciar una etapa de reconstrucción de mi historia personal. Tengo que seguir los rastros de mi pasado para determinar el sentido que tiene todo lo que me ha pasado desde el primer día de esta, mi segunda oportunidad en la vida.

Trabajando en la agencia conocí muchas de las maravillas del mundo que me rodea. Mi quehacer se constituyó en la herramienta con la que, a la vez que era testigo de la magnificencia con la que se expresa la naturaleza, iba descubriendo el propósito para el que estoy hecha.

Pero son muchas la piezas que aún le faltan a este rompecabezas de mi vida, y no estaré conforme sino hasta que las encuentre y las encaje. Cuando eso pase, cuando crea que tengo más y mejores cosas que ofrecerle a usted y a todos los que me tendieron su mano generosa y me abrieron su corazón, volveré para retribuírselos de todas las maneras en que me sea posible. Mientras tanto, con esta porción de información que pude recabar en estos meses sobre quien soy, sumada a la experiencia que acumulé y a la confianza que afiancé gracias a su apoyo y al de todos los que se preocuparon por mí, me dispongo a recorrer lo que me resta de ese camino de autoconocimiento. Porque solo cuando tenga claro quién soy (y esto no tiene nada que ver con mi identidad, sino más bien sí, con mi misión), me volcaré por completo a desarrollarla. Me despido de usted con gratitud y cariño infinitos, y con la promesa de multiplicar en otros la generosidad que usted ha tenido para conmigo.

Esperanza."

Me deja perplejo tu renuncia Esperanza, tenía planes ambiciosos para tu proyecto en la agencia, pero tus motivos son poderosos y no me queda otra opción más que respetarlos y entenderlos —dijo Marcelo, visiblemente contrariado—.
Nuestro proyecto queda congelado hasta nueva orden. Espero que llegue pronto ese momento en que, con las cosas más claras en tu vida, regreses a esta, tu casa.
Marcelo se puso de pie al tiempo que lo hizo Esperanza. La acompañó a la salida dándole palmaditas en el hombro. Después la despidió sin más palabras, solo meneando la

cabeza ante la incredulidad. Todavía no digería lo que acababa de pasar.

El día soleado no presagiaba la tempestad que se cernía sobre la humanidad de Ernesto, quien por solicitud de Ariel, cambiaba la vieja lápida quebrada de la tumba de su esposa, Cristina Fontanarrosa.

El señor, quien rozaba los noventa cinco años, llevaba 25 visitando con relativa frecuencia los restos inhumados de su esposa, de su suegra, de tres de sus hijos y de dos de sus nietos, que reposaban allí.

Mientras pudo, cargó los siete ramos, uno para cada tumba, que mandaba a hacer en la floristería de su barrio y que después llevaba hasta el cementerio en un viaje de más de una hora en bus. Cuando los años empezaron a pesarle, redujo la frecuencia de las visitas, que ahora tenía que hacer en taxi.

Una vez allí, limpiaba con meticulosidad cada una de las lápidas. Primero con un cepillo, agua y jabón, después las secaba con un pedazo de tela de toalla, para entonces encerarlas y brillarlas con una bayetilla. Recogía las flores marchitas y cambiaba el agua pútrida de cada florero por agua limpia que traía de la poceta, en una garrafa plástica que había acondicionado como regadera y que escondía entre los arbustos para no tener que cargarla en cada visita.

Cuando terminaba el ritual de acicalamiento se sentaba frente a la tumba de Cristina y se distraía en un monologo ininterrumpido, que no menguaba hasta que evacuaba todos los temas que había reservado para contarle a su difunta esposa.

Ariel acompañó la instalación de la nueva lápida hasta que Ernesto terminó.

— Sabe Ernesto, ya estaba en mora de hacer este cambio. Vine a dejar organizados todos los detalles de mi llegada a este camposanto. Pronto estaré acompañando a mi Tinita en esta misma fosa. No vaya a permitir que nos devoren tan pronto la maleza y el olvido, ¿no? —Dijo el anciano, antes de esbozar una sonora carcajada—. Aquí estaré para cuidarlos mientras me queden alientos, aunque me temo que será más tarde que temprano, porque usted, mi señor, está tallado en roble —.

Los dos se rieron ante las ocurrencias del uno y del otro.

Ya me siento cansado, y así como Tina, un día solo me voy a sentar a esperar a que llegue la parca a buscarme, y me voy con ella sin chistar —Pues eso será cuando tenga que ser, ni un minuto antes ni uno después —contestó Ernesto convencido—.

No esté tan seguro Ernesto. Cristina fue una mujer muy determinada, y aunque su vida y su obra, tan comunes y corrientes, tan escasas de grandes hazañas o de espectacularidad, no hayan dado material para escribir un libro, fueron construidas con filigrana y a consciencia. Tina no dejó nada al azar. Lo que de ella dependía, se hacía sin excusas, sin dilaciones. Y así como supo decidir su vida, también supo hacerlo con la muerte. Cuando se le quitaron las ganas de seguir viviendo, simplemente, se murió.

Eso sí, no lo decidió hasta no comunicármelo primero. Todo lo hacíamos de común acuerdo. Y quien era yo para pedirle que todavía no se muriera si ya me había dedicado lo mejor de su vida adulta. El único argumento que yo podía esgrimir era, la mucha falta que iba a hacerme, pero ya no era hora de pensar en mí sino en ella. No era justo que por mí soportara una vejez por la que no quería transitar. Era su decisión, y yo, muy a mi pesar, tenía que respetarla.

Como esta puede ser la última vez que tengamos la oportunidad de hablar, voy a contarle más sobre ella, así, cuando yo ya no pueda hacerlo, será usted quien mantenga vivo su recuerdo.

— El de los dos —dijo Ernesto—.

— De mi vida sí que es cierto que no hay nada interesante que rescatar para la posteridad, salvo que fui el feliz y orgulloso esposo de Tinita, el papá de mis valerosos hijos y un trabajador honrado. No fui más que un apéndice de una mujer en cuya simplicidad, radicaba su grandeza.

Tina tuvo catorce embarazos. De las seis niñas que parió solo se crio una, Elizabeth, la menor de todos nuestros hijos. Las demás, o nacían muertas o se morían después del parto. De los ocho vivos, tres murieron en plena juventud, los otros sí llegaron a viejos.

La lucha para sacarlos adelante no fue poca cosa para un par de jóvenes inexpertos en la vida, como éramos nosotros cuando nos conocimos. Pero cada uno asumió su papel como mejor pudo y ahí fuimos saliendo adelante, a pesar de lo dura que es la vida para los pobres. Yo fui telegrafista, ¿sabe? Viajaba mucho y casi nunca estaba en la casa. A Tina le tocó sola el trabajo pesado de la crianza de los siete varoncitos y la niña.

No obstante la distancia, el poco tiempo que teníamos para compartir juntos y las arduas jornadas a cargo del cuidado de los hijos y de los oficios de la casa, Tina hizo de nuestro hogar ese lugar al que siempre quise llegar. Con amorosa tiranía impuso reglas que nos obligaban a respetarnos, a cumplir con nuestra palabra y compromisos. No fue madre de mimos, ni una mujer romántica, eso no se usaba entre nosotros, pero expresó con cuidados, solidaridad, lealtad y presencia permanente, su amor de madre y de compañera de vida.

Mis visitas esporádicas, cada vez que el trabajo me lo permitía, eran bien utilizadas. Aprovechábamos para solucionar algunos asuntos domésticos, discutíamos los temas sobre los que ella prefería no decidir sin mi aquiescencia, pocos en realidad, y nos poníamos al día en todo en lo que estábamos en deuda. ¿Entiende usted lo que le digo? No por nada pasó la mayoría de sus años de juventud embarazada.

Pocas parejas como la nuestra pueden decir que nunca se faltaron al respeto ni de hecho ni de palabra. Alguna vez, ella me increpó, me dijo en una llamada que le hice:

— Esta es la primera vez desde que estamos casados, que te demoras en mandarme el dinero de la mesada Ariel ¿No será que andas entretenido con algunas faldas?

Yo no pude mentirle, nunca lo había hecho.

Me pidió que me dejara de carajadas, y eso hice de inmediato. Y pare de contar. Nunca más nos dijimos otro 'carajo', nunca más.

Sobrevivió a mi ausencia, a que las mujercitas no se criaran, a la muerte de tres de nuestros hijos, porque así lo decidió el destino, y a la pérdida prematura de dos de sus nietos, pero su tenacidad le permitió encontrar siempre un motivo para seguir adelante, hasta que decidió que ya era suficiente.

Yo, tras pensarlo mucho, entendí que era mi momento de reemplazarla en el hogar. No podía morirme con ella, porque le debía mucho tiempo a mi familia. Tenía que saldar esa deuda. Ahora sé que ya lo hice, por eso puedo irme sin que mi ausencia lastime a nadie.

Sabe Ernesto, aunque la mayoría venimos a este mundo por capricho del destino, y por sus avatares, también nos corresponde a cada uno un lugar específico, el mío fue importante, digno y significante por la presencia de Cristina. Ella fue una más de esas heroínas anónimas que no persiguen fama, dinero, poder o satisfacer sus vanidades; que no idealizan realidades en las que la felicidad siempre es la reina, sino que la construyen día a día con sus propias manos, imperfecta.

Los millares de desayunos, almuerzos y cenas que cocinó para nosotros; las pilas de ropa que lavó, las fiebres y dolores que apaciguó, los consejos que sabiamente y con prudencia impartió solo a quienes así lo requirieran; las maromas que hizo para hacerle el quite a la pobreza, los calcetines mil veces zurcidos; en fin, todos esos minutos, de esas horas, de esos días, de esos años que vivió solo para acompañarnos, cuidarnos, para garantizarnos bienestar, pueden no haberla hecho merecedora de reconocimientos, de portadas en las revistas ni de reseñas en los diarios, pero sí, de nuestro amor y agradecimiento infinitos, y del profundo respeto que le profesábamos, y que en últimas, nos impidió pedirle algo más. Con qué cara, con qué derecho íbamos a pedirle que todavía no se muriera, cuando eso fue lo único que quiso para ella, decidir cuándo se iba.

XVII

Nos abrazamos emocionados, pero cada uno por motivos diferentes.

Él, Ernesto, porque tenía entre sus manos la única evidencia de que esa presencia que convulsionó su existencia por completo, no había sido una alucinación, ni había pasado en vano por su vida.

Yo, Alma, porque en ese mismo instante, con todas esas hojas escritas en mis manos, dejaba en el pasado una etapa estéril de mi vida.

Me entregó, como si de un valioso tesoro se tratara, la carta de despedida que Esperanza le había escrito, como ya lo había hecho antes con las otras, con los correos que se cruzaron en su rinkondelalma@gmail.com y con los impresos de "Abriendo Caminos", el blog, para que yo alimentara la historia.

Este momento era el final de un propósito conjunto, y como todos los finales, el principio de algo más, quizás, de algo mejor para los dos.

Sobraron las palabras. Todo lo que teníamos para decirnos estaba escrito en estas páginas, y en las pocas que me hacían falta para completar la historia. Nos volvimos a abrazar, esta vez para despedirnos.

Esperanza volvió a la pensión a recoger todas sus cosas. Desde la noche anterior había dejado preparada una pequeña maleta con lo que consideró necesario para emprender su nuevo viaje. Todo lo demás lo dejó para que fuera entregado por Ernesto a quien él considerara, podía necesitarlo más que ella.

Sobre la cama de Ernesto dejó la manilla y la escarapela con las que se identificó durante sus viajes, los lápices de punta afilada, la libreta de tapas de cartón adornadas con flores secas repleta de sus pensamientos manuscritos. Dejó también el pintalabios que Alicia le había regalado, la cámara, la maleta de escultismo, lo que quedaba en el kit de supervivencia que su compañero de la agencia le había reunido antes de su viaje, piedritas, conchitas, plumas y hojas disecadas que había recogido en alguno de los caminos.

Dejó sobre la mesa una carta, en la que le prometía otra más, que le escribiría cuando obtuviera las respuestas que ese mismo día partía a buscar.

Con la carta dejó un pedazo de su vida y otro de su alma.

El corazón de Ernesto no latió por un instante cuando al llegar a la pensión, en lugar de a Esperanza, encontró sus cosas apiladas y la carta. Era escueta, casi fría, muy diferente a todas las demás que le había escrito antes. No se comprometía con una fecha, pero le aseguró que en la próxima que recibiera de su parte, encontraría expuestos sin censura ni pudor, todos sus sentimientos.

El desconcierto arrasó a Ernesto.

Sin más explicaciones sobre los motivos de su abrupta decisión y sin la menor idea del destino de su viaje, Esperanza abandonó a Ernesto convencida de que lo hacía para siempre. Con los visados adelantados por la agencia, Esperanza podía viajar sin restricciones, solo las que le acusara su limitado presupuesto. Contaba con poco para empezar, pero ese algo, era más que nada.

Sin ninguna pista sobre su pasado, más que la antigua fotografía que apareció con ella dentro del ataúd, inició la búsqueda aferrándose a la idea de que esta era el eslabón de una cadena que la uniría con su origen.

Sabía que ese lugar que buscaba tenía un invierno nevado, pero ese dato en realidad no resolvía más dudas de las que generaba. Entonces, auscultó al hombre de la imagen y por su indumentaria dedujo que se trataba de una foto antigua, tal vez de principios del siglo XX, pero no se le ocurría ninguna manera de determinar la identidad del personaje. Solo le quedaba indagar sobre el peculiar vehículo junto al que el señor estaba parado. Con esa ínfima probabilidad a su favor,

Esperanza se tranzó en esa apuesta ciega, con la convicción de que para tener éxito, con una sola posibilidad le bastaba.

En un buscador de internet introdujo tantas combinaciones de palabras como se le iban ocurriendo: "vehículo antiguo para la nieve; primeros vehículos para la nieve; vehículos pioneros para la nieve; curiosos vehículos para la nieve". Así insistió durante algunas horas, pero la jornada resultó totalmente infructuosa y frustrante.

Tras esas primeras búsquedas extenuantes e inútiles, se tomó un descanso para pensar. Abandonó el pequeño café del aeropuerto en donde alquiló por algunas horas un computador, y salió a caminar por los corredores. Anotó en su libreta cuantas combinaciones de palabras iban llegando a su mente para retomar la búsqueda, tan pronto como despejara su mente y la tristeza le devolviera las ganas de continuar.

Se paró en frente de uno de los ventanales desde donde podía ver los aviones estacionados en filas frente a las puertas de abordaje, y al fondo, el sol ocultándose en el horizonte. Era la hora en la que solía encontrarse con Ernesto después de finalizadas sus respectivas jornadas de trabajo. Sintió el vacío agobiante de una ausencia a la que tendría otra vez que acostumbrarse.

Entrada la noche reanudó la búsqueda: "antiguos automóviles oruga para la nieve; museos de vehículos para la nieve; inventores de vehículos para la nieve; extraños vehículos para la nieve…". Vio imágenes y leyó historias que la ilusionaban con la idea de que no transitaba por caminos equivocados,

pero todavía no encontraba la llave de esa puerta tras la cual podría estar oculto su pasado.

Pasó la noche acostada en las sillas del aeropuerto y durante esas horas perpetuas de la madrugada, en las que el sueño no la capturó, se le ocurrió que si traducía las palabras, sus probabilidades de hallar pistas más certeras aumentarían. Tan pronto como abrieron el café, se sentó frente al computador para continuar con la búsqueda.

Con una herramienta de internet tradujo algunas de las mismas combinaciones que ya había utilizado: "Old vehicles to travel over the snow; first vehicle designed to travel over the snow; a museum of old cars for snow ; vehicles to travel over the snow inventors..." Una oleada de optimismo la invadió cuando en la pantalla del computador empezaron a aparecer vehículos con características similares a las de la fotografía. Emocionada, siguió esos rastros que parecían acercarla a su objetivo.

Devoró páginas enteras con la historia de uno y otro modelo de vehículo, de uno y otro personaje, hasta que vio uno muy similar al de la fotografía que apretaba entre sus manos sudorosas. El de la foto, según podía leerse en una de las páginas, se parecía al JP 8 Snowmobile Pro, que había sido creado en 1930 por Gerard Pompidoo, un inventor de Quebec, Canadá, para que las personas de las zonas rurales pudieran viajar por las carreteras cubiertas de nieve.

Su momento de mayor exaltación llegó cuando descubrió la imagen del personaje detrás del invento. Era él, era el hombre de su fotografía.

Ahora eran decenas de páginas las que encontraba con los datos biográficos y los inventos de este hombre prolífico, nacido en 1908 y muerto a causa de un cáncer en 1969. En ellas lo describían como un visionario, autodidacta, filántropo y ante todo, como un soñador.

Esperanza no podía creer que había logrado identificar al hombre de la imagen, pero todavía no hallaba ninguna razón lógica que le permitiera entender por qué resultó una foto de tan excepcional personaje en su poder.

Leyó con avidez todo lo que encontró.

El carácter amable, las fuertes convicciones y las cualidades por las que se recordaba a Pompidoo trajeron a su mente a Augusto Cicaré, otro de esos soñadores de existencias inspiradoras que había tenido el privilegio de conocer en su paso por Argentina.

Tras este descubrimiento, las dudas, lejos de mermar, crecían exponencialmente: ¿qué tenía que ver ella con este hombre fallecido hacía más de medio siglo?, ¿por qué estaba su fotografía metida junto con ella en un ataúd?, ¿cómo engranaría todas esas piezas sueltas, y si al hacerlo, estas traerían consigo las respuestas que estaba buscando?

Toda ella era un inmenso mar de preguntas, cada vez más exaltado con la información que recababa. Pero entre tantas

incógnitas, había algo que tenía claro: si seguía allí sentada, nunca iba a despejarlas.

"Mi amadísimo viejo:

Con esta, mi última carta, cumplo la promesa que te hice el día en que partí para buscar respuestas y hallarle el sentido a toda esta historia compartida. Ahora, ya puedo entender el significado de cada instante precioso que viví desde que liberaste mi espíritu de la oscuridad a la que estaba confinado.

No fue por casualidad que emergió la vida de aquel lugar en donde suele residir solo la muerte, sino que fue la forma que encontró el destino, escrito mucho antes de la materialización de nuestros cuerpos, para unir los caminos de un vivo que vive entre los muertos y un muerto que vive entre los vivos.

Tu generosidad sin límites me abrió las puertas a un mundo inmenso, magnífico, maravilloso, inimaginable aún para las mentes más intuitivas: el mundo interior. Ese que solo percibí cuando hice conciencia del porqué y para qué de mi existencia.

Me diste la oportunidad de viajar a destinos cuyos misterios eran tan fantásticos y enigmáticos como los que descubrí en mi propio ser. Caminé por playas de arenas finitas, cuyos granos son escasos comparados con las posibilidades que me ofrecía la vida a cada paso. Recorrí llanuras tan fértiles como nuestra imaginación cuando la dejamos volar sin los límites que le impone el miedo.

Bebí de aguas tan puras como el corazón desarmado de los niños. Subí montañas tan altas como los ideales de esos hombres y mujeres cuyo más grande sueño es conseguir que otros cumplan los propios.

Conocí que el alma de las personas es de distintos colores y se refleja en sus palabras, en sus miradas y principalmente, en sus obras.

Me perdí en caminos de incertidumbre mientras trataba de hallarle sentido a un mundo que a veces, es mejor apreciar aun sin entenderlo. Aprendí a no debatirme entre la felicidad, por la que me decidí, y el sufrimiento, al que renuncié definitivamente.

Me enamoré de tu cuerpo, de tu alma y de tu espíritu, y de los errores que te hacen tan humano. Como ves, con tus regalos pude reconstruirme desde adentro.

Aquí, desde este lugar al que tenía que llegar para poder desvelar el entresijo de mi existencia, te escribo con todas las razones expuestas, con todas las respuestas que buscaba.

Viejo, al irme de tu vida sin darte explicaciones, trataba de evadir algunas realidades que creí imposibles de enfrentar. No me sentí capaz de verte a la cara y admitir, mirándote a los ojos, que mi amor por ti no era fraterno ni se trataba de un cariño motivado por el agradecimiento. Yo quería tu amor de hombre, tu compañía, tu cuerpo al que los años dotaron de experiencia, tu pasión irrefrenable.

Me causó dolor entender que quisieras alejarme con lo que en un principio interpreté como una treta, pero que ahora entiendo como un acto de total desprendimiento. Solo tú conoces las razones que te motivan a actuar o a dejar de hacerlo. Además, concluyo que los acontecimientos tomaron el rumbo que el destino les tenían trazado.

Llegué a Valcourt, una ciudad situada al este de Quebec, Canadá, siguiendo el rastro que la fotografía me marcó. Aunque llegué a este lugar lejano y desconocido, nada en realidad parecía nuevo para mí. La primera bocanada de aire helado que inhalé estaba impregnado de olores que me eran familiares.

Te imagino tan confundido con lo que te digo, como yo lo estaba al descubrir que mis pasos ya habían andado estos caminos. Solo te pido que leas lo que te escribo sin pretender ceñir las circunstancias a una lógica de la que carecen por completo. Solo acompáñame en este recorrido hasta que juntos agotemos el camino.

Lo que fuera el garaje de una casa familiar y luego convertido en el modesto taller de un joven inventor, hoy es parte de un gran museo fundado con el propósito de inspirar a las nuevas generaciones a desafiar los imposibles. En ese lugar empezaron a tomar forma los sueños de un niño que se sentía igual de cómodo en medio de la algarabía de su pequeña casa, llena de hermanos bulliciosos, que en el silencio de ese taller en el que con la soledad como aliada de su mente inquieta, surgían incesantemente infinidad de ideas ingeniosas.

Su espíritu emprendedor lo desafiaba permanentemente y le impedía abandonar sus causas hasta no haberle hallado una solución a cada problema, y lo hacía, sin doblegarse ante las limitaciones que le acusaban las circunstancias. Era precisamente en los momentos más difíciles, en donde estaba a punto de desfallecer, cuando su ingenio desplegaba lo mejor de su repertorio. Aprendió a hacer mucho con poco y a no esperar a que las condiciones fueran las ideales para actuar.

Para mí, este, además de ser un viaje inspirador a través de las creaciones de un hombre extraordinario, ha sido el encuentro con algo más íntimo. Pero todavía me faltaba entender lo que lo motivaba a crear, a ir cada vez más lejos, antes de desentrañar la razón de esa percepción.

Pompidoo no reconocía en él ningún talento excepcional, pero su desbordada pasión por crear, y su convicción de persistir hasta ver concretados sus propósitos, lo diferenciaban en mucho de quienes solo hacen eco de sus miedos.

Su generosidad, bien conocida por las personas de su generación y las posteriores, no le permitió irse de esta vida llevándose consigo las claves de su éxito. Además de inmortalizarse en sus inventos, con los que ayudó a superar los problemas de transporte a que se enfrentaban los habitantes de las áreas rurales, expuestos a

condiciones climáticas extremas, lo hizo dejando claro su mensaje:

"Piensa en grande, explora tus ideas, sigue tus sueños y cree que todo es posible. Y esto no es realizable solo para un puñado de mentes iluminadas, sino que está al alcance de todos."

Ahora, más que antes, estoy convencida de que nada de lo que me ha pasado obedece a una casualidad, en las que ya me es imposible creer. Tenía que conocer las historias de Pompidoo, de Augusto Cicaré, de Rafael, las de todas esas mujeres y hombres con quienes me crucé en mis viajes, y las de tus muertos, porque solo así entendería la dimensión que adquieren las vidas de quienes se atreven a soñar y a ignorar el yugo que impone el miedo. Repasando cada acontecimiento, encuentro que esta oportunidad que tuve de vivir tal cual lo hice durante estos meses, era un propósito en sí mismo. Estar justo ahí, en donde pudieras encontrarme. Conocernos. Amarnos con la consciencia de que no era el tiempo ni el momento para hacerlo. Que mis ojos fueran tu ventana a un mundo que decidiste no recorrer. Que fueras el titiritero de esta trama, y que con tus hilos invisibles hicieras para mí posible lo imposible. Que cada uno fuera para el otro esa pieza sin la cual nunca le encontraríamos el sentido a nuestras vidas. Todo esto no podía ser el fruto de la casualidad.

Ya puedo mirar los acontecimientos en perspectiva y entender la inutilidad que tenía indagar sobre los porqué de cada cosa, pregunta que, invariablemente, siempre me conducía a callejones sin salida: ¿Por qué estaba enterrada en ese cementerio?, ¿por qué me encontraste tú y no me quedé ahí atrapada?, ¿por qué, si te amo, no podía estar contigo?, ¿por qué no dejabas esa vida solitaria e inalterable y te decidías a compartir conmigo una de aventuras, encuentros y nuevas experiencias?

El para qué, en cambio, despojó mis ojos de la venda que ocultaba la razón de ser de todos los acontecimientos; la respuesta a esa pregunta justificaba cada cosa que viví, me mostraba nítidamente mí propósito. Pero para llegar a él, primero tenía que conocerme, que escucharme y después, obedecer a ese llamado interior que imploraba ser tenido en cuenta.

Parecería entonces, que identificar ese propósito era un privilegio reservado para algunos existencialistas dedicados a la reflexión. Pero no, solo que para hacerlo, necesitaba una claridad que mi autocompasión no me permitía en esos momentos de incertidumbre y desesperación.

Pude haber seguido enmarañada preguntándome una y otra vez el porqué de una existencia tan vacía, y ahogando mi voz interior en el ruido que mis lamentos generaba en mi cabeza. Ante la desesperanza a la que me abandoné, fuiste tú quien tuvo que asumir la tarea

de entender la razón de mi existencia en este mundo. Indagaste en mis recursos personales y echaste mano de la herramienta que me ayudaría a trasformar mi vida, con la que me hallaba tan inconforme. Tú entendiste, antes que yo, que en mí estaban todas las respuestas que buscaba. Identificaste que poseía un talento especial para expresar mis sentimientos por escrito y viste cómo cambiaba mi expresión, de sombría a radiante, cuando empecé a comunicar lo que pensaba. Pero todavía faltaba hacer algo con eso que habías descubierto, y entonces, te inventaste para mí un espacio en donde pudiera ponerlo en práctica, con lo que mi vida cambió definitivamente y también pude influir en la de otros.

Talento + pasión + acción= propósito

Ahora, estando aquí, ya puedo encajar todas las piezas del rompecabezas y entender, no solo para qué regresé, sino también, para qué nos encontramos.

Solo tú eras capaz de rescatar de entre los muertos la esperanza, y con tu ausencia de egoísmo, impulsarme a perseguir mi propia causa. Y solo uniendo tu historia con la mía escribiríamos una nueva para compartirla con quienes hayan perdido el rumbo de sus pasos.

Gerard Pompidoo, mi padre, convirtió la tragedia de mi pérdida en el motivo que lo impulsó a crear, a superar las limitaciones que en ese momento, por el aislamiento a que nos confinaba la crudeza del invierno, le impidieron llevarme a un hospital, y tuvo que verme morir en los brazos de mi madre.

Ahora, mi cuerpo, despojado de su espíritu, reposa enterrado en medio del de él y el de mi madre, y a los tres los enmarca un monumento de mármol grabado con la frase:

"On vit dans l'espérance et l'espérance nous mène loin"

"Vivimos en la esperanza y la esperanza nos lleva lejos."

Pero yo, tu Esperanza, todavía no podía descansar hasta no ver cumplido mi propósito. Y tú, mi viejo, mi amado Ernesto, eras quien tenía que ayudarme a concretarlo.

Ahora, que formo parte de una más de tus historias, te pido que te encargues de contarla a todo aquel que quiera oírla, y ojalá, que quien la conozca crea, como lo hago yo, que no vale la pena vivir preso del miedo, porque nuestro espíritu es capaz de traspasar hasta las barreras de la muerte cuando se empeña en dejar su propia huella.

Con amor,
Esperanza."

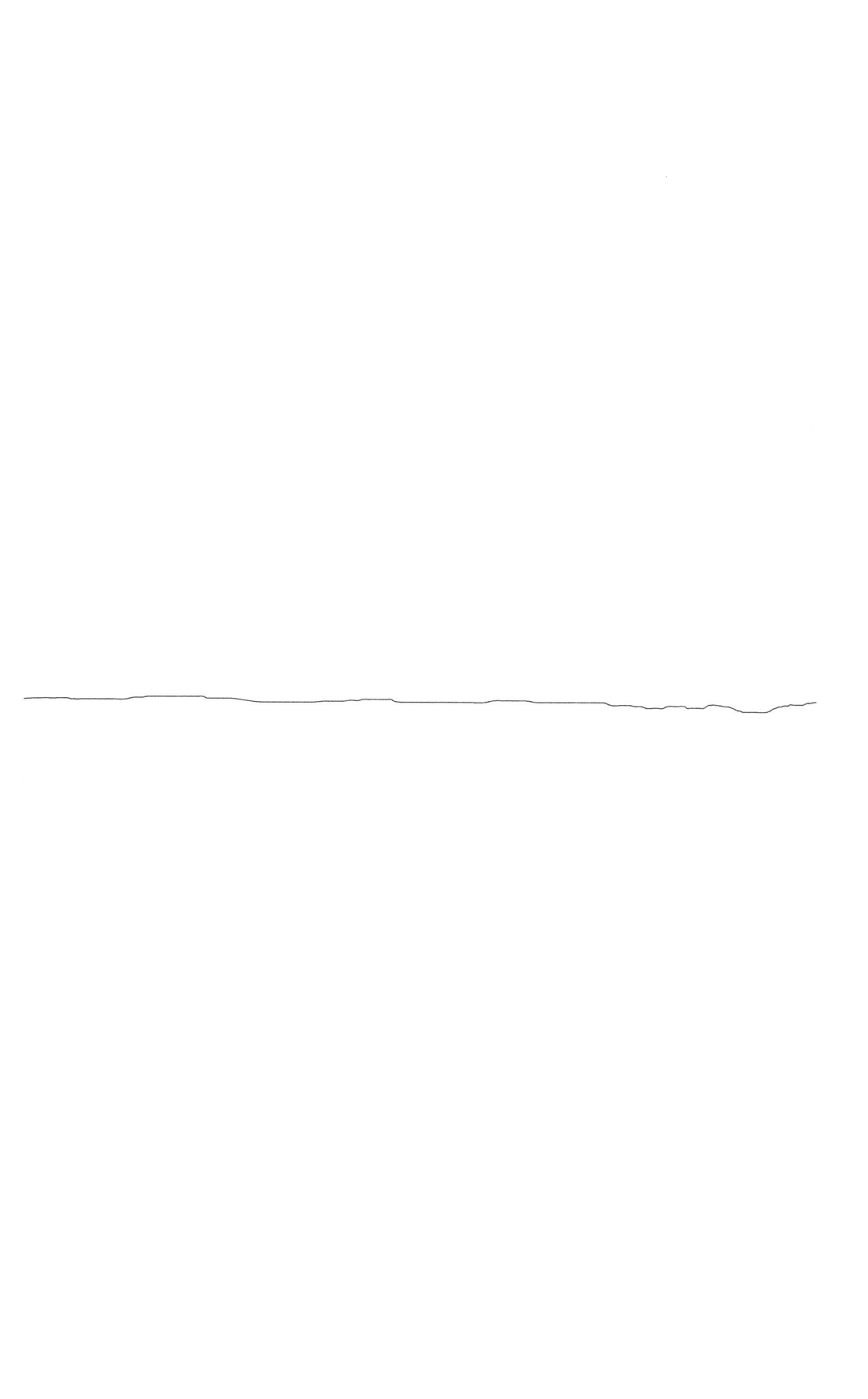

Esta obra se terminó de
imprimir en octubre de
2018 en los talleres de
XXXXXXXXXXX